D1986120

ELINOR BICKS

Silberregen

BLÜHENDES GIFT Eine Einbruchserie hält die Gemeinde Otzberg in Atem. Ältere Herrschaften werden mitleidlos ausgeraubt. Von den Tätern fehlt jede Spur. Widerwillig unterstützt Kommissar Roland Otto seinen Kollegen Brenneisen bei den Ermittlungen. Nicht zuletzt, weil er sich so bessere Chancen bei Lore erhofft, die sich seinem Werben hartnäckig widersetzt. Denn die hat ihre ganz eigenen Probleme. Eine Bienenplage und ein fragwürdiger Verwandter aus der Vergangenheit machen ihr zu schaffen. Dennoch lässt sie sich überreden, den Lockvogel zu spielen und gerät prompt ins Visier von skrupellosen Schmugglern. Bei den gemeinsamen Ermittlungen nähern sich Otto und Lore einander an und kommen einer perfiden Wahrheit auf die Spur. Lore sorgt in Eigenregie für Gerechtigkeit. Behilflich dabei sind ihr ein heimtückischer Pilz namens Orangefuchsiger Raukopf und die hochgiftige Robinie, der Silberregen, der auf dem Nachbargrundstück blüht. Und natürlich das Wissen aus Oma Kukuks Rezeptbuch.

© Ute Ringwald

Elinor Bicks wurde 1966 in Darmstadt geboren und wuchs zum Teil im Odenwald auf. Nach dem Abitur zog es sie hinaus in die Welt, ihr Sprachstudium absolvierte sie unter anderem in Kolumbien. Nach Ausflügen in den Journalismus und nach ihrer Tätigkeit als Sprachlehrerin landete sie in der Werbung, wo sie bis heute als Texterin und Strategin für international bekannte Marken tätig ist. Elinor Bicks gewann für ihre Arbeiten mehrere Awards und publizierte unter anderem in der Frankfurter Allgemeinen Sonntagszeitung. Die Autorin lebt in der Mainmetropole Frankfurt und hält sich auch heute noch gerne im Odenwald auf. Für »Silberregen« hat sie wieder neue, gemeine Pflanzen aufgespürt.

Bisherige Veröffentlichungen im Gmeiner-Verlag:
Lavendelbitter (2015)

ELINOR BICKS

Silberregen

Kriminalroman

GMEINER SPANNUNG

Ausgewählt von
Claudia Senghaas

Besuchen Sie uns im Internet:
www.gmeiner-verlag.de

© 2016 – Gmeiner-Verlag GmbH
Im Ehnried 5, 88605 Meßkirch
Telefon 07575/2095-0
info@gmeiner-verlag.de
Alle Rechte vorbehalten
1. Auflage 2016

Lektorat: Claudia Senghaas, Kirchardt
Herstellung: Julia Franze
Umschlaggestaltung: U.O.R.G. Lutz Eberle, Stuttgart
unter Verwendung eines Fotos von: © Mihai Simonia – Fotolia.com
Druck: GGP Media GmbH, Pößneck
Printed in Germany
ISBN 978-3-8392-1808-2

Personen und Handlung sind frei erfunden.
Ähnlichkeiten mit lebenden oder toten Personen
sind rein zufällig und nicht beabsichtigt.

BIENENSTICH

Lore summte eine Melodie, die ihr vom Radio im Kopf geblieben war, und begutachtete die riesigen Rhododendronsträucher, die unterhalb der Terrasse blühten. Die Sonne schickte flirrende Lichter über die rosa Blüten, die die Zweige vollkommen bedeckten. Sorgsam begann Lore, die welken Blätter von den Zweigen zu drehen. Die Blütenpracht war im Vergehen. Jetzt galt es, Knospe für Knospe von alten Blättern zu befreien, damit die Sträucher im nächsten Jahr genauso üppig blühten wie in diesem.

Rhododendron. Verzückt durch seine Blütenpracht, befördert jedoch giftige Fracht.

Keine Giftpflanzen, dies war die einzige Maxime gewesen, als sie den Garten zusammen mit ihrem Neffen Achim neu anlegte. Doch dann stellte sich heraus, dass viele Zier- und Blühpflanzen, die sie im Garten und in den Blumenkübeln gesetzt hatten, ein toxisches Geheimnis bewahrten. Der Rhododendron etwa enthielt giftige Stoffe aus der Gruppe der Diaterpene. Beim Verzehr der Blätter oder Blüten riskierte man verlangsamte Herztätigkeit, schwachen Puls bis hin zum Koma und Tod durch Atemstillstand. Der Oleander, der auf ihrer Terrasse in Blumenkübeln weiß und rosa blühte, gehörte zu der Gattung der Hundsgewächse, die das giftige Glykosid Oleandrin enthielten. Allein das Wort ›Glykosid‹ jagte Lore einen Schauer über den Rücken. Schließlich hatte ihre falsche Schwester Edel mit dem Schopflavendel-Öl, der ein besonderes Glykosid enthielt, eine Reihe von Männern ermordet.

Angeeignet hatte sich Lore dieses neue Wissen, nachdem Erich mit seinem Enkel zu Besuch gewesen war und der Rotzbengel Blätter des Trompetenbaums hatte mitgehen lassen. Mit seinen Freunden hatte er das Zeug geraucht, um Rauschzustände herbeizuführen. Bei Erichs Enkel hatte das Experiment direkt in die Giftnotzentrale geführt. Catalpin-Vergiftung, begleitet von Übelkeit, Erbrechen, Verwirrtheit und verstärktem Tränenfluss, lautete die Diagnose. Die Jungs konnten nach mehreren Tagen stationären Aufenthalts im Groß-Umstädter Kreiskrankenhaus gerettet werden und waren inzwischen wieder wohlauf. Erich sah seitdem Lores Blütenpracht mit gemischten Gefühlen und brachte den Enkel nie mehr mit.

Lore änderte nichts an ihrer Bepflanzung. Doch im Internetz, mit ihrem Privatcomputer, begann sie Nachforschungen anzustellen und erfuhr, dass sie in ihrem Garten ganz ohne Absicht einige gefährliche Schönheiten züchtete.

Lore richtete sich auf, bedeckte die Augen gegen das schräg einfallende Licht und ließ den Blick über den blühenden Garten schweifen. Unter den Händen des Gärtners war dieser wirklich prächtig gediehen. Der leuchtende Rhododendron wechselte sich ab mit Fuchsien, Strohblumen und Gundermann. Selbstverständlich hatte auch der Lavendel seinen Platz bekommen.

Dann die Obstsorten. Feiner rosa Rhabarber wuchs üppig und lieferte ihr von April bis Juni das feinste Frühjahrsgemüse. Himbeeren und Brombeeren versüßten ihr den Spätsommer. An den Apfelbäumchen wuchsen die ersten kleinen Äpfel. Die Hecken und Sträucher, die ihr Gärtner an den Säumen der Beete gepflanzt hatte, waren kräftig gewachsen und bildeten einen Schutzschild gegen Schädlinge.

Besonders innig liebte Lore den Elfenspiegel, den der Gärtner eigens für sie ausgesucht hatte. Die zarten blühenden Büsche bildeten Wolken in Gelb, Rot und Purpur, ein wildbuntes Durcheinander, und das seit dem Frühsommer. Ihr Gärtner hatte ihr empfohlen, statt der einjährig blühenden Pflanze die sogenannte *Nemesia denticulata*, die *echte* Nemesia zu kaufen. Diese war zwar etwas teurer als die einjährigen, aber dafür nicht genetisch manipuliert.

»An der werden Sie viele Jahre Freude haben«, hatte der Gärtner ihr versichert. Das blieb abzuwarten, aber dem Rest des Gartens ging es prächtig. Von den Rhododendren ging Lore zu den Himbeeren hinüber und musste schmunzeln. Ihr Gärtner. Wie das klang. So besonders. Dabei lief zwischen ihnen nichts, bis auf die Gartenarbeiten. Aus der Tasche ihrer Schürze holte sie die Gartenschere und schnitt die braunen Zweige, die in diesem Jahr nicht trugen, unten gleich über der Erde ab. Immer in Richtung der Knospe.

»Die Knospe zeigt, wo die Pflanze hinwachsen will«, so hatte der Gärtner erläutert. Der Gärtner, so nannte sie ihn, da sie sich den Nachnamen nicht merken konnte. Und ihn bei seinem Vornamen Artur anzusprechen, war Lore zu intim. Noch bevor Lore den Gärtner kennengelernt hatte, war ihr seine grandiose Arbeit im Burggarten aufgefallen. Im letzten Jahr hatte das Grün der Rasenflächen und der Bäume begonnen, auf ungewöhnliche Art zu strahlen. Die Rosenranken am Burgmuseum leuchteten nur so. Und der Efeu, der bis dahin traurig und verdorrt an der Burg herabgehangen hatte, verwandelte sich in einen samtigen grünen Teppich, der sich seidig an das Mauerwerk schmiegte. Das Werk eines neuen Gärtners, so hatte Lore herausgefunden. Lore hatte ihn kurzerhand angesprochen und immer wieder Fragen zu ihrer Bepflanzung gestellt. Dabei tat sie so, als gehöre ihr Garten ganz selbstverständlich zum Burggelände. »So schöne Blumen brauchen viel Liebe«, sagte er, als sie ihm ihr Grundstück das erste Mal zeigte.

Seitdem kümmerte er sich um Lores Garten, und Krummsiegel, das Schlossgespenst, zahlte ihm zähneknirschend etwas Geld extra. So wie er auch andere Vergünstigungen akzeptieren musste, die Lore sich inzwischen ertrotzt hatte. Schließlich war Lore nicht nur rehabilitiert von ihrem schlechten Ruf als Giftköchin, sie war im Landkreis regelrecht prominent. Nicht wenige Besucher kamen vor allem deshalb ins Museum, um sich die wehrhafte Dame anzusehen, die in den üblen Skandal um die vielen Morde verwickelt gewesen war und einen korrupten Landrat zu Fall gebracht hatte.

Krummsiegel war zu einigen Zugeständnissen bereit, um sie weiterhin als Aushängeschild nutzen zu können. Und dazu gehörte, nicht mehr das Museum zu putzen, sich nicht mehr von Krummsiegel wie ein Lehrling behandeln zu lassen und bei den Ausstellungen zu einem guten Teil Regie zu führen. Seit dem Verkauf des unteren Grundstückes an die Gemeinde arbeitete Lore nur noch zum Vergnügen, was außer ihr niemand wusste, ihr aber das Selbstbewusstsein verschaffte, dem Schlossgespenst gegenüber resolut aufzutreten.

Ein beachtlicher Berg sperriger dünner Zweige begann sich neben ihr aufzutürmen. Sie lud die dürren Äste auf den Arm und trug sie zu dem freien Stück zwischen Kompostplatz und Buchenhecke, wo sie sie aufschichtete. Dort konnte der Gärtner die Zweige später verbrennen. Gerade, als Lore das Bündel ablegen wollte, fuhr ihr ein stechender Schmerz in den Arm. Das war kein Stachel von einem Himbeerzweig, sondern eines der verdammten Biester.

Lore ließ das Bündel Zweige fallen und sah die Übeltäterin davonfliegen. Laut menschlichem Ermessen können Bienen gar nicht fliegen. Ihre Flügel sind viel zu klein, ihre Körper zu groß und zu schwer. Aber das kümmert die Bienen wenig. Sie fliegen trotzdem und sie stechen, auch wenn das für sie den Tod bedeutet. Sterben wirst du, dachte Lore und sah dem fliehenden Zweiflügler nach. Sie betrachtete den brennenden Arm. Das Biest hatte sie auf der Innenseite des Oberarms erwischt.

Der Stachel saß kurz unterm Ellenbogen. Sie hob den Arm, so hoch es ging, tastete mit der Zunge nach dem feinen Stachel und erwischte ihn schließlich mit den Schneidezähnen. Vorsichtig zog sie ihn hinaus. Das war die beste Möglichkeit, ihn zu ziehen, ohne dass er abbrach. Lore besaß darin Übung.

Sie warf der Robinie, die auf dem Streifen Niemandsland zwischen ihrem Grundstück und dem der Nachbarn wuchs, einen wütenden Blick zu. Silberregen wurde der Baum mit den weißen Blüten und den gefiederten Laubblättern auch genannt. Ein wunderbarer Name, wie Lore fand, denn der Silberregen verströmte einen betörenden Duft. Die Süße von Jasmin mit einer Note Bergamotte, erhabener als Flieder, berauschender als Holunderblüten. Lore hatte es genossen, wenn an warmen Sommerabenden das Aroma bis auf ihre Terrasse wehte. Leider liebten auch die Bienen den Silberregen. Wegen des Duftes und des Reichtums an Nektar galt der Baum als Bienenweide und lockte alle Brummbiester der Gegend an. Lores Garten befand sich in der Anflugschneise, und sie musste den Ansturm der Bienen aus der Heydenmühle ertragen, die die drei Kilometer lange Reise auf sich nahmen, um den Nektar der Robinie zu sammeln. Der Baum mit dem soliden Stamm und der riesigen schirmartigen Krone brummte in den Sommermonaten wie ein Kraftwerk. Falsche Akazie wurde der Baum ebenfalls genannt. Der passendere Name, wie Lore inzwischen fand.

14 Stiche hatte sie in diesem Sommer bereits erdulden müssen. Im letzten über 30 gezählt. »Gut gegen Rheuma«, waren Edels Worte, als Lore sich bei einem Gefängnisbesuch beklagt hatte. Doch Lore hätte lieber echte Flugzeuge durch ihren Garten rauschen sehen als diese Plagegeister. Sie waren überall. In den Zweigen ihrer Himbeeren, auf dem geblümten Sitzpolster und im Rasen des Gartens. Mehrmals hatte Lore den Gärtner gebeten, die Robinie zu fällen. Doch er hatte sich geweigert. »Bienen sind wertvoll für die Natur. Keine Schädlinge«, so sein Kommentar. Lore konnte den Stichen nichts Wertvolles abgewinnen.

Sie ging zum Lavendelbeet und pflückte ein paar Zweige. Die Stauden hatten im Laufe des Sommers gehörig gelitten, immer wieder war Lore gezwungen, sie zu plündern, um mit einem Lavendelwickel das Brennen und die Schwellungen der Bienenstiche zu lindern. Sie ging ins Haus, sah sich sorgfältig um, ob ihr kein feindliches Flugobjekt folgte, und zog dann schnell die Terrassentür zu. Die Fenster rundum hatte sie mit Fliegennetzen gesichert, nachdem eine Biene sich unter ihre Bettdecke verirrt und sie in die Leiste gestochen hatte.

Lore schaltete den Boiler an, wartete, bis das Wasser sprudelte, und überbrühte damit die frischen Lavendelblätter, die sie in die Schüssel gestreut hatte. Den Sud ließ sie ziehen, während sie sich im Schafzimmer umzog. Sie suchte ein T-Shirt mit Fledermausärmeln heraus und den türkisen Schal, den ihr Edel geschenkt hatte. Seit Edel im Gefängnis saß, trug sie immer wieder Stücke von ihr, sei es aus schlechtem Gewissen oder um ihr irgendwie nah zu sein.

Sie ging zurück in die Küche, tauchte ein Baumwolltuch in den Sud, wrang es gut aus legte es für zehn Minuten auf den geschwollenen Arm. Sie war mit ihrem Wickel fast eingenickt, als die Türklingel anschlug. Lore befreite sich von dem nassen Baumwolltuch, legte es in die Spüle und öffnete die Tür. Erich stand auf der Matte, trotz der Hitze trug er Anzug mit Einstecktuch. Sein Gesicht leuchtete signalrot, Lore fragte sich, ob es sich um Sonnenbrand handelte oder hohen Blutdruck.

Dazu leuchtete sein Haar schlohweiß, die unnatürlich weißen Zähne seiner Steckprothese phosphoreszierten in der Sonne. »Wir können los«, rief Lore, griff in der Garderobe ihre Handtasche und schloss die Tür hinter sich.

Das Licht warf bereits lange Streifen auf den Burghof. Hinter den Fensterscheiben des Burgmuseums erkannte Lore das Gesicht des Schlossgespenstes. Im Abendlicht wirkte seine Gesichtsfarbe noch gelblicher als gewöhnlich. Leberleiden, so hatte sie im Internetz recherchiert. Schon praktisch, welche Informationen man da bekam. »Ganz umsonst«, hatte Gerlind im Internetz-Surfkurs für Senioren gejubelt. »Für 40 Euro im Monat«, lautete Lores sanfte Korrektur. Denn so viel zahlte man schließlich pro Monat an Anschlussgebühren, wenn man in die Welt des unbegrenzten Wissens eintauchen wollte. Lore besaß bereits einen Klappcomputer für zu Hause, den sie für Recherchen nutzte, die sie nicht mit dem öffentlichen Computer im Kursus durchführen wollte.

Genauso einen wollte sich Erich heute anschaffen. Lore sollte ihn begleiten, zur moralischen Unterstützung. Lore stieg in Erichs Smart-Dingens, ein Auto, das aussah wie ein Treppenlift auf Rädern und das beim Fahren ein leises Surren verursachte, das man kaum hörte.

»Hoffentlich haben sie das richtige Modell vorrätig. Vielleicht hätten wir doch vorbestellen sollen«, gab Erich zu bedenken, als er den Treppenlift zum Fahren brachte und auf die Landstraße zusteuerte. An der Ampel in Lengfeld mussten sie warten, bis der Gegenverkehr unter der Eisenbahnunterführung durchgefahren war. Dabei hatte Lore Sorge, dass der Wagen ausgegangen war, denn es war kein Motorengeräusch zu hören. Als es grün wurde, fuhr der Wagen jedoch anstandslos an.

Lore verstand den modernen Verkehr nicht. Zwar war es ihr gelungen, nach ca. 200 Fahrstunden und drei Fahrlehrern den Führerschein zu erwerben, aber ein Auto eigenmächtig durch den Verkehr zu steuern, das wollte sie sich nicht antun. »Kauf dir einen Smart«, hatte Erich vorgeschlagen, als sie ihm den neuen Wisch unter die Nase gehalten hatte. Aber Lore würde lieber nach Darmstadt laufen, als sich hinter das Steuer eines solchen Treppenlifts zu setzen. Außerdem hatte sie ja ihren Neffen Achim, der sie zu wichtigen Terminen fuhr.

30 Minuten später parkten sie in der Darmstädter Schlossgarage.

»Parkhaus im Carré wäre näher gewesen«, bemerkte Lore.

»Hier kenne ich mich am besten aus«, erwiderte Erich, aber Lore wusste, dass er hier parkte, weil es 20 Cent günstiger war pro Stunde. Dafür mussten sie jetzt bei großer Hitze die Darmstädter Innenstadt komplett durchqueren. Lore stieg mühelos aus dem Gefährt. Das war der Vorteil. In dem Ding saß man zwar aufgebockt wie auf einem Trecker, dafür konnte man bequem ein- und aussteigen.

In der Schuchardstraße rund um den Weißen Turm herrschte spätnachmittägliche Betriebsamkeit. Erich packte Lore am Ellenbogen und versuchte, die Bummelnden zu überholen. Er hatte Sorge, dass ihm jemand den letzten Klappcomputer vor der Nase wegschnappte. Dabei hatten die die Dinger mit dem Apfel hinten drauf immer vorrätig, damit machten die doch am meisten Gewinn.

Sie betraten das Elektronikgeschäft, in dem es von allen Seiten blinkte und piepte wie in einer Spielhölle. Eine Informationstafel schickte sie in das Obergeschoss. Hier oben herrschte die Tristesse von quadratmeterweise ausgestellten elektronischen Geräten im künstlichen Licht. Weit und breit kein Fenster, durch das man hätte lüften können. Eine Weile flanierten sie die Gänge entlang, rechts und links Klappcomputer in Hülle und Fülle. »Siehst du«, sagte Lore mit einer Geste, »du hast noch genügend Auswahl.«

Erich schaute sich etwas verloren um. »Was suchen Sie denn?«, fragte sie ein dunkelhaariger Verkäufer, sicherlich orientalischer Herkunft, in etwa im Alter von Erichs Enkel. Erich schilderte seinen Wunsch. Der Junge führte sie durch die Gänge zurück an einen Tisch, an dem die Apfelcomputer aufgestellt waren. Der Junge warf ihnen Begriffe wie Gigabyte, Zollgrößen, Speicherplatz um die Ohren, so angeregt, wie er war, handelte es sich bei dieser Arbeit offensichtlich um seinen Traumberuf.

»Welches Modell wollten wir noch?«, fragte Erich. Lore holte einen Zettel heraus und las laut vor. Der Junge nickte. Er schien das Modell zu kennen. »Möchten Sie nicht lieber ein Tablet?«

»Wie bitte?« Erich fasste sich ans Ohr. Lore war es peinlich, doch der Junge blieb geduldig. »Einen Tablet-PC. Sie bekommen was Besseres für weniger Geld. Wir haben da ein Angebot«, sagte er. Lore wurde ungehalten. Pfff. Etwas Besseres als das, was Achim ihr besorgt hatte? Niemals.

Bestimmt wieder so eine Verkaufsmasche. Erneut mussten sie einen langen Gang entlang gehen. Lore verlor allmählich die Lust. »Nehmen Sie das«, empfahl der Junge und nahm ein tablettartiges Gerät in die Hand. »Das hat mehr Speicherkapazität, längere Akkulaufzeit und eine bessere Bildschirmqualität als der da.« Er deutete zu Lore. Das Gesagte unterstrich er mit Wischbewegungen, mit denen man die Bilder auf dem Tablet verändern konnte. Lore hatte diese Wischtechnik schon beobachtet, aber keinen Schimmer, wie das funktionierte. Sie war schon mit dem Bedienen des Klappcomputers überfordert.

»Hat das auch Gugel Erde?«, fragte Erich. »Google Earth ist im Betriebssystem dabei«, nickte der Junge. Erich warf Lore einen triumphierenden Blick zu und ließ sich das Gerät original verpackt aushändigen. An der Kasse sagte er gönnerhaft: »So ist das mit der Elektronik. Da ist heute schon das von gestern überholt.«

»Der Klappcomputer wäre besser gewesen. Dieses Wisch-Tablett fällt einem doch aus der Hand«, erwiderte Lore. Doch Erich schien zufrieden mit seinem Kauf. »Der Verkäufer hat uns hervorragend bedient«, lobte er, »die Islamisten respektieren wenigstens das Alter.« Lore rammte ihm den Ellenbogen in die Seite und sah sich vorsichtig um. »Das heißt Moslems«, flüsterte sie. Lore war froh, als sie bezahlt hatten und sich wieder auf der Straße befanden.

»Von dem gesparten Geld lade ich dich ins Venezia ein«, schlug Erich vor, hakte sich bei Lore gut gelaunt unter und ging mit ihr die Schuchardstraße hinab. Lore nahm es mit gemischten Gefühlen hin. Sie glaubte zu ahnen, was es bedeutete, wenn Erich einlud. Kurze Zeit später saßen sie im Café. Erich bestellte ein Banana Split, Lore einen Eiscafé Hag.

»Koffeinfrei?«, mokierte sich Erich.

Lore warf einen demonstrativen Blick auf ihre Armbanduhr. »Es ist gleich sechs.«

Als Erichs Eiskreation kam, bleckte er die Zähne und zeigte die unnatürlich weißen Kronen.

Lore schlürfte schweigend ihren Eiscafé.

»Nun mach nicht so ein Gesicht«, sagte Erich während er sein Eis löffelte. »Es kommen nun mal ständig neue Modelle raus. Mit besserer Qualität.«

»Und all das nur, damit du deine Nachbarn besser ausspionieren kannst«, brummte Lore. Erich, so hatte Lore im Internetz-Kursus beobachtet, nutzte die Recherche-Einheiten nämlich bevorzugt, um per Gugel Erde die Häuser und Grundstücke seiner Nachbarn ins Visier zu nehmen. Angefangen hatte es mit Erichs eigenem Haus, dann hatte er sich Stück für Stück durch die Straßen in Richen gearbeitet und kannte inzwischen von jedem Grundstück die genauen Maße. Er wusste, dass bei Picards der Carport zu groß war und bei Franzens im Wingertsweg eine Holzhütte im Garten stand.

»Was ist daran so schlimm«, entgegnete er, »wer nicht gesehen werden will, kann ja die Gardinen vorziehen.« Lore musste schmunzeln über Erichs Naivität und beobachtete, wie er mit seiner Banane kämpfte. »Die war bestimmt noch grün«, beschwerte er sich.

»Besser als zu reif«, entgegnete Lore und leerte ihr Glas. Erich tat es ihr gleich und wischte sich mit seinem Einstecktuch über die Stirn. Dann fasste er sich theatralisch an die Brust.

»Oh nein«, murmelte Lore und sah sich um. Noch hatte niemand bemerkt, was los war.

Erichs Mundwinkel sackten nach unten, er schnappte nach Luft, während sein Gesicht von Schweiß überströmt wurde. Dann stöhnte er so laut auf, dass die Bedienung herbei sprang. »Soll ich den Notarzt rufen?«, fragte das Mädchen alarmiert.

Erich machte Anstalten, sich zu erheben. »Ich muss an die Luft!«, stöhnte er, während Lore aufsprang, um ihn zu stützen. Ein Blick in das Café zeigte ihr, dass alle Gäste sie anstarrten, ebenfalls bereit, aufzuspringen und zu helfen. Nur schnell raus hier. Sie betraten die Schuchardstraße, und Lore fächelte Erich mit der Eiskarte Luft zu. Die hatte sie aus dem Café mitgenommen.

»Wir gehen ein paar Schritte, wir sind gleich wieder da!«, rief Lore der besorgten Bedienung an der Eistheke zu. Auf Höhe des Weißen Turms riss Erich sich los und begann stockend zu traben. Nicht eben leichtfüßig, aber dennoch flott sprang er die Stufen zum Parkdeck 2 hinab und blieb erst vor dem Parkautomaten stehen. Er schob das Parkticket in den Schlitz und fütterte den Apparat mit Münzen. Lore, die hinter ihm geblieben war, war erleichtert und verstimmt gleichermaßen.

»Diesmal habe ich gedacht, es erwischt dich wirklich.«

Erich drehte sich zu ihr um. »Irgendwas muss man ja davon haben, dass einen alle für tatterig halten«, grinste er. Lore folgte ihm kopfschüttelnd. »Eines musst du mir verraten«, sagte sie, als sie in den Treppenlift stieg. »Wie kriegst du das auf Kommando hin mit den Schweißperlen?« Erich fuhr das surrend leise Gerät an. »Betriebsgeheimnis«, flüsterte er und fuhr zur Ausfahrt.

SILBERLINGE

Waltraud hatte ihr ganzes Leben lang gespart. Nach dem Krieg war ihr nichts anderes übrig geblieben, als zu sparen. Aber auch nach der Währungsreform, als über Nacht die Schaufenster plötzlich vor Waren überquollen, und den darauf folgenden Jahren des Wirtschaftswunders war Waltraud dem Sparkurs treu geblieben. Ihr Leben war ein ständiger Preisvergleich. Sie studierte die wöchentlichen Angebote der Warenhäuser und kaufte ausschließlich das jeweils günstigste Angebot.

»Du verlierst mehr Zeit mit dem Vergleichen, als du Geld sparst«, hatte Willi sie immer wieder ermahnt.

Aber Waltraud konnte nicht anders. Sie konnte mit Fug und Recht behaupten, in ihrem Leben keinen Pfennig zu viel ausgegeben zu haben. Nachdem sie ihn mindestens zweimal umgedreht hatte.

Mit dem Eurocent verfuhr sie genauso. Schulden waren nie gemacht worden. Das Häuschen inmitten eines mit Apfelbäumen und einer großen Buche bestückten Gartens wurde erst gekauft, nachdem Willi und sie den vollen Preis bar bezahlen konnten. 30 Jahre hatten sie darin gelebt. So sparsam, dass für Waltraud ein hübsches Sümmchen fürs Alter übrig geblieben war. Angelegt in kleinen Goldbarren. Die waren wertbeständig und krisensicher, so dachten sie. Und dann waren da noch die Münzen. Einige schöne Stücke von den Glaubenskriegen, darunter auch die Silberdenare Karls des Großen, die Willi von seinem Urgroßvater geerbt hatte. Dabei handelte es sich angeblich um Münzen aus einem riesigen Münzschatz, der bis heute unter dem Verladekai einer Fabrik bei Biebrich begraben lag. Bei den Schaufelarbeiten 1921 war ein Sack mit vermeintlich wertlosen Silberplättchen zutage gefördert worden und in den Beton eingegossen worden. Doch einige der Arbeiter, darunter auch der Urgroßvater von Willi, hatten die Münzen, die sie greifen konnten, eingesteckt.

Fachleute stellten später fest, dass es sich dabei um wertvolle Silberdenare aus der Zeit Karls des Großen handelte. Bei Auktionen riss man sich um die Seltenheiten. Doch der Urgroßvater vermachte den Schatz seinen Söhnen, und die weiter an ihre. Waltraud und Willi hatten den Wert der Münzen nie überprüfen lassen, doch Willi glaubte fest an die Legende. »Das wird mal deine Rente«, hatte Willi immer gesagt. »Auf die Münzen pass gut auf.«

Waltraud hatte gut auf sie aufgepasst. Genau wie auf das Gold und das Sparbuch. Und sie hatte geglaubt, dass es hinter dem kleinen Versteck hinter dem Ölgemälde im Wohnzimmer gut aufgehoben war. Jetzt war das Ölgemälde weg, was noch zu verschmerzen war. Damit aber auch leider das Gold, die Münzen und das Sparbuch. Und die Edelperlkette, die es zur Goldenen Hochzeit gegeben hatte. Der junge Polizist teilte ihr gerade mit, dass ihr Sparbuch geplündert worden war. Ihr Geld war von einer Frankfurter Sparkasse aus abgeholt worden, mit einer gefälschten Vollmacht.

»Wir gehen von einer organisierten Bande aus«, erläuterte der junge Polizist, der in seinen Stoffhosen und Hemd eher aussah wie ein Schupo als ein Kriminalbeamter. »Einbrecher, Fälscher und Hehler arbeiten Hand in Hand, um das Diebesgut, vor allem Konten, so schnell wie möglich zu Geld zu machen. Wieso haben Sie den Einbruch jetzt erst gemeldet?«

Waltraud starrte auf die Tischplatte ihres Couchtisches, die vom vielen Scheuern blank und glänzend geworden war. Genauso blank wie ihr Konto jetzt. Sie befand sich in einer Art Trancezustand und war unfähig, zu reagieren. Sie hatte ein paar Tage bei ihrer

Schwester in Rüsselsheim verbracht. Zu Hause wartete ja niemand. Außer einer Horde Einbrecher, die genau gewusst haben mussten, wann sie wegfuhr. Der Einbruch musste direkt am Abend ihrer Abreise geschehen sein, das war nun sieben Tage her. Die Halunken hatten genügend Zeit gehabt, ihre Konten zu plündern.

Besonders bedrohlich dabei war der Gedanke, dass sie allem Anschein nach ausspioniert worden war. Nicht nur wussten die Einbrecher genau, dass sie verreist war. Man kannte auch ihr Versteck für die Wertgegenstände, obwohl sie dieses niemandem je gezeigt hatte. Nur manchmal, wenn sie sich einsam fühlte, hatte sie im Münzalbum geblättert, das war in letzter Zeit öfter vorgekommen. Die Münzen waren mit mehr Erinnerungen verbunden als jedes Foto und hatten ihr Trost gespendet.

Den Einbruch hatte sie zunächst gar nicht bemerkt. Weder war die Wohnung durchwühlt noch ein Fenster oder eine Tür aufgebrochen worden. Der Dieb war durch die Kellertür eingedrungen, die geöffnet worden war, ohne dass das Schloss beschädigt wurde. Jemand hatte in aller Seelenruhe ihr Versteck ausgeräumt, noch ein Feuerchen in der Spüle ihrer Küche angezündet und anschließend ihre Konten geplündert. Durch den Dunst ihrer Trance hörte sie den jungen Polizisten weiter sprechen.

»Die Wohnung wurde allem Anschein nach ausgespäht. Haben Sie etwas Auffälliges bemerkt in den letzten Tagen und Wochen? Haben Sie fremde Menschen in Ihre Wohnung gelassen?«

Der Ausdruck »fremde Menschen« rüttelte Waltraud wach. Ihre Brauen schnellten in die Höhe. »Niemals«, stieß sie voller Empörung aus. Hielt dieser junge Kerl sie für eine greise Närrin, die den einfachsten Trickbetrügern auf den Leim ging? Nein. Waltraud war achtsam. Im Grunde hatte niemand Fremdes mehr die Wohnung betreten, seit Willi tot war. Nur ihre Freundinnen Adelheid und Gudrun, ihre Schwester, ihre Bekannte Lore Kukuk wegen der Münzausstellung und der Schornsteinfeger Maurer, den sie seit Kindesbeinen kannte.

Trickbetrüger, die sich heutzutage als Handwerker verkleidet oder als Müllmann Zutritt zu fremden Wohnungen verschafften, hatten bei Waltraud keine Chance. Mit verhaltener Häme hatte sie oft Fernsehbeiträge verfolgt, in denen Menschen auf derlei durchsichtige Manöver hereingefallen waren. Aller Orten hörte man ja vom berühmten Enkeltrick, bei dem wildfremde Menschen alte Leute anriefen, sich als Enkel, Neffe oder sonstiger Verwandter ausgaben, um sich Geld von ihnen auszuleihen. Die alten gutgläubigen Menschen händigten ihre Ersparnisse einer völlig unbekannten Person aus und sahen ihr Geld nie wieder. Dabei war doch längst bekannt, dass es sich bei den Betrügern um polnische Banden handelte, die systematisch Menschen anrief, deren Vorname auf Geburtsjahr der 30er oder 40er Jahre schließen ließ.

Auch Waltraud hatte es getroffen. Eines Tages rief tatsächlich ein junger Mann bei ihr an. Er gab sich als ihr Enkel Marcus aus und bat sie, ihr kurzfristig mit 10.000 Euro auszuhelfen. Waltraud hatte innerlich frohlockt angesichts der Chance, den Betrügern das Handwerk zu legen. Sie sagte dem Enkel die Summe kurzerhand zu und ging sogar zur Sparkasse, um das Geld abzuholen.

Selbstverständlich hatte sie aber sofort die Polizei verständigt. Als es dann wenig später an der Haustür klingelte und ihr richtiger Enkel vor der Haustür stand, war Waltraud aus allen Wolken gefallen. Mit Hilfe von Ausweisen und einem Anruf bei Marcus' Eltern war es schließlich möglich, die Polizisten davon zu überzeugen, dass es sich tatsächlich um den rechtmäßigen Enkel handelte. Seit diesem Einsatz stand Waltraud nicht mehr ganz oben in seiner Beliebtheit.

Aber Waltraud hatte diese Vorsichtsmaßnahme nicht bereut. Lieber einmal mehr Vorsicht walten lassen, als hinterher dumm aus der Wäsche schauen. Dass ausgerechnet ihr jetzt dieses Missgeschick passieren musste, war pure Häme. Waltraud konnte nicht sagen, was sie mehr schmerzte. Der Verlust oder die Scham darüber, zum Opfer geworden zu sein. Die verdeckte Genugtuung im Dorf konnte sie sich nur zu gut vorstellen, wenn sie hörten, dass ausgerechnet sie, die Vorsichtige, betroffen war. Das war auch der Grund, warum sie drei weitere Tage geschwiegen hatte, nachdem sie nach ihrer Heimkehr den Schaden bemerkt hatte. Nur die Tatsache, dass ihr das Bargeld ausging, hatte sie bewogen, die Polizei anzurufen.

Jetzt saß ihr dieser Polizist, der dem Alter nach durchaus ihr Enkel sein konnte, gegenüber und klickte mit seinem Kuli, während er darauf wartete, dass sie irgendetwas aussagte. Als Waltraud ihm die Tür geöffnet hatte, hatte sie kurz überlegt, ob auch dies wieder ein Trick sein mochte, doch jeglicher Widerstand war gebrochen. Sie hatte nichts mehr zu verlieren und den Fremden widerstandslos hereingelassen.

»Ich fasse zusammen«, sagte er mit dünner Stimme. »Kein Verdacht, keine ungewöhnlichen Beobachtungen, keine Auffälligkeiten.«

Waltraud tastete nach ihrer Schläfe, in der sich seit heute Morgen ein eiserner Schmerz festgesetzt hatte. »Nichts.«

»Wir würden den Tatort gerne noch weiter in Ruhe untersuchen. Haben Sie jemanden, bei dem sie in den nächsten Tagen unterkommen können?«

Waltraud blickte auf. »Meine Schwester in Rüsselsheim.« Da kam sie gerade her. Und konnte auch gleich wieder hin. Hier zu holen gab es ja nichts mehr. Seufzend stand sie auf und packte ihre Tasche, während unten der Streifenpolizist wartete, der sie fahren sollte.

HÖHENFLÜGE

Ottos Herz hüpfte. Es war ein wolkenloser Nachmittag mit einem Himmel wie aus Glas. Obwohl perfektes Flugwetter herrschte, hatten Rudi und er den Flughafen Egelsbach fast für sich alleine. Nur Roman Wittelsberger, der Fluglotse, saß im Tower und wartete auf die Flieger, die sich heute nicht einstellen wollten. Otto und Rudi standen auf der verwaisten Asphaltbahn, über ihnen kreiste der Parrot Bebop, der sich in die Luft schmiegte, als handle es sich um Kartoffelbrei. Die vier Gleichstrommotoren wirkten wie die Flügel einer Hummel, die mit ihren nanosekundenschnellen Flügelvibrationen die Luft in etwas Dickflüssiges verwandelten, um den eigentlich viel zu schweren Körper in die Lüfte zu schwingen.

Rudi steuerte die Manöver der Mini-Drohne mit winzigen Fingerimpulsen auf seinem Tablet-PC. Auf Rudis Befehl stand der Quadrocopter in der Luft wie eine Eins, nur um im nächsten Moment mit einer synchronen Erhöhung der Drehzahl senkrecht und ohne die geringste Gier aufzusteigen. Ein Tippen, und die Drohne hob an zu einem Turn um die eigene Achse und vollführte zwei elegante Loops. Die Motoren verursachten ein seidiges Surren.

»Da wird der Himmel zum Spielplatz«, strahlte Rudi. Das Gesicht des ehemaligen Fliegerkameraden, das mit Kratern und Falten der Oberfläche eines Planeten glich, glänzte vor Freude. »Moderne Brieftauben«, jubelte er, »damit kannst du sogar auf einer Dachrinne landen.« Er folgte dem Parrot mit verklärtem Blick. »Zwei Kameras. Eine für 14 Megapixel Fotos, eine filmt mit Full-HD-Auflösung mit 1920 mal 1080 Pixeln. Wenn du 'ne Handynummer eingibst, verfolgt er die. Und weicht dabei eigenständig jedem Hindernis aus.« Rudi demonstrierte das Gesagte, indem er die Drohne auf den Laternenmast neben dem Tower zusteuerte. Der Quadrocopter wich elegant aus, während Rudi demonstrativ die Hand in die Luft hielt. »Siehst du?«, bestätigte er mit befriedigter Miene.

»Und was soll der Unfug mit der Handyverfolgung?«, entgegnete Otto. Rudi wendete die Maschine mit einem schwungvollen Turn. »Die Funktion wurde ursprünglich entwickelt, um auch an schwer zugänglichen Orten Aufnahmen machen zu können, etwa beim Sport. Heute kannst du damit jeden stalken, dessen Nummer du kennst«, grinste er, wobei seine Furchen und Falten tiefe Rinnen in seinem Gesicht bildeten. »Oder du programmierst eine Adresse ein, und das Ding liefert dir deine Ware, wohin du willst.«

Otto steckte sich ein Kügelchen Kautabak unter die Oberlippe und wartete auf das vertraute Brennen. »Observationen, Schmuggel, solche Dinge?«, fragte er. Rudi sah ihn mit zusammengekniffenen Augen an und nickte. »Du meinst die Sache in Kassel.«

Otto nickte stumm. Im Hof des Kasseler Gefängnisses war eine mit Drogen überladene Drohne abgestürzt. Purer Zufall, behauptete die Gefängnisleitung. Die Spitze des Eisbergs, behauptete die Justiz.

Für Otto war das ein klarer Hinweis, dass diese ferngesteuerten Flugkörper für weit weniger harmlose Machenschaften genutzt wurden, als Sportevents zu begleiten oder für Kunstflug-Wettbewerbe.

Rudi lachte. »Mit den Dingern kannst du jeden Scheiß anstellen. Zum Beispiel auch deine Nachbarn in aller Ruhe ausspähen.« Er ließ den Quadrocopter einen eleganten Schwenk vollführen und das Fluggefährt auf seinem Handrücken landen wie einen Falken.

»Jetzt du«, sagte er und reichte Otto das Board. Otto wollte gerade danach greifen, als ein leises Kläffen ertönte, das sich allmählich steigerte. Otto rollte die Augen und griff in seine Jackentasche. Er unterdrückte ein Seufzen, als ein Blick auf das Handydisplay ihm zeigte, wer anrief.

»Brenneisen, was gibt's«, sagte er, um sich eine weitschweifige Erklärung seines ehemaligen Assistenten zu ersparen.

»Wieder ein Einbruch, Kollege.«

»Aha«, erwiderte Otto trocken und ignorierte den bettelnden Unterton.

»Diesmal in Lengfeld bei einer gewissen Waltraud Kunz. Ein ähnliches Vorgehen wie in Hering, Habitzheim und Nieder-Klingen. Die Wohnung wurde ausgespäht und in Abwesenheit der Bewohnerin gezielt Wertgegenstände entwendet. Aber etwas ist neu.«

Da Otto nicht nachfragte, worum es sich dabei handelte, fuhr Brenneisen fort: »Es wurde Feuer gelegt.«

»Ein Wohnungsbrand?«, fragte Otto vorsichtig.

»Nein«, antwortete Brenneisen zögernd, und Otto meinte herauszuhören, dass er dies bedauerte. »Im Grunde eine harmlose Zündelei im Spülbecken. Aber man kann Brandstiftung nicht ausschließen.«

»Würde ich in diesem Fall dennoch, Brenneisen. Ich wünsche Ihnen weiterhin viel Erfolg.«

Er beendete das Gespräch.

»Worum geht's?«, fragte Rudi und reichte Otto, der nun beide Hände frei hatte, das Bedienboard.

»Brenneisen«, erklärte Otto. »Der will, dass ich ihn bei seinen Ermittlungen in der Einbruchserie unterstütze. Kommt einfach nicht vom Fleck.«

»Einbruch ist doch gar nicht dein Ressort«, erwiderte Rudi. »Eben«, nickte Otto. Brenneisen war nach der Aufklärung der Scheinehe-Sache rund um den Russenring vom Dezernat für Mord und Feuerdelikte ins Einbruchsdezernat versetzt worden. Das war in Darmstadt eine Beförderung, denn im Kreis Darmstadt-Dieburg wurde einfach nicht genug gemordet, um einen jungen aufstrebenden Polizisten auszulasten. Die Einbruchserie war für ihn eigentlich die geeignete Aufgabe, ja eine richtige Herausforderung von der Kragenweite dieser Scheinehe-Sache.

Doch der Kollege trat auf der Stelle, drei Einbrüche waren in den letzten Wochen nach dem gleichen Schema verübt worden, doch Brenneisen kam nicht rein in diesen Fall und hatte schon mehrfach um Verstärkung in Ottos Person ersucht. Otto fühlte sich davon zwar geschmeichelt, hatte bislang aber erfolgreich vermieden, sich einzuklinken. Er selbst war zwar in seinem Dezernat nicht angehend ausgelastet und das sollte auch so bleiben.

Außerdem, wie sollte er dem Polizeipräsidenten erklären, dass der Hauptkommissar für die Ressorts Mord und Brandstiftung plötzlich bei Einbruch mitmischte? Nein, solange niemand ermordet wurde oder ein Haus abbrannte, brauchte Otto nicht tätig zu werden.

Otto ließ seinen Finger über das Bedientablett gleiten und beobachtete ehrfürchtig, wie sich der Parrot von Rudis Handrücken sachte erhob und senkrecht in die Luft schwebte. Ein Glücksgefühl ergriff Otto anhand so viel fliegerischer Präzision. Er ließ die Drohne zunächst in der Luft kreisen und führte einige Turns durch, um ein Gefühl für das Flugobjekt zu bekommen. Dann steuerte er das Ding Richtung Tower und ließ es vor dem Fenster in der Luft stehen. »Ist die Kamera an?«

Rudi nickte. »Wird direkt auf USB-Stick geladen. Da kannst du dir heute Abend angucken, wie sich der Wittelsberger einen runterholt.« Nach einer Weile begann er jedoch, unruhig von einem Fuß auf den anderen zu treten. »Flieg weiter, sonst zeigen die uns noch an wegen Spionage.«

Otto vollführte einen Turn um den Tower und steuerte die Drohne wieder zurück. Rudi fing den Parrot auf. »Kann ich?«, fragte Otto und deutete auf den USB-Stick, der an der Unterseite des Parrot eingestöpselt war. »Mich interessiert die Bildqualität«, fügte er zur Erklärung bei. Rudi nickte und Otto nahm den Stick an sich. Die Freunde verabschiedeten sich, und Otto ging zum Auto.

Der Sommerabend war immer noch glasklar, die Blätter der Büsche und Bäume wurden von den glänzenden Sonnenstrahlen geradezu lackiert. Die fantastische Abendstimmung und das Glücksgefühl, das die Flugmanöver in ihm ausgelöst hatten, lösten in Otto eine gewisse Angriffslust aus. Er griff nach dem Handy und wählte die toxische Nummer. Am anderen Ende wurde abgenommen, doch für eine geraume Zeit ertönte nur ein lautes Rascheln, bevor jemand sich meldete.

»Ich bin im Museum«, kam es barsch vom anderen Ende. Es gehörte zu Lore Kukuks Eigenheiten, sich am Telefon nicht mit ihrem Namen zu melden, sondern direkt ihren Aufenthaltsort durchzugeben.

Als Grund hierfür nannte sie den Spott, den ihr Nachname ihr Leben lang auslöste, wenn sie ihn am Telefon erwähnte.

»Wie geht es Ihnen?«, fragte Otto.

»Ich habe zu tun.« Was von dem lauten Rascheln im Hintergrund deutlich untermauert wurde.

»Gehen wir später ein Eis essen?«

»Später habe ich Internetzkurs.«

»Und danach?«

»Ist danach nicht zu spät für Eis? Ich muss jetzt weiter machen.«

Und damit legte sie auf. Otto betrachtete den Hörer. Warum kam er einfach nicht weiter bei ihr? Nach der Festnahme der falschen Schwester damals hatte alles so gut ausgesehen. Einmal war ihm sogar ein Du herausgerutscht, und sie hatte es nicht korrigiert. Daraufhin war Otto derart von optimistischen Gefühlen überschwemmt worden, dass er es endlich angepackt und seine Wohnung neu eingerichtet hatte. Ganze Tage hatte er in Küchenstudios verbracht, nur um sich am Ende die Traumküche in einem schwedischen Möbelhaus nachbauen zu lassen. Auch die Planung und Inneneinrichtung der Schlafzimmerschrankwand war ein Projekt, das sich über Wochen zog. Die Haken für die Krawatten an die Innenseite des Schranks oder an die Schranktür? Die Socken und Unterhemden in Schubladen oder Fächer? Über Fragen wie diesen hatte er nächtelang wach gelegen und gegrübelt.

Und dann die Wandfarbe. Klassisch weiß oder mal etwas wagen und eine Wand in einer leuchtenden Farbe streichen? Er hatte es gewagt und danach den grellen Orangeton vier Mal überstreichen müssen, um einen dezenten Cremeton zu erzielen. Das Ergebnis war eine schönheitsoperierte Wohnung, alles neu, strahlend und gastfreundlich. Das war 18 Monate her, und die Kukuk hatte kein einziges Mal seine Wohnung betreten.

Otto tröstete sich damit, dass er sich selbst etwas Gutes getan hatte und dem fünf lange Jahre währenden Wohnungsprovisorium ein Ende bereitet hatte. Aber natürlich ließ ihm die Frage, warum es mit ihnen einfach nicht vorwärtsging, keine Ruhe. Otto vermutete, dass es mit der Verwechslung der DNA zusammenhing. Ein erster Abgleich hatte damals zur Erleichterung der Kukuk gezeigt, dass sie mit Edeltraud Walter nicht verwandt war, wie diese behauptet hatte. Dann stellte sich heraus, dass Helm die Unterlagen vertauscht hatte. Der Abgleich mit den echten Proben hatte ergeben, dass die beiden Halbgeschwister waren. Otto war die undankbare Aufgabe zugefallen, die ungute Nachricht zu überbringen. Verständlicherweise war es ein Schock für die Kukuk, mit der Mörderin verwandt zu sein. Seitdem herrschte von ihrer Seite her eisige Ruhe. Allmählich begann Otto, die Hoffnung aufzugeben. Sein Blick fiel auf das eingezäunte Gebäude, das sich direkt hinter dem Flughafen befand. Die Tierherberge Egelsbach. Vielleicht sollte er der netten Tierpflegerin Beate, die ihn hin und wieder anrief, um sich nach Peppys und seinem Befinden zu erkundigen, einen Besuch abstatten?

MACHTSPIELE

Lore steckte ihr knochengroßes Handy zurück in die Tasche ihres Kittels, um beide Hände für das massive Schwert frei zu haben. »Herrje, wenn die echten Schwerter 45 Kilo gewogen hätten, wären die Barbaren im Nu ausgerottet worden.« Lore reichte Krummsiegel den bleiern schweren Haudegen und wischte sich die Stirn.

»Das ist ein original Artefakt«, murmelte der Museumsleiter und legte die Waffe auf ein rotes Kissen. Lore grinste spöttisch. Krummsiegel war besonders stolz darauf, für die aktuelle Highlander-Ausstellung über original Relikte aus dem Film ›Conan der Barbar‹ zu verfügen. Historisch echt waren diese Stücke deshalb noch lange nicht.

»Die Kämpfer wären mit solchen Schwertern in den ersten Sekunden der Schlacht total erschöpft gewesen und wären getötet worden, bevor sie ihren Prügel auch nur angehoben hätten!«, erklärte Lore. »Originalschwerter waren selten schwerer als zwei Kilo.«

Krummsiegel stöhnte widerwillig. »Sie und Ihre Internet-Recherchen.« Er begann nun, eine Figur aus dem Film zusammenzusetzen. Die herumliegenden gebräunten Einzelteile erinnerten Lore an Grillhähnchen.

Seit sie den Internetz-Kurs besuchte, bereitete es ihr besonderes Vergnügen, Krummsiegel bei seinen Ausstellungen historische Ungenauigkeiten nachzuweisen. Begonnen hatte alles mit der Mittelalter-Ausstellung vor einem Jahr. Eher zufällig war Lore darauf gestoßen, dass es sich bei der Eisernen Jungfrau, einem Ausstellungsstück, auf das Krummsiegel besonders stolz gewesen war, in Wirklichkeit um ein Fantasieprodukt des 19. Jahrhunderts handelte.

Lore hatte ihm den entsprechenden Verweis auf Wikipedia ausgedruckt und unter die Nase gehalten.

»Im Internet steht auch nicht immer die Wahrheit«, hatte Krummsiegel erwidert und darauf bestanden, das Artefakt weiterhin am Ausstellungsort zu belassen. Doch seitdem forschte Lore mit Leidenschaft weiter.

Die bleiernen Schwerter waren Wasser auf ihren Mühlen. Genauso der Arkansasstein, mit dem angeblich die Schwerter der Helden geschliffen wurden. Dabei wusste Lore von Recherchen, dass in dieser frühen Epoche die Rohlinge durch Guss entstanden und dann durch wiederholtes Schmieden hart und flexibel gemacht wurden.

Lore warf einen Blick aus dem Fester und erblickte Achims Wagen, der auf dem Burghof stand. »Ich muss jetzt los«, sagte sie und sah sich im Saal um. »Wir sind ja hier im Wesentlichen fertig.«

»Jaja, gehen Sie schon«, murrte Krummsiegel. Lore verließ das Museum und stieg direkt in Achims Wagen, der angenehm klimatisiert war. Er begrüßte sie flüchtig und wirkte auf der ganzen Fahrt angespannt und hektisch.

»Was ist los?«, fragte Lore.

»Ach nichts«, erwiderte der Neffe. »Ich habe gleich wieder einen Termin in Frankfurt und muss mich beeilen.«

Lore überhörte den vorwurfsvollen Unterton, mit dem er ihr womöglich klar machen wollte, dass sie seine Hilfsbereitschaft über Gebühr beanspruchte. Immerhin hatte sie seine Schwiegermutter Adelheid von einem störenden Nervenzittern befreit. Lag es da nicht nahe, dass er sich bei ihr revanchierte?

»Also kannst du mich nicht abholen?«, fragte sie nun verschnupft.

Die nächste Kurve nahm der Neffe so scharf, dass Lore gegen die Fahrertür gedrückt wurde.

»Nein, Tantchen, dann muss ich ja wieder den ganzen Weg von Frankfurt herkommen.«

Lore zupfte an ihrer Hose. »Gut, dann frage ich

jemanden aus dem Kursus.« Auch sie konnte das mit dem anklagenden Unterton.

»Schaff dir doch mal ein Auto an, du hast doch Geld«, sagte er, als sie nach Dieburg einbogen. Lore hatte sogar genug Geld, sich einen Chauffeur zu leisten. Aber ihre Fahrten, wie etwa zu Edel ins Gefängnis nach Preungesheim oder die kleinen Fahrten hier im Landkreis waren zu privat, um sich einem Fremden anzuvertrauen. Außerdem hatte der Junge, der nachts als Türsteher arbeitete, doch tagsüber Zeit, oder?

»Zum Beispiel einen Smart, der hat Automatik und fährt sich ganz einfach«, fügte der Neffe hinzu.

Warum wollten nur alle ihr diesen verfluchtenTreppenlift andrehen, diese motorisierte Gehhilfe, nicht mehr als die Vorstufe zum Rollator.

»Wie geht es Adelheid?«, fragte Lore, es war ihre Art, Achim auf seine moralische Verpflichtung aufmerksam zu machen.

»Gut, gut«, antwortete er gehetzt und bog mit Schwung in die Straße ein, in der der Kursus stattfand, wobei er ums Haar Gerlind auf die Motorhaube nahm. »Sei nicht böse, Tantchen, ich muss gleich weiter.«

Lore nickte schweigend und ließ sich extra lange Zeit zum Aussteigen. Alte Leute brauchten eben etwas länger. Der VHS-Kursus mit dem Titel ›Surfing Seniors‹ wurde in den Räumen eines Dieburger Gymnasiums abgehalten. Eigentlich war Lore mit kaum 60 zu jung für die Teilnahme, doch Erichs Enkel hatte auf einer Kopie ihres Personalausweises am Alter gefummelt, sodass sie am Gratiskurs teilnehmen konnte.

Lore betrat das Gebäude, der Flur war kühl und dunkel, doch in dem Raum, in dem ihr Unterricht stattfand, herrschte eine angenehme Abendbrise. Die Fenster standen sperrangelweit offen, sodass der Duft der Kastanien und der Abendgesang der Vögel ungehindert hereinströmen konnten. Es war ein wundervoller Sommerabend. Hätte sie Ottos Einladung doch annehmen sollen? Lore schob den Gedanken schnell wieder beiseite.

Die anderen Teilnehmer waren bereits anwesend, Lore begrüßte Ilse und Hertha Mäuser mit einem Kopfnicken. Auch Erich war gekommen. Gerlind betrat den Raum und wirkte gehetzt, kein Wunder nach dem Schrecken auf der Straße. Lore grüßte sie, als habe sie mit dem Fast-Unfall nichts zu tun. Alle setzten sich an ihren Computerplatz. Der Sitz von Waltraud Kunz blieb leer.

Nach kurzer Zeit betrat auch der Kursleiter den Raum. Ein Bengel mit T-Shirt und Wollmütze, die er auch bei diesen Temperaturen nicht abnahm. Vermutlich, weil darunter Lebewesen unbekannter Spezies nisteten. Der Bengel begrüßte die Senioren und erklärte ihnen eine neue Suchfunktion. Diese konnten sie anschließend im Praxisteil anwenden. Lore beschloss, das Thema mittelalterliche Kampftechniken noch zu vertiefen, und war nach wenigen Klicks eingetaucht in die Welt antiker Tötungsgeräte.

Schwerter, so erfuhr sie, waren nicht zum Durchstoßen einer Rüstung geeignet. Vielmehr wurden hierfür Waffen mit hohem Zuggewicht verwendet: eine Armbrust, ein Streithammer oder ein Morgenstern. Auch diese Tatsache wurde bei Turnieren der Mittelalterfeste grob falsch dargestellt.

Lore stöberte weiter, doch schon nach kurzer Zeit konnte das Thema sie nicht mehr hinreichend fesseln. Sie war heute nicht bei der Sache, der würzige Duft der Kastanien lenkte sie immer wieder ab. Verstohlen blickte sie sich im Raum um. Die Senioren hingen wie hypnotisiert vor ihren Bildschirmen, die Luft knisterte geradezu vor Elektronik. Alle waren konzentriert mit ihrer Aufgabe beschäftigt. Gerlind recherchierte sicherlich wieder zum Thema Handarbeiten und Ilse nach Koch-Rezepten und allem, was damit zu tun hatte: Soßen, Salate, pflanzen und ernten. In der letzten Stunde hatte sie einen Vortrag über das Backen Roter Beete gehalten. Lore hätte heulen können vor Langeweile.

Hertha war bestimmt wieder den neuesten Krankheiten auf der Spur. Und Erich, das konnte sie erkennen, weil er nur einen Sitz weiter saß, surfte auf Google Erde durch die Nachbarschaft und spionierte die Häuser aus. Lore kopierte die Seite, auf der sie ihr Wissen über Waffen recherchiert hatte, und schrieb sich den Link auf. Der Kursleiter wollte immer auch wissen, auf welchen Seiten sie unterwegs waren, damit sie nicht immer dieselben Seiten nutzten.

»Meine Herrschaften, bitte zum Ende kommen!«, rief der Kursleiter nach einer Weile und klatschte in die Hände. Vermutlich hatte er das so gelernt in einem Trainingskurs darüber, wie man mit renitenten Senioren umging. Freundlich, aber bestimmt. Die Surfing Seniors räusperten sich und schlossen ihre Recherchen ab. Jetzt kam der unangenehme Teil. Jeder der Senioren präsentierte der Gruppe die Ergebnisse seines Themas. Der junge Kursleiter tat das wohl in der Absicht, dass sie alle voneinander profitieren konnten. Lore interessierte sich allerdings für die Ergebnisse der anderen herzlich wenig. Ob Venensalbe oder Herzmittel im Internetz für die Hälfte angeboten wurden als in der Apotheke, war ihr herzlich egal. Sie kaufte keine Medikamente. Und Ilses Rezepte interessierten sie ebenso wenig.

»Wer will beginnen?«, fragte der Bengel in die Runde. Betont schüchtern wurden arthritische Hände in die Luft gereckt, keiner mochte zeigen, wie sehr er darauf brannte, sein Thema der Gruppe zu präsentieren. Hertha kam an die Reihe. Wie immer hatte sie über Medikamente recherchiert. Diesmal ging es um Magentabletten, die gegen Sodbrennen, Völlegefühl und Aufstoßen wirken sollten. Hertha hatte verschiedene Anbieter verglichen nach Preis, Menge und Inhaltsstoffen. Die anderen Senioren notierten fleißig die Ergebnisse. Lore unterdrückte ein Gähnen. Gegen Magenschmerzen half ein altes Hausrezept von Oma Kukuk.

1 Esslöffel Wermutkrautpulver
Mit heißem Wasser überbrühen
1 Stunde ziehen lassen

Der Wermuttee, den Lore sich gelegentlich zubereitete, hatte mit dem Absinth, mit dem sie Freddy einst ins Märchenland geschickt hatte, nichts gemeinsam. Er sorgte mit seinen Bitterstoffen einfach nur für bessere Magenverhältnisse. Nachdem Hertha ihren Bericht abgeschlossen hatte, meldete sich Ilse zu Wort. Lore machte sich auf einen langatmigen Vortrag zum Einlegen von Gemüse bereit, doch sie wurde überrascht. Ilse hatte ein neues Thema recherchiert: Methoden von Dieben und Trickbetrügern. Den Enkeltrick und den Handwerkertrick, die Ilse vorstellte, kannte Lore bereits. Aber der Geldautomatentrick war ihr neu.

»Die Diebe warten am Geldautomaten, bis das Opfer das Geld angefordert hat«, erklärte Ilse mit dünner Stimme. »Dann lassen die Betrüger einen Geldschein vor die Füße des Opfers fallen und machen es darauf aufmerksam, dass es Geld verloren hat. Während sich das Opfer nach dem Zehn-Euroschein bückt, ziehen die Diebe das Geld aus dem Schlitz und gegebenenfalls noch die Karte und verschwinden.«

Die Senioren im Raum tauschten betroffene Blicke, vereinzelt wurde mit der Zunge geschnalzt, um dem Entsetzen Ausdruck zu verleihen. Und Ilse beschrieb noch einen weiteren Trick, der scheinbar an Bushaltestellen oft zum Einsatz kam.

»Der Täter fragt nach dem Weg, lässt sich diesen gegebenenfalls auf einer Karte zeigen und klaut währenddessen das Portemonnaie der auskunftswilligen Person.«

Lore schmunzelte. Diesen Trick würde sie Achim erzählen, sodass er sie nicht mehr mit dem Bus würde fahren lassen. Die Recherche von Ilse war so spannend, dass keiner der Zuhörer sie – wie sonst in der Gruppe üblich – darauf aufmerksam machte, dass sie ihr Zeitlimit überschritt. Als sie geendet hatte, war es Zeit, Schluss zu machen, der Kursleiter vertröstete die Senioren auf nächste Stunde.

Die Kursteilnehmer packten ihre Stifte und ausgedruckten Seiten ein und marschierten nach draußen. In der Tür traf Lore auf Ilse und bedankte sich für die Information über die Einbrechertricks. »Heutzutage kann man nicht genug aufpassen«, sagte sie, während sie zusammen nach draußen gingen. »Wie kamst du auf dieses Thema?«

Nun blieb Ilse stehen und riss die Augen auf. »Na wegen der armen Waltraud. Hast du nicht davon gehört?« Lore schüttelte den Kopf.

»Der haben sie doch die ganze Bude ausgeräumt. Die müssen sie ausspioniert haben. Alle Wertsachen sind weg. Die ganzen Ersparnisse und das ganze Geld.«

»Auch die Münzen?«

Ilse nickte. »Alles.«

Mist, dachte Lore, Waltrauds Münzen sollten das Kernstück einer Ausstellung zur Karolingerzeit werden. Waltraud hatte eine schöne Sammlung besessen, erst vor zwei Wochen hatte Lore sie besucht und sich die Schätze zeigen lassen. In Waltrauds Besitz befanden sich einige der karolingischen Silberdenare aus dem Rheinfund. Von denen existierten nur 49 Stück, die damals von den Arbeitern gerettet worden waren. 25 davon waren im Wiesbadener Landesmuseum zu besichtigen. Die anderen waren im Privatbesitz verschollen. Der Fund bei Waltraud war im Grunde genommen eine Sensation.

»Hat man die Einbrecher schon gefasst?«, fragte Lore.

Ilse schüttelte den Kopf. »Nein, genauso wenig wie bei Gerda, Hilde und Hartmut Meyerlein.« Ilse bezog sich auf die anderen Einbrüche, die in den letzten vier Wochen die Gemeinde Otzberg erschüttert hatten.

Und nun Waltraud in Lengfeld. Beklommen dachte Lore, ob ihr Besuch etwas mit dem Einbruch zu tun haben konnte. Doch Lore hatte niemandem von den Schätzen erzählt. Nur ihrem Neffen Achim. Der hatte während des Besuches draußen gewartet. Und Zeit gehabt, das Haus auszuspähen, dachte Lore in diesem Moment. Aber nein. Achim war ein anständiger Kerl, sagte sie sich. Mit Kontakten zur kriminellen Welt, musste sie betrübt einräumen. Dennoch, das konnte nicht sein. Lore schob den Gedanken beiseite, während sie an Ilses Seite ins Freie trat.

»Die Polizei schaut tatenlos zu«, klagte sie, blieb abrupt stehen und packte Lore am Handgelenk. »Du musst dich darum kümmern.«

»Wieso ich?« Lore befreite sich energisch.

»Na du hast doch Kontakte zur Polizei«, fügte Ilse mit süffisantem Unterton hinzu.

»Quatsch«, murmelte Lore und massierte die Stelle, an der Ilse gezerrt hatte.

Als Lore den Blick hob, erblickte sie ihn. Der Kommissar mit dem Bartschatten stand direkt gegenüber auf der anderen Straßenseite. Die Fäuste tief in die schwarze Hose gerammt, um das Handgelenk die Hundeleine geschlungen. Der Pudelmischling saß auf seinen Hinterbeinen und witterte in der Abendluft. Lore wollte zur Seite ausweichen, doch Ilse gab ihr einen beherzten Stoß, sodass Lore auf die Straße stolperte und direkt auf ihn zulief.

Lore spürte ein feines Brodeln in ihrem Innern, während sie auf ihn zulief, im Rücken spürte sie die Blicke der Kursteilnehmer. Sie ging auf den Hund zu, der an ihr hochsprang und pflichtgemäß wedelte. Lore begrüßte den Hund länger als nötig. Als sie sich aufrichtete, um dem Kommissar die Hand zu reichen, hatten sich ihre Hormone wieder halbwegs eingependelt.

»Hallo«, sagte sie trocken.

»Ich dachte, vielleicht gehen wir doch ein Eis essen?« Der Kommissar sah aus wie ein Pennäler an der Schultafel. Lore nickte knapp, und gemeinsam schlugen sie den Weg Richtung Marktplatz ein.

»Wie war der Kurs?«, fragte Otto.

»Gut, wir lernen jedes Mal etwas Neues. Diesmal über Trickbetrug.«

»Aha.«

Lore hoffte, dies sei das Stichwort für den Kommissar, um von der aktuellen Einbruchserie zu berichten, doch es kam nichts, und so gingen sie schweigend bis zum Marktplatz. Warum fühlte Lore sich so merkwürdig?

Sie setzten sich in das Café und bestellten Maraschino-Becher. Als der arabisch aussehende Kellner die riesigen Becher brachte, machte Lore einen zweiten Vorstoß.

»Es gibt einen neuen Einbruch in Lengfeld. Was unternimmt die Polizei?« Sie ärgerte sich über diese unbeholfene Formulierung, kaschierte dies jedoch mit einem Riesenlöffel Eis und Kirschen, den sie sich in den Mund schob, wobei ihr fürchterlich kalt wurde.

Otto, dem ein Stück Sahne am Kinn klebte, sah von seinem Eis auf. »Ja, ich habe davon gehört.«

Lore sah ihn verwundert an. »Wieso nur gehört? Ermitteln Sie nicht?«

Otto nahm eine hauchdünne Schicht seines Vanilleeises ab. »Fällt nicht in mein Ressort.«

Lore starrte auf den Marktplatz, wo sich zwei Tauben um ein Stück Brezel stritten.

»Brenneisen ermittelt«, fuhr Otto fort, »kommt aber schlecht voran. Das sind organisierte Banden, denen kommt man so schnell nicht auf die Schliche.« Dann vertilgte er sein Eis hastig und schweigend. Lore glaubte nicht, dass er nichts wusste, und ärgerte sich, dass er sie nicht ins Vertrauen zog.

Sie schlang ein paar weitere Löffel Eis herunter, so schnell, dass ihr Magen sich auf die Größe einer Erbse verkrampfte. »Ich muss los, mein letzter Bus fährt«, sagte sie schließlich und sprang auf.

»Ich fahre Sie selbstverständlich«, beeilte sich Otto zu sagen. Er ließ den Rest seines Eises stehen, bezahlte, und schweigend eilten sie zum Auto. Der Pudel folgte mit hängendem Schwanz und hängender Zunge. Selbst in den schmalen Gassen rund um das Badehaus hing die Hitze wie ein frisch gekochtes Leinentuch.

Während der Fahrt wurde kein Wort mehr gesprochen. Lore blickte mit zusammengekniffenen Lippen aus dem Fenster.

»Setzen Sie mich hier ab«, sagte sie, als sie auf Höhe des Kaktus-Andreae angekommen waren.

Otto zögerte, bremste jedoch. »Sie wollen den ganzen Berg hochlaufen?«

»Das tut mir gut«, sagte sie, sprang aus dem Auto und knallte die Tür hinter sich zu.

Wütend stampfte sie bergauf. Warum war sie eigentlich wütend? Weil er sie überfallen hatte und quasi gezwungen, den Abend mit ihm zu verbringen? Weil er ihr nicht die gewünschten Informationen über die Einbrüche gegeben hatte? Ein erwachsener Mann, die sich aufführte wie ein bockiger Teenager. Zugegeben, sie selbst war auch nicht besser, aber sie hatte schließlich gute Gründe, ihn auf Abstand zu halten.

Inzwischen war es dunkel geworden, und hier draußen auf den Feldern herrschte eine milde Nachtkühle. Dennoch war Lores wütender Schwung nach wenigen steilen Schritten bergauf genommen und wich einer tiefen Erschöpfung. Die Füße taten ihr weh, weil sie aus Eitelkeit nicht die weißen großen New Balance angezogen hatte, sondern die hellblauen in einer halben Nummer kleiner. Schon bereute sie ihren Entschluss, zu laufen. Zwei Minuten Schweigen mehr mit dem Kommissar hätte sie auch noch ausgehalten. Als sie am Burgtor anlangte, war sie durchgeschwitzt und total außer Atem. Mit letzter Kraft schob sie das Burgtor auf, das mit seinem Quietschen den Burghof beschallte.

Vor ihr lag der Hof in tiefem Dunkel. Die Burgschänke und das Museum waren längst geschlossen. Nachdem sich das Schloss wieder lautstark geschlossen hatte, war es hier oben so still, dass man die Luftbewegungen hören konnte. Möglichst leise setzte sie einen Fuß vor den anderen. Wovor fürchtete sie sich? Waren es die Räubergeschichten, die sie gerade von Ilse gehört hatte, und das Wissen über die organisierten Banden, das Otto dazugegeben hatte? Oder war es der Eindruck, dass da drüben an der Mauerzinne jemand lauerte?

Lores Herz schlug einen schnellen, angstvollen Trommelwirbel. »Trotteline«, schimpfte sie leise mit sich selbst. »In der Gegend wird eingebrochen, und du läufst hier oben nachts alleine rum.«

Sie schlich an der Wand entlang, um sich möglichst unsichtbar im Mondschatten zu bewegen. Dann sah sie deutlich die Gestalt, die aus dem Schatten trat. Einem Impuls gehorchend sprang sie zurück ans Burgtor, doch es war zu spät. Die Gestalt kam in bedrohlicher Schnelligkeit auf sie zu.

NEUE HORIZONTE

Als Brenneisen an diesem Morgen ins Präsidium kam, fühlte er sich unausgeschlafen, matt und hoffnungslos. Er öffnete die Fenster sperrangelweit, um die Hitze, die sich über Nacht in seinem Büro angestaut hatte, hinauszulassen. Ein neuer Einbruchdiebstahl in Lengfeld, der vierte seiner Art, und sie traten in dem Fall buchstäblich auf der Stelle. Keine einzige der DNA-Spuren vom Tatort fand eine Entsprechung in einer Datenbank. Keiner der Nachbarn hatte etwas gesehen, niemand hatte einen Verdacht. Er konnte es seinem Kollegen Otto nicht verdenken, dass dieser sich nicht einmischen wollte. In diesem Fall gab es keine Lorbeeren zu gewinnen.

Hinzu kam, dass Brenneisen noch die Anstrengungen des Rüsselsheimer Triathlons vom Wochenende in den Knochen steckten. Seine Muskeln fühlten sich an wie gerosteter Stahl. Seine Füße schmerzten von Blasen. Bei jedem Schritt hatten ihn die heißen Sonnenstrahlen unbarmherzig gepeitscht. Und es hatte noch nicht mal für eine Platzierung gereicht. Dabei trainierte er gemeinsam mit Verena nach einem effizienten Programm und unter Anleitung eines Coachs.

Fast jedes Wochenende nahmen Brenneisen und seine Freundin an Wettkämpfen teil. Triathlon, Halbmarathons, Marathons. Die Wettkämpfe hatten ihn zuletzt mehr geschlaucht als Befriedigung verliehen. Was als sportlicher Wettstreit angefangen hatte, war zu einem verbissenen Kampf geworden. Während Verena bei den Frauen immer die vorderen Plätze belegte und auf jeden Sieg immer härter trainierte, ließ bei Brenneisen der Kampfgeist zusehends nach.

Je mehr sie ihn zu Höchstleistungen antrieb, desto mehr bemerkte er einen inneren Widerstand. Manchmal erwischte er sich dabei, wie er sich nach einem gemütlichen Sommernachmittag auf der Terrasse sehnte. Das Klirren von Kaffeetassen und Löffeln, die Zucker umrührten, begleitet vom Zwitschern der Vogelstimmen statt der aggressiven Lautsprecherdurchsagen und dem Anfeuern der Zuschauermenge. Sogar der Appetit auf die gemüsebasierte Ernährung, die sie beide so verbunden hatte, war ihm vergangen und er empfand ein Gefühl von rebellischer Genugtuung, wenn er sich heimlich eine Brezel bei Bormuth gönnte und, wie jetzt, genussvoll verzehrte.

Brenneisen starrte auf den Aktenstapel, der sich auf seinem Schreibtisch türmte. Dieselben Unterlagen, die ihn seit Tagen beschäftigten, aber ihm nichts verrieten. Erst auf den zweiten Blick stellte er fest, dass gut die Hälfte der Unterlagen fehlten. Er blätterte die Papiere durch. Tatsächlich. Die letzten beiden Fälle waren verschwunden. Brenneisen bemerkte, wie sein

Mund schlagartig austrocknete. Nur mühsam ließ sich seine Zunge vom Gaumen lösen. War hier jemand eingebrochen und hatte die Akten entwendet? Er sprang auf und lief den Gang hinunter.

»War jemand an meinen Unterlagen?«, fragte er die verstörte Empfangssekretärin, die ihr Telefongespräch unterbrach und den Kopf schüttelte. Panisch rannte Brenneisen zurück in sein Büro, durchwühlte systematisch seinen Schreibtisch und dann den Aktenschrank. Er hatte gerade sämtliche Schubladen herausgezogen, da hörte er Schritte hinter sich und gleich darauf Ottos Stimme. »Suchen Sie die?«

Brenneisen richtete sich auf und drehte sich langsam um. Was er sah, entriss ihm ein erleichtertes Schluchzen. In diesem Moment wusste er nicht, was ihn glücklicher machte. Dass die Akten wieder aufgetaucht waren, oder dass Otto sich nun doch für die Fälle zu interessieren schien.

»Die habe ich gestern Abend mitgenommen, um sie durchzusehen«, erklärte Otto und setzte sich auf einen der Stühle am Konferenztisch. Brenneisen musste sich zusammennehmen, um nicht in Tränen auszubrechen. »Und ist Ihnen etwas aufgefallen?«

Otto wiegte den Kopf unbestimmt hin und her. »Wir haben vier Einbrüche in den letzten vier Wochen. Lengfeld, Habitzheim, Nieder-Klingen, Hering.«

Brenneisen nickte. »Nicht in dieser Reihenfolge, aber, ja, an diesen Orten.«

Otto fuhr fort. »Opfer waren drei ältere Frauen und ein älterer Mann. Beim letzten Einbruch wurde gezündelt.«

»Ja, in der Spüle in der Küche wurde ein Feuer angezündet, das nach kurzer Zeit wieder erlosch.«

»Bei den anderen Einbrüchen kein Feuer?«

»Nein.«

»Konnte man den Brandresten des letzten Einbruches entnehmen, dass irgendwelche wichtigen Papiere verbrannt wurden, etwa um Spuren zu vernichten?

Brenneisen schüttelte den Kopf. »Das Feuer wurde mit den Seiten eines Telefonbuches angesteckt. Im Haus befand sich ein neueres Telefonbuch, unversehrt.«

Otto erhob sich und schrieb die Namen der Einbruchopfer an das Flipchart. Gerda Brück, Habitzheim, Hilde Escher, Nieder-Klingen, Hartmut Meyerlein, Hering, Waltraud Kunz, Lengfeld. Unter jeden Namen setzte er einen Pfeil, diese führten in der Mitte zusammen. »Was haben sie alle gemeinsam?«, fragte er.

Brenneisen blickte in seine Unterlagen.

»Sind alle über 65, alle leben in einem Haus, das sich gut einsehen lässt. Die Einbrecher scheinen die Wohnungen ausgespäht zu haben, denn Wertgegenstände wurden zielgerichtet gestohlen: Bilder, Skulpturen, Münzen und natürlich Sparbücher und Geldkarten, mit denen auch Geld abgehoben wurde.«

»Was sagt uns das?«

Brenneisen verspürte eine leichte Ungeduld, doch das pedantische Wiederholen von Tatsachen gehörte zu Ottos Ermittlungsmethode und er beschloss, Ottos schulmeisterlichen Ton zu überhören. »Organisiertes Verbrechen.«

»Werden die gängigen Internetbörsen beobachtet?«

Brenneisen nickte. »Bisher ist allerdings keiner der entwendeten Gegenstände aufgetaucht.«

»DNA-Spuren?«

»Bisher noch keine Treffer.«

Otto erhob sich. »Fahren wir mal zum letzten Opfer. Dieser Waltraud Kunz.« Otto tippte mit dem Filzstift auf den letzten Namen der Liste am Flipchart. »Ist sie zu Hause?«

Brenneisen schüttelte den Kopf. »Sie wohnt zurzeit bei ihrer Schwester, die Wohnung ist noch versiegelt.«

Als Brenneisen und Otto gemeinsam das Präsidium verließen, verspürte Brenneisen eine Welle von Euphorie, die ihn sonst nur nach 22 Kilometer Jogging einholte. Es hätte nicht viel gefehlt und er wäre Otto um den Hals gefallen. Wie hatte er sich nach der Ruhe und Sicherheit des Kommissars gesehnt.

Das Haus von Waltraud Kunz befand sich in einer Neubausiedlung der 60er Jahre in Lengfeld. Kleine geduckte Häuschen mit spitzem Dach und grauer Fassade, die vom umgebenden Grün fast erdrückt wurden. An den Fenstern hingen Gardinen wie Spitzendeckchen. Jägerzäune grenzten die benachbarten Grundstücke exakt ab. Hinter diesen Fassaden vermutete man keine Reichtümer, es sei denn, man wusste es besser.

Als sie die Tür öffneten, schlug ihnen ein muffiger Geruch entgegen, der typisch war für diese Art Haus. Wenn die nicht täglich gelüftet wurden, verschimmelten sie allmählich und verwandelten sich nach Jahren in Kompost. Der Weg ins Wohnzimmer führte durch einen dunklen Flur, das Licht wurde von rot und blau getönten Butzenscheiben gefiltert. Hier drinnen hatte sich seit den 60er Jahren nichts verändert. Wandschränke mit schmalen Füßen, ein Couchtisch mit Furnierholzplatte, ein Fernseher, der in einen Wandschrank eingebaut war. Die Grünpflanzen, die die Sicht in den Garten fast völlig verstellten, schienen nicht zur Luftqualität beizutragen. Obwohl altmodisch, wirkte die Wohnung gepflegt und auf Hochglanz poliert. Der Ethos einer Hausfrau, die sich ihr Leben lang penibler Sauberkeit verschrieben hatte.

Nachdem Otto den Raum in Augenschein genommen hatte, weder Fenster noch die Terrassentür zeigten Einbruchspuren, stellte er sich an den Fuß der Kellertreppe und nahm mehrere Atemzüge. Ja, der Geruch kam von unten. Brenneisen tauchte hinter ihm auf. »Eingebrochen wurde über die Kellertür, die kaum beschädigt wurde. Deshalb hat von den Nachbarn oder Passanten keiner etwas bemerkt.«

Otto nickte, hatte aber etwas anderes im Blick. Im Flur neben der Haustür hing ein verziertes Schlüsselbrett. Otto nahm die Schlüssel in die Hand und untersuchte sie. Zwei Hausschlüssel, ein dicker Schlüssel, der allem Anschein für die Garage bestimmt war, und ein kleiner, wahrscheinlich der Briefkastenschlüssel. Otto ging nach draußen und öffnete das runde Rohr, das an der Gartenmauer befestigt war. Im Briefkasten befanden sich zwei Gratiszeitungen, drei Briefe und ein Werbeflyer von einem Busreiseanbieter. Otte drehte das Faltblatt mehrmals um. ›Einfach losfahren‹, stand auf der einen Seite. Im Hintergrund war ein Reisebus inmitten einer grünhügeligen Landschaft abgebildet, hinter den Fenstern konnte man die Art von Senioren erahnen, die man aus der Werbung für Kukident oder Vitalstoffe kannte. Auf der Rückseite war ein üppig gedeckter Tisch abgebildet. ›Frühstück, Mittagessen, Übernachtung inklusive‹, lautete die Bildunterschrift.

Dann stellte Otto fest, dass es sich hierbei nicht um ein anonymes Anschreiben handelte, sondern an Frau Kunz persönlich richtete. ›Danke, dass Sie dabei waren‹, war der Beginn eines kurzen Anschreibens. Otto ging zurück ins Haus und zeigte Brenneisen das Faltblatt. »Veronika Reisen. Kennen Sie dieses Unternehmen? Allem Anschein nach hat Frau Kunz eine Kaffeefahrt mit denen unternommen.«

Brenneisen betrachtete das Faltblatt und schüttelte den Kopf.

»Vielleicht ist das ein Ansatzpunkt«, sagte Otto und steckte das Faltblatt ein. »Dann fahren wir mal zu dieser Frau Kunz und befragen sie«, ordnete Otto an.

Brenneisen nickte, sie stiegen in den Wagen, wo Brenneisen die Adresse von der Schwester des Opfers in das Navi tippte. 20 Minuten später befanden sie sich in der Hochhauswohnung in Rüsselsheim, Brenneisen und Otto saßen in zu weichen Sesseln mit Cordbezug, ihnen gegenüber zwei Frauen, die sich nur durch das Blumenmuster ihrer Kleider unterschieden. Ansonsten hatten beide dieselbe leicht lilastichige Frisur und dieselben Gesichtszüge. In den Tassen stand dünner Kaffee, durch den man den ungespülten Tassenboden erkennen konnte.

Otto ließ sich den gesamten Tathergang noch einmal schildern und stellte verschiedene Fragen. Dann legte er das Faltblatt auf den Wohnzimmertisch. »In Ihrem Briefkasten lag dieses Schreiben. Haben Sie mit Veronika-Reisen eine Fahrt unternommen?«

Die Frau, die ausgeraubt worden war, sah ihre Schwester an, beide nickten synchron.

»Wann war das?«

Waltraud Kunz überlegte kurz. »Im April. Das war nett.«

»Sie haben sich dort mit Ihrer Adresse angemeldet?«

Während Waltraud noch überlegte, gab ihre Schwester die Antwort. »Ja, wir haben uns beide unter Waltrauds Adresse angemeldet.« Sie schlug die Hand vor den Mund. »Du liebe Güte, Sie meinen, die rauben ihre Klienten aus?«

»Vorerst überprüfen wir, ob ein Zusammenhang besteht«, erwiderte Otto. »Ist Ihnen beiden auf dieser Reise etwas aufgefallen, wurden Mitreisende ausgespäht oder ausgefragt?«

Nun antwortete Waltraud. »Nein, die Reise war sehr nett. Uns wurde nichts aufgezwungen. Die Fahrten waren schön, alles inklusive und man musste auch nichts kaufen. Keine Heizdecken oder irgendwelche Magnetfeldunterlagen. Wir sind nur an einer Apotheke vorbeigefahren, die Vitalstoffe verkauft. Einige der Reisegäste haben da etwas gekauft, aber nicht alle. Also ich habe nichts gekauft«, setzte Waltraud stolz hinzu und wischte sich nicht vorhandene Krümel vom Schoß.

»Können Sie uns Namen von Mitreisenden nennen?«

Waltraud dachte nach und nickte dann langsam. »Ja, viele meiner Bekannten sind mit diesem Unternehmen verreist. Ich habe das Unternehmen auch an Hilde Escher weiterempfohlen.« Entgeistert schaute sie nun ihre Schwester an. »Du lieber Himmel. Bei Hilde wurde auch eingebrochen.«

»War das der Einbruch in Nieder-Klingen?«, fragte Otto.

Die beiden Damen nickten. Die beiden anderen Einbruchopfer kannten sie nicht, so ließ sich hier keine weitere Verbindung herstellen. Die beiden Kommissare bedankten sich und verließen das Haus.

Auf dem Rückweg dirigierte Otto Brenneisen Richtung Egelsbach. »Setzen Sie mich hier ab und überprüfen

Sie die anderen Einbruchopfer. Wenn die auch mit Veronika verreist sind, dann haben wir einen begründeten Verdacht. Sie können die Opfer ja telefonisch befragen.«

Brenneisen nickte mit roten Ohren. Er musste sich anleiten lassen wie ein Anfänger. Dieser ganze Tag, vom morgendlichen Aufstehen bis hin zu Ottos Eingreifen, hatte ihm deutlich gemacht, dass es um seine Ermittlerqualitäten im Moment nicht zum allerbesten stand.

HEIMATFRONT

»Nun fassen Sie doch mal mit an.« Krummsiegel, dessen weißes Haar ihn umschwebte, als sei es elektrisch aufgeladen, bemühte sich vergeblich, das steife, immer noch halb gerollte Plakat an der Wand zu befestigen. Die Ausstellung »Conan der Barbar«, war fast komplett. Der gesamte Raum war angefüllt mit Artefakten und lebensgroßen Figuren, die in Felle und Lederlappen gehüllt waren.

Lore hatte geglaubt, die Ausstellung war an Geschmacklosigkeit nicht mehr zu überbieten, da hatte Krummsiegel eine neuerliche Errungenschaft präsentiert. Ein Filmplakat aus Ghana, das von einem lokalen Kinobetreiber selbst gemalt worden war. Es zeigte Arnold Schwarzenegger mit grimmiger Miene vor blutrotem Hintergrund. Und da dies an Bösartigkeit noch nicht genug war, hatte ihm der Künstler noch ein grünes Teufelchen auf die Schulter gemalt. Lore sprang herbei, um Krummsiegel zu helfen.

Gemeinsam fixierten sie das störrische Papier an der Wand. »Der Teufel kommt im Film doch gar nicht vor«, gab Lore zu bedenken, denn sie hatte sich den Film notgedrungen anschauen müssen.

»Hören Sie endlich auf, mir hineinzureden, ich bin verantwortlich für das Geschichtliche!«, fuhr Krummsiegel sie an. Lore atmete geräuschlos ein und aus. Wie immer vor Ausstellungseröffnungen war Krummsiegel besonders nervös und unausstehlich. Lore sah auf die Uhr. Es war ohnehin gleich Mittag, und damit war ihr Tag vorbei. »Ich gehe«, sagte sie zu dem Museumleiter, der sich nicht einmal umdrehte, und verließ das Museum.

Voller Vorfreude überquerte Lore den backofenheißen Burghof. Warum sollte sie sich über das dilettantische Schlossgespenst ärgern, wenn zu Hause ihre Familie wartete? Oder zumindest ein kleiner Teil davon. Beim Öffnen der Tür schlug ihr der neue, aber bereits vertraute Geruch entgegen. Eine Mischung aus Mottenkugeln und warmen, schon seit langer Zeit bewohnten Textilien.

»Hallo?«, rief sie in den Hausflur und richtete den Blick gespannt die Treppe hinauf. Sie hörte zunächst die Dielen knarren, bevor der alte Herr an den Treppenabsatz kam und dann in Strümpfen und mit Hosenträgern über dem angegrauten Hemd die Treppe hinunterkam. Seine Frisur verriet, dass er gerade geschlafen hatte. Seit drei Tagen nun wohnte er bei Lore und schien immer noch nicht ausgeschlafen zu sein, so erschöpft war der arme alte Mann. Lore tat alles, um ihm so viel Ruhe wie möglich zukommen zu lassen.

»Gibt's Mittagessen?«, fragte er und holte sich ein Weinglas aus dem Wandschrank.

»Ich fange jetzt an.« Lore schob den Hühnerbraten, den sie gestern Abend zubereitete hatte, in den Gasofen, um ihn aufzuwärmen. Dabei bemerkte sie, dass dieser bereits angeknabbert war. Ihr neuer Gast benötigte nicht nur Unmengen an Schlaf, sondern auch Nahrung. Lore war vom Appetit des Mannes gerührt. Und warum nicht etwas teilen, wovon sie überreichlich hatte? Es blieb ja schließlich in der Familie.

Lore setzte Reis auf und schüttete Milch in einen Topf, um sie für den Pudding zu erhitzen. Während sie wartete, beobachtete sie ihren Gast. Der schenkte sich den Wein ein, den er aus dem Keller geholt haben musste. Großen Durst besaß ihr Gast ebenfalls. Lore freute sich, dass er sich wie zu Hause fühlte.

Die Schreckensnacht, in der der Unbekannte ihr auf dem Burghof aufgelauert hatte, war für Lore eine Schicksalsnacht gewesen. Der Mann, der sie zu Tode erschreckt hatte, war kein Verbrecher, sondern ein Verwandter. Lore schauerte noch beim Gedanken an die bangen Sekunden, in denen sie zitternd vor ihm gestanden hatte. Bis er ihren Namen genannt hatte.

Nicht Lore, nicht Lorchen, sondern Eleonore. Der Name, den nur Oma Kukuk damals ab und zu benutzt hatte. Und den heute kaum mehr jemand kannte. Und dann stellte er sich vor, denn Lore hatte ihn nicht erkannt. Er war Opa Gersprenz, Oma Kukuks zweiter Mann. Derjenige, der damals einfach verschwunden war und seinen Schäferhund Rex zurückgelassen hatte. Derjenige, den Lore jahrelang unter dem Lavendelbusch gewähnt hatte, in einem Grab, das Oma hartnäckig hütete. Später hatte sich herausgestellt, dass es sich bei dem verscharrten Kadaver nicht um Opa Gersprenz gehandelt hatte, sondern um eben jenen Rex, der kurz nach Gersprenz' Verschwinden verstorben war.

Und plötzlich hatte der verschwundene Opa leibhaftig vor ihr gestanden. Lore war außer sich vor Freude gewesen, und ihr Herz hatte mindestens genauso heftig gepumpt wie nur wenige Sekunden vorher aus Angst. Sie und das Männchen waren sich in die Arme gefallen, wobei sich zeigte, dass es noch dürrer war, als es aussah. Kaum zu glauben, dass er an der Seite der wehrhaften Großmutter hatte bestehen können. Doch eines war unbestritten. Opa Gersprenz war ein Teil ihrer Familie und Vergangenheit, die sie so schmerzlich vermisste, ihr letzter Angehöriger, abgesehen von Edel. Gierig hatte sie den Duft seines Mantels eingesogen und ihn bei sich aufgenommen.

Nachdem er sich gewaschen und rasiert hatte, sah er schon wieder mehr nach Opa Gersprenz aus und weniger wie ein Landstreicher. Lore bekochte und versorgte ihn wie einen verlorenen Sohn. Sie erinnerte sich, dass der überzeugte Kommunist damals in die DDR ausgewandert war, um dort dazu beizutragen, eine bessere Gesellschaft aufzubauen. Da er nicht an Besitz glaubte, hatte er Oma Kukuk das Verwalterhaus überlassen. Lore entnahm einigen Andeutungen, dass seine Euphorie, was den realen Sozialismus anging, nach kurzer Zeit erloschen war.

»Warum bist du nicht früher zurück gekommen?«, hatte Lore gefragt.

»Ich habe mich nicht getraut«, war seine Antwort gewesen, wobei seine Augen begannen zu triefen. Lore ersparte ihm weitere Nachfragen.

Als die Milch zu kochen begann, schüttete Lore Puddingpulver in die kleine Schüssel und verrührte es mit der separaten Milch und etwas Zucker. Danach goss sie das angelöste Pulver in die kochende Milch, die sich gleich in eine vanillegelbe, dampfende Creme verwandelte. Sie rührte kurz um und stellte den Topf vom Herd.

»Was gibt's denn Schönes?« Die Frage kam zusammen mit einem kräftigen Weinatem über ihre Schulter. Lore trat erschrocken einen Schritt beiseite.

»Huhn mit Reis und Salat, zum Nachtisch Vanillepudding mit Himbeeren.«

Gersprenz rieb sich den Bauch und stöhnte. »Wann hat mich jemand so verwöhnt.« Nachdem er eine Weile ratlos herumgestanden hatte, setzte er sich wieder an den Tisch und schenkte sich ein weiteres Glas Wein ein. Lore tat den Braten auf einen Teller, füllte den Reis in die Schüssel aus Seltner-Porzellan und trug auf. Zuletzt stellte sie die Schüssel mit Salat auf den Tisch. Grüner Kopfsalat und leuchtend rote Radieschen. »Die sind aus Omas Garten«, sagte sie und setzte sich.

Gersprenz warf einen flüchtigen Blick zum Fenster hinaus. »Ja, Omas Gemüsegarten«, schwärmte er. »Da hat sie immer ihre Pflanzen angebaut.« Er riss sich die Keule und ein Stück Brust vom Huhn und nahm sich etwas Reis mit Soße.

»Ja, ihre Heilpflanzen, erinnerst du dich?« Lore wollte Gersprenz Salat auftun, doch dieser lehnte ab, schaufelte nur Hühnerfleisch und Reis in sich hinein.

Lore stützte den Kopf in beide Hände und betrachtete ihn. Sie hatte gar nicht gewusst, wie viel Vergnügen es bereitete, jemandem beim Essen eines liebevoll zubereiteten Mahls zu beobachten. Und erst recht jemanden, der einen so sichtbaren Appetit hatte. Genauso hatte es Oma Kukuk auch mit Edel und ihr gemacht. Oma hatte das Essen gekocht und sich dann mit ihnen an den Tisch gesetzt, ohne einen Happen anzurühren. Einfach nur Edel und Lore beim Mampfen zugesehen.

So wie Lore nun Gersprenz zusah. Als er sich ein zweites Mal nahm, rückte sie die Platte näher an seinen Teller.

»Oma Kukuk hatte eine halbe Apotheke in ihrem Garten. Weißt du noch, als du dir mit der Gartenschere fast die Hand durchgeschnitten hast? Sie hat die Wunde mit einem Umschlag aus Spitzwegerich versorgt. Da war sie gleich verheilt. Zeig doch mal deine Hand.«

Er sah sie erstaunt an und hielt seine rechte Faust hoch. Lore konnte keine Narbe erkennen.

»Da siehst du mal, wie gut die Mittelchen deiner Oma wirken«, sagte er unbekümmert und füllte seinen Mund. Lore stützte den Kopf auf ihre gefalteten Hände.

»Weißt du eigentlich, dass Oma deinen Schäferhund hier im Garten begraben hat? Er ist gestorben, zwei Wochen, nachdem du fortgegangen bist.« Gersprenz blickte von seinem Teller auf, die Soße tropfte ihm vom Kinn.

»Rex«, nickte er. »Der mit der weißen Pfote.«

Lore wurde warm ums Herz. Wie gut ihr diese gemeinsamen Erinnerungen taten.

»Der Hund war mir treu ergeben«, schwärmte Gersprenz.

Lore kicherte. »Er hing wie hypnotisiert an deinen Lippen, wenn du deine Kommunismus-Reden geschwungen hast.« Sie erzählte ihm nicht, dass Edel ihn deswegen den Hundeprediger genannt hatte.

»Wie war das eigentlich, als Partei-Funktionär?«

Gersprenz hatte sich gerade den letzten Reis in den Mund geschaufelt, wischte sich den Mund mit dem linken Handrücken ab und spülte mit einem halben Glas Wein nach. Er schaute aus dem Fenster, während er mit der Zunge nach Essensresten in seinem Mund angelte. »Ich war nicht lange dabei. Hat sich bald herausgestellt, dass die ganz anders tickten, als ich das gedacht hatte. Ich habe mich dann abgesetzt in die CSSR und bin da geblieben bis nach dem Mauerfall.«

»Hast du je wieder geheiratet?«, fragte sie.

Er zuckte die Schultern. »Ich habe in Tschechien eine Frau kennengelernt, die wollte nix wie in den Goldenen Westen. Wir sind zusammen nach Braunschweig gegangen, irgendwann war sie dann weg.« Plötzlich schien sich ein Schleier über sein Gesicht zu legen. Die poröse Haut warf tiefe Falten. Schmerz stand ihm ins Gesicht geschrieben. Er fasste sich an die Brust. »Was ist?«, fragte Lore und nahm seine Hand. Er zog sie weg. »Ach nichts.« Er atmete gepresst und schenkte sich dann den Rest aus der Flasche ein.

»Deine Großmutter konnte ich nie vergessen«, sagte er, nachdem sein Zustand sich wieder gebessert hatte. »Deshalb habe ich sie auch weiter in meinem Haus wohnen lassen.«

Nachdem sie den Pudding verspeist hatten, räumte Lore den Tisch ab und setzte Kaffeewasser auf. Als das Wasser sprudelte, goss sie es in die mit Pulver gefüllte Kaffeekanne.

Sie stellte zwei Tassen auf den Tisch, goss den Kaffee ein und tätschelte Opa Gersprenz die Hand. »Und jetzt kannst du hier weiter wohnen.« Er lächelte sie mit tränenden Augen an.

»Deine Großmutter hatte auch ein Mittel zur Herzstärkung, wie hieß das noch gleich?«

Lore musterte ihn besorgt. »Hast du Herzprobleme? Dann gehen wir zum Arzt.«

Für einen Moment wurde sein verschleierter Blick wachsam, und seine Augenbrauen begannen trotzig zu tanzen. »Nein, kein Quacksalber. Auf keinen Fall.«

Lore entschloss sich, nichts zu erwidern, damit sich der alte Mann nicht unnötig aufregte, aber sie machte sich Sorgen.

Welches Mittel meinte Gersprenz nur? Lore wusste nicht, was es sein konnte, und es widerstrebte ihr, wieder mit Omas Kräutern zu hantieren. Sie warf einen Blick auf die Uhr und erhob sich vom Tisch. »Ich muss mich anziehen, in wenigen Minuten holt mich Achim ab.«

Gersprenz lehnte sich auf seinem Stuhl zurück. »Was hast du denn vor?« Lore kam sein Ton etwas zu unangemessen fordernd vor, doch dann realisierte sie, dass sie jahrelang niemanden gehabt hatte, der sich dafür interessierte, wohin sie ging und was sie tat. Langsam setzte sich Lore wieder.

»Ich fahre zu Edel ins Gefängnis.« Lore hatte Gersprenz bereits erzählt, dass Edel über Jahrzehnte Männer mit Oma Kukuks Schopflavendelöl getötet hatte, wobei sie die Welt im Glauben ließ, Lore sei die Mörderin. Und dass es Roland Otto, dem Kommissar mit dem Bartschatten, mit einer gehörigen Portion Cleverness gelungen war, Edel zu überführen.

»Was ich nicht verstehe, warum du das Miststück besuchst.«

Lore blickte auf die Tischplatte. »Sie gehört eben zur Familie.«

»Ach ja, stimmt. Sie ist deine Halbschwester.«

Lore kratzte sich verärgert am Arm, da wo die Biene sie gestochen hatte, befand sich immer noch ein juckender Hügel. Scheinbar hatte wirklich jeder damals von ihren verworrenen Familienverhältnissen gewusst, nur Lore nicht.

»Sie hat mir nach Jahren eröffnet, meine Schwester zu sein. Was mich nicht gerade erfreute, stell dir vor …«

Gersprenz nickte. »Sie hatte diese verrückte Mutter, ich weiß.«

»Die Polizei hat einen Test gemacht, der fiel negativ aus. Aber dann stellte sich heraus, dass sie das Material verwechselt hatten. Ein zweiter Test zeigte, wir sind Halbschwestern.« Seitdem nannte Lore Edel die falsche Schwester.

Gersprenz nickte. »Derselbe Papa.«

Plötzlich wurde Lore von einer wilden Hoffnung ergriffen.

»Und wer war meine Mutter?«

Gersprenz musterte sie unter zitternden Augenbrauen.

In diesem Moment klingelte Lores Handy, und wie ferngesteuert griff sie nach dem Apparat auf dem Küchenbord. »Ich bin gleich im Hof«, sagte Lore, nachdem sie drangegangen war, denn sie rechnete mit Achim.

»Frau Kukuk?«, tönte es vom anderen Ende. Nun verfluchte Lore sich, dass sie ans Telefon gegangen war.

Es war Otto. »Ich würde gerne bei Ihnen vorbeikommen, um etwas mit Ihnen zu besprechen.«

»Ich wüsste nicht was.«

»Es geht um die Einbrüche.«

»Ich fürchte, ich stehe nicht zur Verfügung.«

»Können wir uns nicht unterhalten?«

»Es tut mir leid«, sagte Lore und legte auf. Sie lauschte noch einen Moment auf ihr klopfendes Herz und betrachtete den Apparat. Ein ausgemustertes Modell von Achim, groß wie ein Rinderfuß, aber schön griffig und mit großen Tasten.

»Wer war das?«, fragte Gersprenz, der es sich bereits auf dem Kanapee bequem gemacht hatte.

»Nichts Wichtiges«, sagte Lore und knabberte an ihrer Unterlippe. Sollte sie auf ihre Frage zurückkommen und nach ihrer Mutter fragen? Aber sie war nicht sicher, ob sie die Wahrheit verkraften konnte. Die Klingel an der Tür nahm ihr die Entscheidung ab. Lore öffnete und erblickte einen verwirrten und aufgelösten Achim.

»Was ist los?«

»Bei Adelheid wurde eingebrochen.«

Lore schnappte nach Luft. »Du lieber Himmel, fahren wir los!«, rief sie und packte ihre Handtasche.

Sie warf noch einen Blick in die Küche, wo Gersprenz auf dem Kanapee bereits döste.

»Geh nicht ans Telefon, geh nicht nach draußen, wir sehen uns heute Abend«, rief sie und schloss leise die Haustür.

FEHLSTART

Brenneisen saß an seinem Schreibtisch und betrachtete den Telefonhörer. Dann wählte er die vertraute Nummer.

»Otto«, meldete es sich vom anderen Ende.

»Hier Brenneisen. Der Geschäftsführer von Veronika-Reisen erwartet uns um 17 Uhr«, meldete er stolz.

Am anderen Ende blieb es still. War das Begeisterung?

»Kollege, sind Sie noch dran?«

»Ja, sagen Sie bloß, Sie haben denen angekündigt, dass wir kommen?«

Brenneisen zögerte. »Ja.«

Am anderen Ende war ein leises Seufzen zu hören. »Dann können wir gleich zu Hause bleiben.«

Erst jetzt ging Brenneisen sein taktischer Fehler auf. »Und jetzt?«, fragte er verzweifelt.

Wieder ein undefinierbarer Laut am anderen Ende.

»Fahren wir hin, wo Sie uns schon mal angekündigt haben. Ich bin in fünf Minuten in Ihrem Büro.«

Brenneisen legte den Hörer auf. Verdammt. Irgendwie lief bei diesen Ermittlungen für ihn alles falsch. Otto hatte nur eine Stunde gebraucht, um dem Fall eine neue Wende zu geben. Brenneisen hatte zwar herausgefunden, dass auch die anderen Einbruchopfer im letzten halben Jahr ebenfalls mit Veronika verreist waren. Aber das war Beiwerk. Warum war er nicht auf die Idee gekommen, den Briefkasten zu durchsuchen?

Die Antwort kannte Brenneisen bereits. Er war einfach zu erschöpft von seiner nebenberuflichen Karriere als Sportler. Ermittlungsspuren waren niemals offensichtlich. Sie versteckten sich rechts und links vom Offensichtlichen. Oft glich die Entdeckung einer heißen Spur einem Zufall, doch das konzentrierte Nachspüren war es, was den durchschnittlichen vom brillanten Ermittler unterschied. Jemand wie er, der einfach nur übermüdet und gestresst durch den Tatort rauschte, dem entging das Wesentliche. Nun war ihm wieder die Aufgabe zugefallen, die mühevolle Recherche-Arbeit zu erledigen, während Otto für die Geistesblitze zuständig war. Brenneisen schaute auf die Uhr und wählte die Nummer seiner Freundin.

»Ich bin schon zu Hause, soll ich auf dich warten mit dem Laufen?« Bereits an Verenas Stimme erkannte Brenneisen, dass sie die Laufschuhe anhatte.

»Nein, bei mir wird es heute später. Ich muss hier noch eine Recherche durchführen. Wir fahren gleich nach Kassel.«

Er hörte, wie sie kurz durchatmete. »Wegen der Einbruchsache?«

»Ja.«

»Dir fehlen noch vier Trainingseinheiten bis zum Halbmarathon in Riedstadt.«

»Das Leben besteht nicht nur aus Trainingseinheiten.«

»Aber aus Provinzermittlungen?«

Brenneisen wusste, dass es keinen Sinn hatte, sich auf eine Diskussion einzulassen. Sie wollte ihn beim LKA sehen oder bei irgendeiner Sondereinheit. Schon kurz nach ihrem Kennenlernen hatte sie Druck gemacht. »Was willst du bei den Provinzbullen, das ist unter deinem Niveau.« Die Frau war eben Langstreckenläuferin, keine Spaziergängerin. Ehrgeizig.

Warum geriet er immer an Frauen, die ihn verändern wollten? Brenneisen hatte sich nach der Aushebung des Russenrings, für den er an höchster Stelle Lob geerntet hatte, freiwillig entschieden, in Darmstadt zu bleiben. Und er entschied sich spontan zu einem Vorstoß.

»Da es heute spät wird, schlafe ich heute Nacht in meiner Wohnung.« Mit diesem Satz legte er auf. Er hatte Erholung dringend nötig.

KASSELER SPITZEN

»Wenn Sie immer wieder das Fenster öffnen, kommt die Klimaanlage nicht in Schwung«, beschwerte sich Brenneisen, während er manisch den schwarzen Streifen Asphalt vor sich fixierte. Die Wolken über der A5 nach Kassel bildeten einen grauen Deckel über dem Himmel und verdichteten sich zu einer dicken Suppe, was aber die Hitze keinesfalls milderte. Otto öffnete hin und wieder das Fenster einen Spaltbreit, wobei jedes Mal heiße Föhnluft ins Auto drang, die sein Hund Peppy mit bewegter feuchter Schnauze aufsaugte.

»Die Hundenase muss trainiert werden, sonst verkümmert das Witterungsorgan«, erklärte Otto und streichelte das gelockte Fell des Hundes, der auf seinem Schoß saß.

»Wenn wir Spürhunde brauchen, verfügen wir über eine ganze Staffel«, entgegnete Brenneisen.

Otto warf ihm einen Blick zu. Was war nur los mit dem Jungen? Er wirkte angegriffen und gereizt. Bloß wenig Schlaf oder eine Krise? Oder lag es an den veganen Burgern. Da war Vitamin-B-Mangel ja quasi vorprogrammiert. Und das schlug bekanntlich auf die Konzentration.

Otto enthielt sich eines Kommentars und betrachtete die Landschaft, die sich zu beiden Seiten der Autobahn in grünen Hügeln dahin zog. Kassel. Er hatte dieser Reise nur zugestimmt, um sich zu orientieren. Vielleicht würde er die Kukuk zu einem Ausflug einladen. Erst Friederizianum, dann den Herkules. Er musste sich nur ins Zeug legen. Dann würde das Eis schon brechen. Aber wenn er ehrlich war, musste er zugeben, dass er alles, was die Kukuk betraf, im Konjunktiv formulieren musste. Vielleicht war jetzt die Gelegenheit, das zu ändern.

Das Navigationssystem führte sie quer durch die Stadt, die einstmals die größte Ansammlung von Fachwerkhäusern in Europa gewesen war und jetzt hauptsächlich aus Nachkriegsbauten bestand. Die Bäume und Büsche, die den Straßenrand säumten, wurden von den Windböen gepeitscht, der Himmel hatte eine stahlblaue Farbe angenommen. Otto bezweifelte, dass sie trockenen Fußes zu ihrem Termin kommen würden. Das Büro von Veronika-Reisen befand sich in einem Industriegebiet. Aus Ottos Erfahrung bargen Gebäude wie diese mit den schier unendlichen Vertuschungsmöglichkeiten mehr kriminelles Potenzial als so manches Gefängnis. Sie kurvten eine Weile vorbei an metallenen Werkshallen, bis sie vor der richtigen Hausnummer stoppten. Es handelte sich um eine Industriehalle mit angeschlossenem Bürokomplex, ein vielfarbig gestaltetes Türschild wies diesen Ort als den Sitz von Veronika-Reisen aus. Als sie ausstiegen, wurden sie von dicken Regentropfen traktiert. Das Gebäude sah von außen schäbig aus, von innen wirkte es genauso heruntergekommen. Ein Gang mit einem abgewetzten Teppich führte zu einer Empfangsdame, deren mürrischer Auftritt einen starken Gegensatz bildete zu den gutgelaunten Versprechungen der Werbeblättchen. Die Dame führte sie in ein leeres Büro und stellte Kekse und zwei Tassen Kaffee vor ihnen ab, der aussah, als käme er aus einem Automaten, den Otto nicht von innen sehen wollte.

In dem Raum, in dem sie warteten, herrschte die Trostlosigkeit von schlechtem Geschmack gepaart mit Nachlässigkeit. Auch hier war der blaue Teppichboden an den Stellen abgewetzt, an denen er augenscheinlich besonders intensiv benutzt wurde. Der Schreibtisch, an dem sie saßen, bestand aus grauem schmuddeligem Plastik, die Schreibtischplatte aus einem abgewetzten Holzimitat. Otto strich über die Oberfläche und betrachtete anschließend seine Hand. Weder hatte die Oberfläche abgefärbt noch war sie staubig. Trotzdem rieb er sie an seinem Hosenbein ab. Die billigen Drehstühle, auf denen sie saßen, knarrten und gaben ihnen das Gefühl, jeden Moment unsanft auf dem Boden zu landen. Otto verscheuchte Peppy, der sich unter dem Stuhl niedergelassen hatte, und bemühte sich, möglichst bewegungslos zu sitzen.

Brenneisen biss in einen Keks und betrachtete misstrauisch die Bissfläche. Otto wollte gerade fragen, auf was er gestoßen war, da kam der Geschäftsführer zur Tür herein.

»Entschuldigen Sie«, sagte er mit einem bedauerndem Lächeln, stellte sich als Klaus Stäuber vor und setzte sich ihnen gegenüber. Sein Stuhl schien etwas hochwertiger zu sein, denn er knarrte kaum beim Hinsetzen. Der Mann war groß und ausladend, dennoch saß sein Anzug viel zu weit. Weite Hosen und übertriebene Schultern wie bei einem Jazzmusiker der 40er Jahre. Oder kam der Eindruck von den zweifarbigen Schuhen, die man einem Stepptänzer zuschreiben mochte?

Seine Gesichtshaut war käsig und schien fast konturenlos in das verwaschene Blond seiner Haare überzugehen. Doch die Augen hinter der Brille blickten scharf und klar. »Was kann ich für Sie tun?«, rief er und formte seine Hände zur Raute.

Otto beugte sich nach vorn. Da seine Bewegung jedoch von einem erbärmlichen Knarren begleitet wurde, fror er seine Körperhaltung mitten in der Bewegung ein, was nur unter großer Bauchspannung möglich war.

»Wir möchten mehr über Ihr Unternehmen erfahren«, sagte er mit fast angehaltenem Atem.

Die Augenbrauen seines Gegenübers schnellten in die Höhe. »Welches?«

»Betreiben Sie mehrere?« Brenneisens Stimme hatte diese eilige, bemühte Note, wie immer, wenn er Sorge hatte, dass man ihm die Butter vom Brot nahm.

Stäuber trennte seine Hände kurz, nur um sie gleich wieder mit den Fingerkuppen zu verbinden. »Ja. Ich führe einige Import-Export Geschäfte.«

»Es geht um Veronika-Reisen«, erklärte Brenneisen. Otto entschloss sich, Brenneisen die Befragung zu überlassen und die Rolle zu spielen, die Brenneisen ihm zugedacht hatte: Gast. Der Geschäftsinhaber lehnte sich in seinem Stuhl zurück und genoss es allem Anschein nach, sich geräuschlos bewegen zu können. Den Arm hängte er über seine Rückenlehne. »Was wollen Sie wissen?«

Brenneisen vergewisserte sich bei Otto mit einem Blick, dass er die Zügel übernehmen konnte, und fragte dann weiter. »Erzählen Sie uns von dem Reiseunternehmen.«

Der Mann ließ die Luft schnaubend zwischen seinen Lippen entweichen und kratzte sich am Hinterkopf. »Wir organisieren Kurztrips für Senioren in die nähere Umgebung. Vogelsberg, Vogesen, Allgäu, Pfalz überall, wo's schön ist.«

»Warum ältere Menschen?«

Stäuber verschränkte seine Hände hinter dem Kopf und präsentierte den Kommissaren zwei imposante Schweißflecken. »Wir sprechen mit unseren Werbeflyern jede Altersstufe an, letztlich werden wir aber überwiegend von älteren Menschen gebucht.«

Brenneisen lachte durch die Nase. »Wir beide wissen sehr gut, dass diese Reisen üblicherweise genutzt werden, um betrügerische Verkäufe zu tätigen.«

Stäuber löste nun seine Hände vom Hinterkopf und streckte sie in die Luft, als würde er mit einer Pistole bedroht. »Nicht mit uns. Unsere Reisen sind nicht gratis, die Reisekosten werden im Wesentlichen durch den Preis gedeckt.«

Brenneisen warf den Werbeflyer auf den Tisch. »50 Euro für eine Fahrt ins Allgäu mit Übernachtung, und damit decken Sie Ihre Kosten?«

Stäuber grinste. »Wir kalkulieren effizient.«

Brenneisen griff nach dem Heftchen und drehte es mehrmals um.

»Sie machen also keine typischen Verkaufsveranstaltungen?«

Stäuber lächelte und hob wieder verteidigend die Hände. »Ich bekenne, wir haben auch schon Verkaufsveranstaltungen durchgeführt, wie Sie das nennen. Die bewegten sich jedoch weit von dem, was in der Branche gerne als Nötigung bezeichnet wird. Wir setzen unsere Gäste keinesfalls unter Druck. Eher setzen die uns unter Druck, wenn sie die tollen Angebote kennenlernen.«

Brenneisen bemühte sich um eine neutrale Miene. »Was verkaufen Sie denn?«

Stäuber schien kurz nachdenken zu müssen. »Nahrungsergänzungsmittel, Vitamine, auch mal Gartenartikel, immer wenn wir gute Angebote hereinbekommen.«

»Können wir davon mal etwas sehen?« Stäuber stand auf und wirkte, als wolle er hinaus gehen, kehrte jedoch auf halber Strecke um und setzte sich wieder. Dann öffnete er langsam nacheinander die Schubladen seines Schreibtisches und durchsuchte sie oberflächlich.

Nachdem er die letzte geschlossen hatte, sah er die beiden Polizisten bedauernd an. »Tut mir leid, wir haben im Moment keine Proben da. Wir haben kein bestimmtes Angebot an Stammware, und bekommen nur Proben, wenn uns neue Ware angeboten wird. Aber das ist«, er klopfte sich wie zur Bestätigung auf seine Hosentaschen, »im Moment leider nicht möglich.«

Brenneisen schickte Otto einen hilfesuchenden Blick.

»Können Sie uns eine Liste Ihrer Lieferanten geben?«

Stäuber nickte spontan, schien sich dann aber zu besinnen. »Wir haben keine festen Lieferanten. Wir arbeiten mit verschiedenen Anbietern zusammen, meist einmalig. Dann kommen neue Lieferanten.«

»Wie halten Sie es denn dann mit der Qualitätssicherung?«

Der junge Mann zuckte mit den Schultern. »Wir überprüfen die Ware selbst.«

»Eine Liste Ihrer bisherigen Lieferanten wird es ja wohl geben«, fuhr nun Otto dazwischen, zog seinen obligatorischen USB-Stick aus der Tasche und hielt ihn dem jungen Mann auffordernd hin. Der hob wieder die Hände. »Ich brauche auch eine Liste Ihrer sämtlichen Mitarbeiter, die wir bitten müssen, ihre DNA abzugeben.«

Stäuber betrachtete den Kommissar amüsiert. »Da muss ich Sie an unsere Frau Ducek verweisen. Sie wird Ihnen alles zusammenstellen.«

Otto und Brenneisen erhoben sich und gingen zurück ins Empfangsbüro, wo die Sekretärin ihnen nun erstaunlich bereitwillig eine Liste von Lieferanten sowie eine Art Mitarbeiterliste kopierte. Die beiden Polizisten verabschiedeten sich und gingen nach draußen. Der Regenschauer hatte nachgelassen, die Straße dampfte und roch nach warmem Asphalt.

»Die hätten wir«, stieß Brenneisen voller Befriedigung aus. Otto schob sich ein Kügelchen Kautabak unter die Oberlippe. »Wie ich gesagt habe. Der Besuch war sinnlos.«

Brenneisen ging mit großen Schritten voraus zum Auto und schloss auf.

»Warum so pessimistisch?«

Otto langte in seine Tasche und studierte den Teil der Liste, den die Sekretärin ausgedruckt hatte.

»Die waren vorbereitet. Die waren beide viel zu locker, als sie uns ihre vertraulichen Daten gegeben haben. Die Lieferantenliste ist frisiert, und die Mitarbeiterliste, gerade mal eine Handvoll Leute, sicherlich auch. Die haben mit Sicherheit einen Stab mit Freiberuflern und Halblegalen, an die kommen wir nicht ran.«

Brenneisen fuhr schweigend los und schien nachzudenken, bis sie sich auf der Autobahn befanden. »Wir kommen nicht an sie ran, es sei denn …«, sagte er schließlich und sah Otto kurz bedeutungsvoll an. Otto überließ es ihm, den Satz zu vollenden. So führte Brenneisen schließlich seinen Gedanken fort. »Es sei denn, wir stellen ihnen eine Falle.«

Otto zerbiss sein Tabakkügelchen mit den Eckzähnen. Braver Junge. Sein Kombinationssinn schien ihn nicht verlassen zu haben. »Und wie soll die aussehen?«

Brenneisen dachte kurz nach. »Jemand muss mit Veronika verreisen. Lore Kukuk.«

Otto lächelte leise. Offenbar war es Brenneisen bei ihrem letzten Fall nicht entgangen, dass diese Frau über eine gehörige Portion Courage verfügte. Und er verzichtete darauf, Brenneisen mitzuteilen, dass er dieselbe

Idee und bereits versucht hatte, die Kukuk zu ködern. Vergeblich zwar, aber vielleicht gelang dem jungen Kollegen ja, was Otto verwehrt blieb, und er konnte die halsstarrige Person davon überzeugen, zu kooperieren. Sie hatten ungefähr die Hälfte der Strecke zurückgelegt, da begann es in Ottos Hose zu kläffen. Mit verlegenem Grinsen holte er sein Handy aus der Jackentasche. Jemand vom Präsidium war dran. Otto nahm die Informationen entgegen und wandte sich dann an Brenneisen. »Wir haben einen neuen Einbruch in Dietzenbach. Und aller Wahrscheinlichkeit nach eine Tote.«

Brenneisen nickte und gab die Adresse, die Otto ihm nannte, in das Navi ein. »Und was ist das für ein Klingelton?«, fragte er vorsichtig.

»Mein verstorbener Hund«, murmelte Otto und blickte angestrengt zum Fenster hinaus.

HINTER GITTERN

Lore war wie immer ein wenig nervös, wenn sie durch die Schleuse des Frauengefängnisses Preungesheim gehen musste. Sie trat durch eine Drehtür ein, die so lange blockierte, bis sie alle Metalle, Wertgegenstände, ihren Ausweis sowie die Besuchserlaubnis auf den dafür vorgesehenen Drehteller gelegt hatte. Durch einen Schwenk des Tellers wurden ihre Habseligkeiten und Unterlagen auf die Seite der Beamten befördert, die in einer Kabine aus gepanzertem Glas saßen. Dort wurde jeder Teil auf seine Richtigkeit und Harmlosigkeit überprüft. Die Metallteile gingen noch durch einen speziellen Scanner, Lore durfte sich dann alles abholen, nachdem sie die Schleuse durchlaufen hatte und von einer Beamtin gründlich durchsucht worden war.

Nachdem Achim im Wagen erzählt hatte, dass nicht Adelheid direkt von dem Einbruch betroffen war, sondern eine Mitbewohnerin im selben Wohnhaus, hatten sie beschlossen, doch erst Edel den geplanten Besuch abzustatten und anschließend zu Adelheid nach Dietzenbach zu fahren. War Lore bis eben noch vom Schicksal der alten Dame mitgenommen, wurde jetzt, hinter diesen Mauern die richtige Welt ausgesperrt.

Nachdem Lores Überprüfung beendet war, wurde sie von einer streng aussehenden Beamtin den kahlen, hallenden Gang zum Besuchsraum geführt. Das Schließgeräusch, der Schlüssel und der Geruch nach Bratensoße begleiteten Lore auf ihrem Weg. Bratensoße vermischt mit Schweiß, das war für Lore das gefängnistypische Aroma. Vielleicht war das die Quintessenz des menschlichen Daseins, kam ihr in den Sinn. Schwitzen und Essen.

Mit dem Rasseln der Schlüssel verband Lore keine angenehme Erinnerung. Es war der Sound, der sie an die eine Nacht erinnerte, die sie in der Zelle des Darmstädter Polizeipräsidiums verbringen musste. Damals bestand der Verdacht, sie hätte all die Morde in ihrem Umfeld begangen. Es war eine lange Nacht voller Warten und Bangen gewesen, in der sie sich von allen verlassen gefühlt hatte. Von Edel, die einstmals ihre engste Freundin gewesen war, und von Otto, der bis dahin immer an sie geglaubt hatte, aber sie nun ebenfalls zu verdächtigen schien. Sie hatte diese Nacht durchgestanden, allein und verlassen, und diese Tatsache hatte sie im Grunde stärker gemacht. Denn immer, wenn sie sich danach ähnlich verlassen gefühlt hatte, kam ihr zu Bewusstsein, dass es schlimmer als in dieser Nacht nicht kommen konnte. Erst am nächsten Morgen hatte sie erfahren, dass ihr Einsitzen nur der Teil von Ottos genialem Plan war, Edel zu überführen. Der Plan war gelungen, und Edel saß lebenslang ein.

Im Besuchsraum setzte sich Lore an einen der Tische mit den abgeschabten Oberflächen. Während sie wartete, ging ihr wieder das Gespräch über Edel durch den Kopf, das sie mit Gersprenz geführt hatte, und sein Unverständnis, dass Lore sie weiterhin besuchte. Natürlich war Lore zunächst wütend und enttäuscht gewesen über Edel. Doch mit der Zeit hatte sie auch Sehnsucht verspürt nach der falschen Schwester, mit der sie ja immerhin den Vater teilte. Und mit der sie aufgewachsen war.

Also hatte Lore eines Tages um eine Besuchserlaubnis ersucht. Ihr Neffe Achim hatte sie bei den Formalitäten unterstützt, und seitdem besuchte Lore die einstmalige beste Freundin regelmäßig einmal im Monat.

Edel betrat den Besuchsraum und adelte ihn mit ihrer Erscheinung. Sie trug einen olivfarbenen Jogginganzug, der ihr rotes Haar optimal zur Geltung brachte. Wie jedes Mal, wenn Lore sie sah, war sie verblüfft. Edel schien in der Gefängnisluft aufgeblüht, geradezu verjüngt zu sein. Ihre Haut war rosig und zart, sie strotzte vor Vitalität. Hinzu kam, dass eine neue Sanftheit von ihr ausging. So als ob das Burgfräulein, wie Lore sie immer genannt hatte, hinter dicken Mauern erst richtig zum Vorschein kam. Alles Harte war von ihr abgefallen, und der Besuchsraum zwischen den Welten schien für Lore und Edel ein Raum zu sein, in dem sie so vertraut miteinander sein konnten wie früher.

»Wie geht's dir?«, lautete stets Lores erste Frage.

Edel erzählte darauf üblicherweise von ihrem Gefängnisalltag, der Lore um vieles aufregender schien als ihr Leben zwischen Museum und Gartenbeet. Immer gab es etwas zu erzählen. Edel genoss in der Insassen-Hierarchie einen hohen Status. Wenn es um Zwistigkeiten ging, fragte man um ihren Rat, und sie musste schlichten. Sie hatte das Sagen, was das Kochen anging, und wenn sie duschen wollte, fand sie die Waschräume leer und sauber vor.

Doch heute konnte Lore nicht lange an sich halten. Sie musste Edel von den neusten Vorfällen erzählen. »Stell dir vor, es gibt wieder neue Einbrüche. Waltraud Kunz in Lengfeld wurde ausgeraubt, während sie bei ihrer Schwester zu Besuch war, und vorhin wurde im Haus von Adelheid eine Wohnung abgefackelt. Es gibt sogar eine Tote«, setzte Lore mit geweiteten Augen hinzu.

»Aber Adelheid ist hoffentlich nichts passiert?«, erkundigte sich Edel mitfühlend.

Lore verneinte. »Wir wissen nichts Genaues, wir fahren gleich im Anschluss zu ihr nach Dietzenbach, um nach dem Rechten zu sehen.« Edel schien zu überlegen. »Dann ist das der fünfte Einbruch?« Lore nickte.

»Und dein Kommissar lässt das alles so geschehen?«

»Es fällt nicht in sein Ressort«, antwortete Lore.

Edel lachte auf. »Immer schön nach Vorschrift, das passt.«

Lore verzichtete darauf, Edel darauf hinzuweisen, dass gerade Ottos Abweichen von der Vorschrift dazu geführt hatte, sie festzunehmen.

»Na ja, es sind ja auch nur alte, hilflose Leute, die sie ausrauben. Nicht so wichtig.«

»Woher weißt du das?«, fragte Lore.

Edel sah sie tadelnd an. »Na von dir, meine Liebe. Du hast mir doch davon erzählt.«

Lore nickte.

»Außerdem lese ich Zeitung«, fuhr Edel fort. »Wir sind hier ja nicht ganz abgeschnitten von der Welt.

Aber die bekommen sie sowieso nicht. Ich tippe, das sind irgendwelche Roma-Cliquen, die sind zu schlau und zu organisiert für die deutsche Polizei. Und zu schnell. Denen kannst du nichts nachweisen. Das Diebesgut verschieben die im Nu weiter in ganz Europa, das siehst du nie wieder.«

Lore musste Edel zustimmen. Vermutlich hatte sie recht. Sie hatte ja ganz andere Einblicke in die kriminelle Welt. Das brachte Lore auf einen Gedanken und sie beugte sich ruckartig vor. »Kannst du dich nicht mal umhören hier?«

Edel lächelte nachsichtig. »Du hast vielleicht Vorstellungen«, sie fuhr mit der Hand unter ihr üppiges rotes Haar und hob es an, um den Nacken zu lüften, »aber klar, ich versuche es.«

Lore nahm ein Taschentuch aus ihrer Handtasche und wischte sich den Schweiß von der Stirn. Himmel, hier umgaben sie meterdicke Mauern, und trotzdem kam die Hitze durch, als handle es sich um Löschpapier.

Edel begann zu überlegen. »Vielleicht ist das wirklich keine so blöde Idee. Hier sitzen nämlich gerade zwei Roma-Mädchen. Die haben sich in einer Clique Disneykostüme ausgeliehen, Donald Duck, Mickey Mouse und so. Dann haben sie sich in der Innenstadt mit Leuten fotografieren lassen und die dabei seelenruhig ausgeraubt. So kreativ sind die.« Edel lächelte fast mit Stolz.

»Unglaublich!«, entgegnete Lore.

»Die sind denen erst auf die Schliche gekommen, nachdem sie in einem Kaufhaus was geklaut haben und dabei gefilmt worden sind. Die meisten von ihnen sind aber unter 14 und damit nicht strafmündig. Deshalb mussten sie sie wieder laufen lassen. Zwei sitzen noch hier und werden überprüft. Aber die verraten ihre Landsleute nicht«, fuhr sie mit bedauernder Miene fort.

Lore nickte und wusste nicht, was sie weiter sagen sollte. Dann kam ihr die andere Neuigkeit in den Sinn und mit einem Mal begann sie zu strahlen.

»Du rätst nicht, wer bei mir aufgetaucht ist«, sagte sie.

»Wer?« Edel schien überrascht über den plötzlichen Themenwechsel.

»Rate.«

Edel zog die Augenbrauen hoch. »Ist unser Vater aus dem Grab gestiegen oder Opa Kukuk?«

Lore kicherte. »Fast!«

»Rex?«

Lore schüttelte den Kopf. »Opa Gersprenz.«

»Du meinst ... der Hundeprediger?«, fragte Edel zögernd. Lore nickte enthusiastisch.

»Stand vor einer Woche abends vor meiner Tür. Zuerst glaubte ich, er sei ein Einbrecher. Du lieber Himmel, du ahnst nicht, welche Angst ich ausgestanden habe.«

»Ich dachte, der sei längst tot«, unterbrach Edel. »Wo hat er all die Jahre gesteckt?«

Lore setzte einen vielsagenden Gesichtsausdruck auf. »Er hat einige Jahre in der DDR verbracht, ist dann in die Tschechoslowakei übergesiedelt und später wieder nach Westdeutschland.«

Hinter Edels Stirn schien es zu arbeiten. »Der muss doch uralt sein.«

Lore zuckte mit den Schultern.

»Vor ca. 40 Jahren ist er verschwunden«, rechnete Edel. »Wie alt war er damals?«

Lore sah sie ratsuchend an. »Keine Ahnung. Oma war damals um die 60 Jahre alt.«

Edel nickte. »Dann müsste er heute über 100 sein.«

»Vielleicht war er jünger als Oma? Nur weil wir ihn Opa genannt haben, muss er ja nicht damals schon uralt gewesen sein.«

»Aber ein junger Hüpfer von 20 war er auch nicht mehr«, gab Edel zu bedenken.

Lore seufzte. »Ich kann ihn ja schlecht nach seinem Alter fragen, wenn er plötzlich vor der Tür steht. Ich tippe auf irgendetwas zwischen 70 und 80.«

Edel sah sie weiterhin kritisch an. »Und wie ist er so?«

Lore wiegte den Kopf hin und her. »Auf den ersten Blick sah er aus wie ein Landstreicher. Jetzt ist er etwas gepflegter. Ein dürres altes Männchen. Aber er weiß vieles von früher, und die Gesellschaft tut mir gut.«

»Hast du dir seinen Pass zeigen lassen?«

Lore ärgerte sich, den Opa überhaupt erwähnt zu haben. So misstrauisch brauchte die Freundin auch nicht zu sein. »Freust du dich nicht, dass jemand aus unserer Familie aufgetaucht ist, jemand, der Oma noch kannte?« Oder ärgerst du dich nur, weil du ihn vermutlich nie kennenlernen wirst?, fügte sie in Gedanken hinzu.

»Wenn er zur Familie gehört«, gab Edel zu bedenken. »Du bist zu gutmütig. Wenn das nun ein Betrüger ist, der es auf dein Haus abgesehen hat?«

Lore sprang wütend auf. »Nicht alle Menschen sind Verbrecher, nur weil du hier unter welchen lebst, das solltest du nicht vergessen!«, rief sie. Der Aufsichtsbeamte trat an ihren Tisch und forderte Lore auf, sich zu mäßigen.

»Ich wollte sowieso gerade gehen«, rief Lore. Und ohne sich noch einmal umzudrehen, folgte sie ihm nach draußen. »Ich meine es doch nur gut!«, rief Edel ihr hinterher.

Nach einem Prozedere, das fast so aufwendig war wie die Untersuchung beim Eingang, entließ man sie auf die Straße. Hier wurde sie so von der Sonne geblendet, dass sie Achims Wagen nicht gleich erkannte. Er stieg aus und winkte. Als sie die Straße überquerte, wurde sie fast überfahren, und der Wagen hinterließ ein Hupsignal wie eine Geräuschflagge. »Alles klar?«, fragte der Neffe, als Lore ins Auto stieg. Sie strich sich über das Gesicht. Sie hätte sich in der Gefängnis-Gästetoilette noch einmal frisch machen sollen. Sie war in Schweiß gebadet und immer noch voller Ärger. »Ja, ist nur jedes Mal ein Haufen Bürokratie da drinnen«, entgegnete sie. Auf der Fahrt sprachen sie fast nichts, nun mit etwas Abstand wurde Lore von Schuldgefühlen heimgesucht. Sie hätte nicht so hart sein sollen. Edel meinte es nun wirklich gut. Und es war ihr eines gelungen: Lore den Samen des Misstrauens einzupflanzen.

Während der Fahrt versuchte Lore, ihre Gedanken von Edel abzulenken und sich auf das bevorstehende Treffen zu konzentrieren. Wieder ein Einbruch. Lore warf Achim einen Seitenblick zu. Wieder kannte Achim das Umfeld. War er in die Sache verwickelt? Lore wollte es natürlich nicht glauben, alles in ihr weigerte sich. Aber war sie wirklich zu gutmütig, wie Edel behauptete?

FEUERWERK

Als Otto und Brenneisen in die Theodor-Heuss-Allee in Dietzenbach einbogen, hatte sich ein neues Gewitter zusammengebraut. Otto wäre das durchaus willkommen gewesen, wenn die Gewitter Kühlung gebracht hätten. Doch man hatte den Eindruck, dass die dick fließenden schwarzen Wolken nur noch mehr Hitze zuführten.

Schon von Weitem bildeten die Hochhäuser rechts und links Schneisen, die die einfahrenden Menschen zu verschlingen drohten. Sie parkten auf einem Parkplatz vor einem imposanten grauen Hochhaus. Otto ließ Peppy im Wagen, eine Leiche würde seinen Geruchssinn zu sehr irritieren.

»Ich war hier schon einmal«, sagte Brenneisen, als sie vor dem Eingang mit Hunderten von Klingelschildern standen.

»Wie das?«, fragte Otto.

»Ja. Es handelte sich um die Befragung einer Dame, die sich mit dem Heiratsschwindler getroffen hat.« Sein Finger zeigte auf eines der oberen Stockwerke. »Sie wohnt recht weit oben. Zwölfter oder Dreizehnter.«

»Nun, eingebrochen wurde im dritten Stock«, unterbrach Otto und drückte nach dem Aufzug, »da können wir davon ausgehen, dass die beiden nichts miteinander zu tun haben.«

Die Wohnung bot ein Bild des Grauens. Die vorderen Zimmer waren komplett verrußt und boten damit eine seltsame, bedrohliche Kulisse für die weiß gekleideten Gestalten der Spurensicherung. Es stank, auf dem Boden hatten sich Pfützen von Löschwasser gebildet. Helm, der Gerichtsmediziner, war bereits vor Ort und untersuchte einen schwarzen säulenähnlichen Klumpen, der mit dem Sofa an der Wand zu einer seltsamen Skulptur verschmolzen war. Allem Anschein nach handelte es sich hierbei um die Bewohnerin.

»Der Brand hat sich von der Küche bis ins Wohnzimmer ausgebreitet und das Opfer hier auf dem Sofa erwischt«, erklärte ihnen einer der Spurensicherer. »Die Feuerwehr konnte eingreifen, bevor das Feuer auf die anderen Zimmer oder das Haus übergegriffen hat.«

Otto durchschritt die Wohnung, die erstaunliche Ausmaße besaß. In einem heruntergekommenen Wohnblock wie diesem erwartete man kleine zwei bis drei Zimmer, dies hier bestand aus mindestens sechs Zimmern, deren Einrichtung auf bescheidenen Reichtum schließen ließ. Otto ging durch eine Zimmerflucht, an deren Ende sich das Schlafzimmer befand. Es war nicht beschädigt, die Möbel im Rokokostil standen auf ihren krummen Beinen da, als würden sie gleich zusammenbrechen. Ob etwas gestohlen worden war, konnte er auf den ersten Blick nicht erkennen. Direkt neben dem Schlafzimmer befand sich auch das weitgehend unbeschädigte Bad. Die Fliesen waren mit Rosen verziert, in der Dusche befand sich eine Rutschmatte. Es roch nach Frischespray und Maiglöckchen.

Im Flur hing eine Flut von Familienfotos. Generell wimmelte es in dieser Wohnung von Tand, darunter sicherlich auch Wertgegenstände, die sich zu seiner Überraschung noch an ihrem Platz befanden. Eine goldene Standuhr, teure Fernsehgeräte und CD-Spieler und an den Wänden hingen Bilder, die Otto, wäre er der Einbrecher, mitgenommen hätte. Nur wenige Augenblicke der Ruhe und des Atmens genügten, um Otto zu seiner Überzeugung kommen zu lassen. Doch er würde auch hier Brenneisen den Vortritt lassen. Höchste Zeit, dass der Kollege sich mal wieder ein paar Lorbeeren verdiente und damit mehr Selbstbewusstsein erlangte.

»Haben Sie schon Spuren?«, fragte Otto einen der Ermittler in weißem Schutzanzug. »Wurde irgendetwas gestohlen?«

»Bisher negativ, soweit wir das beurteilen können«, entgegnete der Mann.

»Die Wohnung ist ungewöhnlich groß«, sagte Otto.

»Hier wurden mehrere Wohnungen zusammengelegt«, erklärte sein Gegenüber. »Bei der Toten handelt es sich um eine schwerreiche Erbin der Brauerei Weismann, nach dem Tod ihres Mannes hat sie sich in diese Wohnung zurückgezogen, weil in der Familienvilla mehrmals eingebrochen worden war.«

»Hat ihr nicht viel gebracht«, murmelte Otto, nachdem er sich ein Tabakkügelchen unter die Oberlippe geschoben hatte. Der Fall würde für reichlich Presse sorgen, so viel war sicher. Und dann würde wieder ans Licht gezerrt, dass die Polizei Darmstadt seit Wochen erfolglos in einer Einbruchserie ermittelte.

»Wie ist sie gestorben?«, fragte Otto Helm, der nach wie vor mit der Leiche beschäftigt war.

»Schwer zu sagen, die Dame ist nicht sehr gesprächig«, grinste Helm. »Möglich, dass sie eingeschlafen und am Rauch erstickt ist.«

Otto nickte und betrat bei seiner Suche nach Brenneisen wieder die völlig verrußte Küche.

»Wurde hier auch in der Spüle gezündelt?«, fragte Otto.

Brenneisen schüttelte den Kopf. »Das hier war ein Brandsatz. Die Spurensicherung hat Benzin und Brandbeschleuniger identifiziert.«

Otto nickte. Langsam schien der Kollege wieder in Form zu kommen.

»Wir müssen die Verwandten fragen, ob sie von einer Verbindung zu Veronika-Reisen wissen«, fuhr Brenneisen fort, während sie hinaus auf den Flur traten.

Otto zuckte. Vielleicht war er mit seinem positiven Urteil über den Kollegen doch etwas vorschnell gewesen.

»Denken Sie, es handelt sich hier um dieselben Täter?«

Brenneisen zögerte. »Sie denken, es sind andere?«

Otto machte eine unbestimmte Kopfbewegung in Richtung der Bilder.

»Ich sehe deutliche Unterschiede.« Er ließ Brenneisen Zeit, selbst auf die Lösung zu kommen. Als nichts kam, sprach er es aus: »Die Bilder wurden nicht mitgenommen. Meiner Meinung nach sind die wertvoll. Dann das Feuer.«

Brenneisen nickte vorsichtig. »Vielleicht ändert der Täter seine Vorgehensweise?«

»Von Kunstdiebstahl zu Brandlegung und Mord?« Herrgott. Was war mit Brenneisen los? Bisher war von dem nur Anfängerarbeit gekommen. Der war mal scharfsinniger gewesen. »Was ist mit den Einbruchspuren?«, fragte Otto weiter.

»Das gekippte Fenster wurde ausgehebelt, die Wohnung befindet sich im dritten Stock und ist über die anderen Balkone gut zu erreichen. Für einen guten Kletterer kein Problem.«

Otto sah sich das Fenster an und blickte dann nach unten. Der Einbrecher musste ganz genau gewusst haben, in welches Fenster er einzusteigen hatte. Er trat hinaus auf den Balkon, es handelte sich um eine Loggia, hier konnte wirklich jeder einsteigen. Eigentlich merkwürdig, dass sich eine vorsichtige Dame ausgerechnet hier einquartiert hatte. Unten stand ein Pulk von Menschen. Bewohner, Nachbarn, die Angst hatten, das ganze 15-stöckige Gebäude könne niederbrennen oder sie könnten etwas verpassen.

In diesem Moment trat einer der Beamten mit einem äußerst fassungslosen Mann ins Wohnzimmer. Otto verließ den Balkon und begrüßte den Mann, der sich als Frank Weismann vorstellte, Sohn der Toten. Er besaß eine verblüffende Ähnlichkeit mit dem Geschäftsführer von Veronika-Reisen. Groß, mit einer entwaffnenden Jungenhaftigkeit, schlampiger Anzug, Stressfalten, aber dem Auftreten eines Generaldirektors. Otto schilderte kurz, was passiert war. »Haben Sie eine Erklärung für das Verbrechen?«

Der Mann schüttelte den Kopf. »Einbruchdiebstahl vielleicht, meine Mutter wurde bereits mehrmals beraubt.«

»Hier wurde ein Brandsatz gelegt, bei dem Ihre Mutter umkam. Vermissen Sie irgendwelche Gegenstände?«, fuhr Otto mit der Befragung fort.

Der Sohn sah sich orientierungslos in der Wohnung um. »Keine Ahnung, da muss ich in Ruhe schauen.«

»Wissen Sie, ob Ihre Mutter mit einem Unternehmen namens Veronika verreist war?«

Der junge Mann sah die beiden Kommissare an, als wären sie nicht ganz bei Trost.

»Ich weiß nicht, wann meine Mutter mit wem verreist ist.«

»Kommen Sie morgen für eine Befragung ins Präsidium«, sagte Otto und drückte ihm eine Visitenkarte in die Hand. Dann trat er wieder hinaus auf den Balkon. Er brauchte frische Luft.

Unten hielt ein protziger Wagen auf dem Parkplatz. Zu Ottos Überraschung stieg die Kukuk aus, auf der Fahrerseite ein jüngerer Mann. Otto beeilte sich, in den Flur zu kommen, und blieb am Treppenabsatz stehen. Treppe oder Aufzug? Er entschied sich für Zweites und malträtierte den Rufknopf. Als der Fahrstuhl kam und sich langsam öffnete, stieg er ein und drückte Erdgeschoss. Gerade, als er unten ausstieg, sah er die anderen beiden den Nachbaraufzug betreten. Es gelang ihm, die Hand in die Tür zu bringen und den Aufzug donnernd zu stoppen. Die beiden im Fahrstuhl sahen ihn an, als wäre er ein Schwerverbrecher. Otto erkannte, dass es sich bei Lores Begleiter um ihren Neffen handelte. Der war ihm noch aus der Mordsache Kalinn bestens bekannt.

Otto begrüßte die beiden keuchend und legte die Hand über die Lichtschranke.

»Ich kann Ihnen nur raten, ersparen Sie sich den Anblick.«

Die Kukuk drückte frenetisch den Knopf für das 13. Stockwerk. Otto stellte sich nun in die Tür. »Kannten Sie das Mordopfer?«

Lore sah ihn erstaunt an und warf dann ihrem Begleiter einen fragenden Blick zu. Dieser schien ebenso überrascht. »Mord?«, rief Lore. »Ich weiß nur, dass hier eingebrochen wurde. Wir möchten zu Adelheid, der Schwiegermutter meines Neffen. Lassen Sie uns fahren.«

»Bitte hören Sie mir dennoch einen Moment lang zu. Es ist wichtig.« Otto schien mit großem Nachdruck gesprochen zu haben, denn die beiden schenkten ihm nun ihre volle Aufmerksamkeit. »Frau Kukuk«, er räusperte sich und wurde nervös. Jetzt kam es auf jedes Wort an. »Ich habe Sie neulich schon gebeten, und jetzt ist es noch dringlicher. Wir brauchen Ihre Hilfe in diesem Fall.«

Die Kukuk verzog mürrisch ihr Gesicht. »Wollen wir das jetzt im Fahrstuhl besprechen?«

»Ich komme gerne morgen bei Ihnen vorbei.«

Ottos Angebot quittierte die Kukuk mit großen Augen. »Nein, keinesfalls, ich komme zu Ihnen ins Präsidium. Mein Neffe fährt mich.«

Der Neffe schien überrascht, wagte aber keinen Einwand.

»Gut«, nickte Otto, »morgen Vormittag.« Und mit diesen Worten ließ er die beiden ziehen.

BRANDOPFER

»Tante Lore, ich kann dich morgen nicht fahren«, sagte der Neffe, als sich der Fahrstuhl ruckelnd in Bewegung setzte. Lore griff sich an den Blusenkragen, um etwas Luft an ihren verschwitzten Hals zu lassen. »Keine Bange, wir fahren auch nicht. Ich wollte ihn bloß loswerden«, sagte sie in einem Ton, der den Neffen verstummen ließ.

In der Wohnung empfing sie eine verängstigte, aber gefasste Adelheid. Obwohl ihr der Schrecken sichtlich in den Knochen steckte, wirkte sie stabil. Kein Vergleich mit der zerbrechlichen Frau, die Lore beim ersten Treffen kennengelernt hatte. Sie trug einen zart lila Umhang, von dem nicht klar war, ob er für den Tag oder für die Nacht gedacht war. Doch er brachte ihr weißes Haar und die kindergroßen Augen, die aus dem Gesicht hervorstachen, gut zur Geltung. »Setzt euch erst mal«, sagte sie und wies die beiden Besucher an, ihr zu folgen. Sie durchquerten das mit Troddeln und Gehäkeltem behängte Wohnzimmer, der Esstisch war mit chinesischem Porzellan eingedeckt. Lore und Achim setzten sich und ließen sich Tee einschenken, obwohl Lore bereits beim Anblick der dampfenden Flüssigkeit der Schweiß ausbrach. Adelheid hob mit ruhiger Hand und stolzem Lächeln eine Tasse nach der andern hoch und goss ein.

Lore freute sich über den Erfolg des Heilmittels. Schließlich hätte das Experiment mit der Tollkirschenpaste auch schief gehen können. Doch im Falle der alten Dame hatte es offensichtlich gewirkt, das Nervenzittern war deutlich gemildert. Der Pfefferminztee dampfte aromatisch in den Tassen und verbreitete ein angenehmes Aroma, das geradezu erfrischend wirkte.

»Es freut mich, dass es dir gut geht«, sagte Lore und rührte in ihrer Tasse. Die Dame massierte mit der rechten Hand ihre linke Handbeuge, das war einer der Punkte, an denen die Tollkirschenpaste aufgetragen wurde. »Oh ja, ich habe wieder Ruhe«, lächelte sie dankbar und streute Zucker in ihren Tee.

»Danke, dass ihr kommen konntet«, sagte sie, während sie rührte.

»Was ist denn genau passiert?«, fragte Achim. Adelheids Miene wurde augenblicklich besorgt. »Zu schrecklich. In der Wohnung hat es gebrannt, und Anita Weismann ist in den Flammen umgekommen.« In ihren Augen stand das Entsetzen.

»Die Polizei lässt das Gebäude eine Zeit lang beobachten, falls die Diebe und Zündler wieder kommen«, sagte die Frau und setzte die Tasse an ihre Porzellanlippen.

»Mal sehen, wie ich heute Nacht schlafen werde«, sagte sie und sah zum Fenster hinaus. Lore verzichtete darauf, die Roma-Cliquen zu erwähnen, um der alten Dame nicht noch mehr Angst einzujagen.

»Du kommst mit zu uns«, ordnete Achim an. Die alte Frau sah ihn erstaunt an, lächelte dann aber dankbar. »Kanntest du denn das Mordopfer Anita Weismann?«, fragte Lore.

Die alte Dame riss die Augen auf. »War es denn ein Mord?«

Lore tauschte einen Blick mit Achim. »Das ist noch nicht sicher, ich habe da vielleicht etwas falsch verstanden.«

»Ich kannte Anita Weismann«, sagte Adelheid, wobei sich ihr Gesicht freundlich glättete. »So eine feine Frau. Wir haben ab und zu Karten miteinander gespielt.«

»Und was kann der Grund für ihren Mord sein?«

Adelheid wiegte den Kopf unbestimmt hin und her. »Da gab es wohl Ärger mit der Familie, wie immer, wenn viel Geld im Spiel ist.« Daraufhin erzählte Adelheid, dass die alte Dame einmal mitten in der Nacht zu ihr nach oben gekommen war und ihr Herz ausgeschüttet hatte. Grund war der Sohn, der sie drängte, das Erbe vorzeitig auszuzahlen. »Er unterhielt ein kleines Unternehmen und hatte sich verspekuliert. Aber sie konnte das Geld nicht aus der Brauerei ziehen, weil das die Firma in Schwierigkeiten gebracht hätte«, erzählte Adelheid mit traurigem Blick. Dann erhob sie sich. »Ich packe rasch ein paar Sachen«, erklärte sie und verließ den Raum.

»Vielleicht solltest du doch morgen ins Präsidium fahren«, schlug Achim vor. »Das scheint hier alles eine ziemlich heikle Angelegenheit zu sein.«

Lore setzte eine trotzige Miene auf. »Wie soll ich denn da hinkommen? Mit dem Bus? Bei der Hitze?«

Achim lächelte verlegen, dann kam Adelheid schon wieder ins Zimmer. Sie streckte Lore ihre Hand hin. »Hier, diese Kette hat Anita mal bei mir verloren. Könntest du sie ihrem Sohn geben? Sie wäre sicher froh, wenn sie zurück in den Händen der Familie wäre.« Sie legte Lore das Kettchen auf die geöffnete Hand. Es handelte sich um einen einfachen Goldanhänger mit einem roséfarbenen Stein, Lore tippte auf Rubin oder Granat.

»Wo wohnt denn dieser Sohn?«, fragte sie.

»In Rödermark, soviel ich weiß«, antwortete Adelheid. »Vielleicht schaut ihr mal ins Telefonbuch. Achim kann dich ja hinfahren.« Sie lächelte ein gewinnendes Lächeln. Achims irritierten Blick schien sie nicht wahrzunehmen. Lore beschloss, es ihr gleich zu tun. »Dann fährst du mich morgen ins Präsidium, und anschließend fahren wir nach Rödermark«, ordnete sie an. Achim nickte ergeben und zu dritt verließen sie die Wohnung.

Als sie den Wohnblock verließen, war das Gewitter vorüber und die Sonne übergoss die Hochhäuser mit einem orangefarbenen Licht. Die Menge, die hier gestanden hatte, war verschwunden, auch Otto schien bereits weggefahren zu sein. Sie setzten sich ins Auto und fuhren los.

HERZTRUMPF

Sobald Lore die Haustür öffnete, schlug ihr der vertraute Geruch nach zu lang getragener Kleidung entgegen. Merkwürdig, wie hartnäckig sich dieser hielt. Lore hatte inzwischen jedes Kleidungsstück von Gersprenz mehrmals gewaschen. Doch der Geruch war stärker als jedes Waschmittel.

Gersprenz saß am Küchentisch und blätterte in einer Fernsehzeitschrift. Lore bereitete Bratkartoffeln zu und vermengte diese mit dem Rest Huhn, von dem erstaunlich wenig übrig war.

»Hast du schon gegessen?«, fragte sie Gersprenz. Der saß über sein Heft gebeugt und murmelte etwas Unverständliches. Lore deckte den Tisch, wobei sie sich bemühte, die kritische Brille, die Edel ihr aufgesetzt hatte, wieder abzulegen. Sie füllte die Teller, schweigend saßen sie sich gegenüber und aßen. Gersprenz schaufelte sich mit der Gabel in der Faust die Bissen in den Mund, kaute zwei, drei Mal und schluckte. Sein spitzer Adamsapfel hüpfte auf und ab, als wolle er den dürren Hals von innen aufschlitzen. Gersprenz musste Lores negative Gedanken erspürt haben, denn plötzlich hielt er inne und fasste sich mit schmerzverzerrtem Gesicht an die Brust.

»Was ist los?«, fragte Lore.

»Nichts«, antwortete der alte Mann und senkte seinen Kopf wieder über den Teller. Aber Lore sah seinem Gesicht an, dass das nicht stimmte. »Iss langsamer«, ermahnte sie Gersprenz, als dieser wieder die Gabel zum Mund hob. Als er seinen Teller leer gegessen hatte, goss Lore ihm und sich ein Glas Wein ein. Gersprenz hatte Lores besten Umstädter Riesling aus dem Keller geholt.

»Ich habe mich gefragt«, begann sie vorsichtig, »wie alt bist du eigentlich.«

Gersprenz lächelte schüchtern. »Nur weil mein Herz ab und zu mal holpert, bin ich noch kein Greis.«

Lore nahm einen winzigen Schluck. »Wir sind zu alt für Eitelkeiten«, entgegnete sie.

Er sah an die Decke, als stünde dort die Antwort geschrieben. »78«, sagte er schließlich. In etwa so hatte

Lore ihn auch geschätzt. Wobei es schon merkwürdig war, dass Oma Kukuk einen Mann gehabt hatte, der kaum 20 Jahre älter war als sie, ihre Enkelin.

Oma Kukuk hatte einfach eine Generation übersprungen. Lore nahm einen weiteren Schluck von ihrem Wein und prostete ihr in Gedanken zu. In diesem Moment verkrampfte sich die Miene von Gersprenz erneut, der Schmerz schien ihn überraschend heftig erwischt zu haben. Spätestens jetzt erkannte Lore, dass es ernst war.

Sie sprang auf. »Ich rufe einen Arzt.«

Der Mann, der gerade noch zusammengesackt am Tisch gesessen hatte, richtete sich schlagartig auf. »Keinen Arzt! Das ist nur mein Herz.« Er bemühte sich um ein harmloses Lächeln. »Etwas schwach auf der Brust.«

Doch Lore sah, dass die Situation alles andere als harmlos war. »Und genau deshalb brauchst du einen Arzt.«

»Nein«, rief er widerspenstig. »Setz dich wieder«, bat er. Lore tat wie geheißen, doch eher aus Angst, dass er sich noch mehr aufregte. »Deine Großmutter …«, begann er schließlich, ohne den Satz zu vollenden.

»Was ist mit ihr?«, fragte Lore nach einer Weile des Wartens.

Er versuchte wieder ein Lächeln. »Dieses Hausmittel.«

Lore schnaubte. »Aber sie ist tot, wie du weißt. Und ich verstehe nichts davon.«

Warum fiel ihr genau in diesem Moment wieder das Mittel ein, das Oma bei schwachem Herzen einsetzte?

Und warum wusste sie auch sofort, an welchem Platz sich das Döschen mit dem Weißdorn in Oma Kukuks Arzneikasten befand?

Weißdorn erhält dem alten Herzen die Schlagkraft

Lore erhob sich vom Tisch und ging zum Küchenschrank. Lass es, sagte sie sich, öffnete aber die Schublade und nahm Oma Kukuks Rezeptbuch heraus. Leg es zurück, appellierte der Rest ihrer Vernunft. Denk an Freddy und den Tollkirschenschnaps, mahnte sie. Freddy war in der Psychiatrie gelandet. Aber Adelheid hast du mit demselben Wirkstoff von ihrer Schüttellähmung befreit, konterte eine zweite, verführerische Stimme.

Denk an die Bilsenkraut-Joints und den Absinth, mahnte die Stimme der Vernunft. Mit diesen Pflanzen hatte Lore Ronni eine Nacht voller grausamster Halluzinationen beschert. Aber irgendwie war es doch auch ganz lustig gewesen, rief die zweite Stimme. Und ist der Weißdorn nicht völlig harmlos? Lore blätterte, bis sie gefunden hatte, was sie suchte. Den Weißdorn, auch Winterkirsche, Mehlfässchenstrauch oder Hagedorn genannt, baute Oma in ihrem Kräutergarten gar nicht an, weil dieser überall an Waldrändern und alten Weidebegrenzungen gedieh. Wenn sie welchen benötigte, schickte sie Lore, und die erkannte ihn an der typischen leicht kugeligen Form, wie ein Baum, der keinen richtigen Stamm entwickelte. Die Blüten waren schneeweiß und hübsch doldig angeordnet, nicht selten hatte Lore sich an den Dornen ordentlich gepikt. Dem Tee wurde eine aufheiternde, beruhigende und entspannende Wirkung nachgesagt.

2 TL Weißdornpulver auf 200 ml heißes Wasser geben
Nach Belieben Zitronenmelisse oder Pfefferminze hinzufügen
5 Minuten ziehen lassen. Dann abseihen und nach Geschmack süßen

Lore setzte Teewasser auf, ging ins Schlafzimmer und holte das Fläschchen mit dem Weißdornpulver. Sie mischte etwas von dem Pulver mit frischer Minze, überbrühte beides, ließ es eine Weile ziehen und servierte dem Opa den Tee in einer großen Tasse. »Wenn es bis Montag nicht besser ist, bringe ich dich zum Arzt.«

TECHNIKTÜCKEN

Als Lore am nächsten Morgen die Gardinen am Küchenfenster beiseite zog, erblickte sie als Erstes den Gärtner, der schon auf den Beinen war und den Saum des Efeus schnitt. Sein kleiner Sohn, er mochte vielleicht zehn Jahre alt sein, sammelte die vertrockneten Zweige auf und stapelte sie. Lore hatte schon gesehen, wie die beiden mit großem Spaß die Überreste ihrer Gartenarbeit verbrannt hatten. Sie würde den Gärtner darauf hinweisen, dass er auch die dürren Himbeerzweige mit verbrennen sollte.

Lore ging in die Küche, wo sie den Frühstückstisch schon gedeckt hatte. Eine Kanne frischen Kaffees stand unter dem Kaffeewärmer, eine Schale mit gekochten Eiern hatte sie mit einem Tuch bedeckt. Die Brötchen sahen knusprig und appetitlich aus, aber Lore hatte so früh noch keinen Hunger. Opa Gersprenz schlief den Schlaf des Gerechten.

Lore schenkte eine Tasse Kaffee ein und ging damit nach draußen. »Möchten Sie?«, bot sie dem Gärtner an. Der nahm die Mütze vom Kopf und bedankte sich mit einer Verbeugung. Seine Hände waren grob, aber sein Gesicht strahlte etwas Feinsinniges aus. In anderer Kleidung hätte man ihn auch für einen Professor halten können oder einen Philosophen, aber vielleicht war auch die Komposition eines Gartens eine Herausforderung, die Intellekt und Gespür voraussetzte. Für den Jungen hatte Lore ein Glas Milch mitgebracht. »Sie sind zu gut zu uns«, bedankte sich der Gärtner, der es verstand, nur mit den Augen zu lächeln. Blassgrüne Augen unter dichten Brauen. Lore strich sich eine Strähne hinters Ohr.

»Gute Arbeit muss belohnt werden.« Sie unterstrich das Gesagte mit einer ungelenken Handbewegung und räusperte sich. »Empfehlen Sie uns weiter«, rief der Gärtner und setzte sich wieder seine Mütze auf. Lore nickte und räusperte sich erneut.

»Ich muss dann los«, sagte sie, drehte sich um und ging zurück ins Haus. Hinter der Küchengardine beobachtete sie weiter Vater und Sohn, wie sie ihrer Arbeit nachgingen. Sie hatte den Mann in der Tat bereits an Bekannte weiterempfohlen, die mit ihrem Grünwuchs nicht mehr zu Rande kamen. Und alle waren begeistert.

Lore nahm ihre Handtasche, zog ihre Jacke an und verließ das Haus. Sie hatte mit Achim vereinbart, sich am Parkplatz zu treffen, damit der Junge mit seinem Gefährt nicht den schmalen Burgweg hinauf fahren musste. Der Morgen war noch frisch, Lore schritt mit ausholenden Schritten bergab und genoss die gute Luft. Am Parkplatz war sie enttäuscht, dass Achim noch nicht dort wartete. Sie hatten halb Neun vereinbart, jetzt war es viertel nach Acht. Lore stellte sich an den Rand des Parkplatzes. Schräg gegenüber befand sich der schicksalsschwere Papierkorb, in dem Lore damals das Geld für den Erpresser deponieren sollte. Der Kommissar hatte ihm aufgelauert und ihn überwältigt. Genauso wie ihren Neffen Achim. Die Turmuhr schlug halb Neun. Ungeduldig schweifte Lores Blick über die Landschaft. Wenige Minuten später sah sie Achims gewaltiges Amphibienfahrzeug um die

Ecke biegen. Das war alles andere als ein Treppenlift. Der Junge musste kräftig verdienen, dass er sich einen derartigen Fahruntersatz leisten konnte.

Lore erklomm den Wagen. »Wie war die Nacht?«, fragte sie Achim. »Kurz«, gab der zurück. Er hatte bis acht Uhr gearbeitet und war direkt hergekommen. Lore überhörte den Vorwurf in seinem Ton. Der Gang ins Präsidium war ja für Lore auch kein Vergnügungsausflug.

Und Achim selbst hatte schließlich gewollt, dass sie mit der Polizei kooperierte. Dabei hatte sie noch die Zeiteinteilung hervorragend geplant. Erst ging es aufs Präsidium, und auf dem Rückweg konnten sie in Rödermark vorbeifahren, um die Kette abzugeben. So musste Achim nicht zweimal fahren. Aber vielleicht war sein Verhalten auch ein Zeichen schlechten Gewissens, und er war doch in die Einbruchserie verwickelt? Lore wagte nicht, ihn darauf anzusprechen, und schwieg während der ganzen Fahrt.

Der Darmstädter Marktplatz wachte ebenfalls gerade erst auf, als sie ankamen. Lore kletterte aus dem Wagen und näherte sich dem Schloss. Bevor sie unter dem Torbogen in den Schlosshof eintrat, blieb sie stehen und ließ den Blick an den roten Sandsteinmauern hinauf wandern. Seitdem sie im Stadtgefängnis eingesessen hatte, war sie nicht mehr hier gewesen. Dieser Ort erfüllte sie immer noch mit Misstrauen, aber lieber hier sein, als Otto und Brenneisen bei sich zu Hause empfangen und ihnen Gersprenz in seiner bewohnten Kleidung vorstellen. Eine innere Stimme riet ihr, dass es klüger war, ihren Gast vorerst vor der Welt geheim zu halten.

Am Eingang des Präsidiums begegnete sie dem jungen Kommissar, der den Geruch nach frischem Quellwasser verbreitete. Lore war froh, ihn zu treffen, so wurde verhindert, dass sie sich im Gewirr der Gänge verlief und bei den Leichen in der Gerichtsmedizin landete. Brenneisen führte sie in Ottos Büro. Lore begrüßte wie immer zuerst den Hund, dann den Kommissar. Der machte ein Gesicht wie Weihnachten und stellte eine Tasse dampfenden Kaffees vor sie auf den Tisch. Lore setzte sich an den ihr zugedachten Platz und betrachtete den großen Schreibblock, der an der Wand hing und mit einer Unmenge an Gekritzel übersät war. Ängstlich suchte sie nach Verdachtsmomenten, die auf ihren Neffen hinwiesen, doch sie konnte nichts entziffern. Sie nahm einen Schluck von dem Kaffee und schob die Tasse gleich darauf von sich. Herrje, was hatte er da zusammengebraut.

Otto setzte sich neben sie, Brenneisen blieb neben der Papiertafel stehen und begann die Zusammenhänge zu erklären. »Wir haben fünf Einbrüche in den letzten vier Wochen. Die Bestohlenen haben eines gemeinsam.« Er machte eine Pause, Otto vollendete den Satz.

»Sie sind mit einer Reisegesellschaft verreist. Veronika-Reisen.« Der Kommissar schob Lore nun einen

Faltprospekt zu, der offensichtlich von diesem Unternehmen stammte. Lore nahm es in die Hand, während Brenneisen weiter sprach. »Wir vermuten, dass Teilnehmer, während sie sich auf einer Reise befinden, ausgespäht werden. Eventuell macht man sich während der Reise ein Bild von ihren Vermögensverhältnissen. Mit einigen Wochen Abstand wird dann in ihre Wohnungen eingebrochen. Und nun kommen Sie ins Spiel.«

Lore blickte von dem Werbeprospekt auf. »Bitte was?« Sie hatte sich nun doch in den Prospekt vertieft und konnte sich nicht auf zwei Dinge gleichzeitig konzentrieren. Das Angebot dieser Firma war ganz einladend. Außerdem war sie heilfroh, dass diese Spur ganz weit weg von ihrem Neffen und seiner Unterwelt führte.

Brenneisen zeigte auf das Prospekt in Lores Hand. »Sie sollen mit Veronika verreisen. In die Oberpfalz. An diesem Wochenende, um sich den Laden etwas näher anzuschauen.«

Lores Blick wechselte zu Otto und wieder zurück zu Brenneisen. Hielten die beiden sie für eine alte Schachtel, die Kaffeefahrten machte? »Entschuldigung, aber das ist nicht meine Altersgruppe«, sagte sie frostig.

Otto beugte sich nun so weit vor, dass sie sein Rasierwasser riechen konnte. Angenehm, irgendeine Ledernote.

»Natürlich. Aber wir brauchen jemanden Beherztes wie sie, der als verdeckter Ermittler operiert. Sie besitzen den Mut und den Spürsinn, uns zu unterstützen.«

Lore kämpfte mit sich.

»Es geht um die Habe alter Leute«, legte Otto nach.

»Eventuell haben Sie jemanden, der mitfährt?«, schaltete sich Brenneisen ein. »Jemanden in ihrem Alter. Es müsste allerdings jemand sein, der diskret ist.« Lore ging ihre drei Bekannten durch. Edel? Saß im Gefängnis. Erich? War nicht diskret. Und Opa Gersprenz hatte ein Herzleiden.

Lore richtete sich auf in ihrem Stuhl. »Ich fahre alleine.«

Die Kommissare strahlten.

»Gut, dann melden Sie sich gleich an«, sagte Otto.

Lore wollte zu dem Telefon greifen, das auf dem Schreibtisch stand, doch Otto legte seine Hand auf ihre, um sie zurückzuhalten. Lores Hand zuckte wie unter einem Bienenstich.

»Nehmen Sie das hier«, sagte Otto und reichte ihr ein flaches Handygerät. Als Lore es entgegennahm, fiel es ihr fast aus der Hand, es war viel zu dünn, um es bequem festhalten zu können. Über dem Lautsprecher stand ein Name, der so ähnlich aussah wie eine bekannte Koffermarke. Samsunite oder so. Es war um Vieles moderner als ihr Rinderfuß-Handy. Aber das lag besser in der Hand als dieses flache Ding. Sie drückte das Handy gegen ihr Ohr und lauschte dem Tuten am anderen Ende der Leitung. Offenbar hatte der Kommissar bereits gewählt. Plötzlich ertönte eine sanfte Stimme, die mit einer säuselnden Melodie unterlegt war.

»Hallo, wir begrüßen Sie bei Veronika-Reisen. Dem Alltag entfliehen, die Seele baumeln lassen …«

Lore drückte dem Kommissar das Telefon in die Hand. »Anrufbeantworter.« Schade. Würde es jetzt nichts werden mit der schönen Reise? Otto legte den Hörer ans Ohr, lauschte kurz und schüttelte dann den Kopf. »Das ist die Warteschleife«, flüsterte er und hielt ihr wieder den Apparat hin.

Wieder nahm Lore das Ding entgegen, das ihr mit den glatten, dünnen Kanten fast aus der Hand rutschte. Am anderen Ende setzte sich der Singsang fort wie ein Endlos-Werbefilm. Lore erfuhr jede Menge Schönes über den Reiseanbieter. Schließlich meldete sich eine ebenso nett klingende Frauenstimme und bot an, ihr zu helfen. Lores Herz klopfte.

»Ich möchte gerne die Reise in die Oberpfalz buchen«, sie warf Otto und Brenneisen einen vielsagenden Blick zu, »für dieses Wochenende.«

Lore wartete nervös, während am anderen Ende der Leitung nur ein Tastenklappern zu hören war. Dann teilte die Dame ihr mit fröhlicher Stimme mit, dass sie Glück hatte und es noch freie Plätze gab. Lore stellte sie sich als nette blonde Fernsehansagerin vor.

»Eine Person oder zwei?«, fragte die Dame.

»Eine«, antwortet Lore und fühlte sich nun doch etwas verloren. War das nicht auffällig, eine ältere Dame so ganz alleine? Doch die Frau am anderen Ende schien sich nicht daran zu stören. Fröhlich fragte sie nach weiteren Angaben von Lore, am Schluss auch nach ihrer Adresse, an die die Rechnung von 50 Euro geschickt werden würde.

»Im Gegensatz zu anderen Anbietern berechnen wir für unsere Fahrten eine kleine Gebühr. Dafür sind Sie nicht verpflichtet, an Kaufveranstaltungen teilzunehmen«, teilte ihr die Frau freundlich mit. Lore nickte und freute sich. 50 Euro für eine Übernachtungsfahrt war lächerlich wenig, außerdem zahlte das sowieso der Staat.

»Am Samstag, 9.00 Uhr, holen wir Sie am Busbahnhof Groß Umstadt ab«, schloss die Dame am anderen Ende das Gespräch ab. Als Lore die rote Taste drückte, glühte ihr Gesicht. »Geschafft«, strahlte sie. Otto und Brenneisen freuten sich ebenfalls.

»So, kommen wir zu den Fakten«, sagte Brenneisen und reichte ihr ein voll bedrucktes Blatt. »Hier steht, wie Sie zu unseren Ermittlungen beitragen können. Zuerst brauchen wir eine Liste aller mitreisenden Personen.«

Brenneisen deutete auf Punkt eins der Liste. Punkt Eins von zehn. Du lieber Himmel, dachte Lore, das ist ja ein ganzes Pflichtenheft. Die Fahrt würde doch nicht so spaßig werden, wie sie sich das vorgestellt hatte.

»Wie soll ich das denn anstellen?«, fragte sie mit leisem Unmut.

»Sie passen den entscheidenden Augenblick ab und machen ein Foto«, erklärte Brenneisen.

»Dann brauche ich einen Apparat.«

Brenneisen unterdrückte ein Grinsen. »Sie nehmen das Handy mit. Damit können Sie Fotos machen.« Er wischte ein paar Mal über die Bildfläche, dann erschien ein Kamerasymbol und schließlich ein Auslöser. Lore wurde heiß und kalt. Das hier hatte mit ihrem Rinderfuß nicht das Geringste gemeinsam und auch nicht mit ihrem Klappcomputer. Das war am ehesten noch wie Erichs neues Wischtablett. Und jetzt sollte sie so ein Ding bedienen.

»Das kann ich mir nicht merken«, sagte sie.

»Ich schreibe es Ihnen auf«, sagte Otto und schrieb etwas auf einen Notizblock.

»Hat das Ding auch Internetz?«, fragte Lore.

»Natürlich«, sagte der junge Polizist. An seinen Augen konnte Lore erkennen, dass er sich ein bisschen über sie amüsierte, der Säckel.

»So kommen Sie ins Internet«, sagte er und unterstrich dies wieder mit Wischbewegungen. Sie schickte Otto einen hilfesuchenden Blick. Der senkte die Augen und machte weiter Notizen. Brenneisen setzte sich auf den Schreibtisch und ging weiter die Liste durch. »Wichtig ist es, Kontakt mit allen Mitreisenden zu knüpfen und möglichst ihr Vertrauen zu gewinnen, damit diese Ihnen mitteilen, wenn ihnen etwas spanisch vorkommt. Schauen Sie sich alle Unterlagen, die eventuell herumliegen, gründlich an und machen Sie unauffällig Fotos. Auch wenn Sie Gespräche mithören können, schneiden Sie sie gegebenenfalls mit oder filmen Sie Auffälliges.«

Wieder warf Lore Otto einen hilflosen Blick zu. Der fuhr fort mit seinen Notizen.

»Wenn Sie übernachten, achten Sie darauf, ob es Büroräume gibt, die Sie unauffällig durchsuchen können. Aber denken Sie immer daran: Ihre Sicherheit geht vor. Machen Sie sich im Zweifelsfall Notizen und benachrichtigen Sie uns. Gehen Sie auf keinen Fall ein Risiko ein.«

Lore hörte nur mit halbem Ohr zu. Ihr Kopf schwirrte vor lauter Informationen. Wenn ihr klar gewesen wäre, wie technisch anspruchsvoll das hier alles war, hätte sie rundweg abgelehnt. Aber dazu war es jetzt zu spät. Sie war nicht nur die Falle, sie saß auch in der Falle.

»Wenn Fragen sind, können Sie uns jederzeit anrufen, die Nummer ist im Handy eingespeichert, okay?« Lore betrachtete den flachen Apparat, als könne sie ihn hypnotisieren.

»Haben Sie noch Fragen?« Brenneisen setzte sich jetzt auf den gegenüberliegenden Stuhl und legte beide Hände auf seine Oberschenkel, die sich scharf unter dem Hosenstoff abzeichneten.

Lore schüttelte den Kopf. Der junge Kerl sprang auf und ging federnd nach draußen. Lore sah ihm hilflos nach. Neben ihr wurde ein Blatt abgerissen. Otto reichte ihr den Zettel voller Notizen. »Das sind die wichtigsten Schritte, wie Sie das Handy bedienen.«

Lore nahm das Blatt entgegen und überflog es. Seine Schrift war winzig und exakt. Herrjeh, allein wegen der Schrift konnte man sich in diesen Mann verlieben. Und dann die Schritte, wie er alles unterteilt hatte. Sodass selbst alte Weiber wie sie das verstanden. Lore schenkte ihm einen dankbaren Blick. Aber nicht mehr.

Sie wickelte das Handy in das Blatt mit Ottos Notizen ein und befestigte es mit einem Haushaltsgummi, den sie aus ihrer Tasche kramte. Das Blatt mit Brenneisens Anweisungen für die Observierungen faltete sie zusammen und steckte es ebenfalls in ihre Tasche. Sie erhoben sich von ihren Stühlen. »Ich werde Ihr Haus selbstverständlich während Ihrer Abwesenheit observieren«, sagte Otto.

Lore durchfuhr ein Schrecken. »Bloß nicht!«, rief sie.

Otto musterte sie erstaunt.

Lore suchte fieberhaft nach einer Erklärung. »Krummsiegel ist nachts manchmal auf dem Burghof unterwegs, der flippt aus, wenn er Polizei sieht.«

»Keine Angst, ich bin diskret«, sagte Otto mit einem Ausdruck, der Lore an frühe unbeholfene Flirtversuche erinnerte. Lore konnte nicht sagen, warum, aber der Gedanke, Otto würde auf Gersprenz treffen, war ihr unangenehm. Es würde das Ansehen ihrer Oma beschädigen.

»Mein Neffe Achim wird oben sein. Keine Notwendigkeit, dass Sie sich die Nacht um die Ohren schlagen.« Lore war geradezu erleichtert über diesen Einfall und strahlte entsprechend.

Otto gab sich geschlagen.

»Kann ich Sie nach Hause fahren?«, bot er an.

»Nicht nötig, mein Neffe wartet«, triumphierte Lore und stand mit einer abrupten Bewegung auf.

Otto begleitete sie nach draußen. Als Lore ins Freie trat, musste sie kurz stehen bleiben, so sehr wurde sie vom gleißenden Sonnenlicht geblendet. Auf der anderen Straßenseite stand der Wagen von Achim. Lore überquerte die Straße und setzte sich ins Auto. Wieder wirkte er nervös und hektisch. Lore beschloss, der Tatsache nicht weiter Beachtung zu schenken. »Nach Rödermark«, sagte sie und schnallte sich an.

FAMILIENBANDE

Während des Wartens hatte Achim die Adresse von Anita Weismanns Sohn in Rödermark herausgefunden. Sie fuhren erst Richtung Dieburg und dann über die B45 nach Rödermark. Im Ort durchquerten sie zunächst eine Gegend von alten Siedlungshäuschen, bis sie in eine noblere Gegend kamen. Neubauvillen, umsäumt von hohen grünen Hecken, sodass man den dahinterliegenden Reichtum nur erahnen konnte. Die Roma-Clans hätten hier ihre helle Freude, dachte Lore, aber vermutlich war hier alles alarmgesichert, mit direkter Verbindung zu einem privaten Sicherheitsdienst oder gleich zur Polizei.

Achim verfuhr sich zweimal, und Lore musste ihn mehrmals korrigieren, dabei hatte er doch ein Navi. Als sie die richtige Straße endlich gefunden hatten, hielt er an.

»Das Haus ist noch zehn Nummern weiter«, sagte Lore.

»Steig hier aus«, sagte Achim schroff. »Besser, wenn er unseren Wagen nicht sieht.«

Nanu, dachte Lore, was ist dem denn über die Leber gelaufen? Eine alte Frau bei der Hitze so weit laufen zu lassen.

»Kommst du nicht mit?«, machte sie einen weiteren Vorstoß, nachdem sie schon ausgestiegen war. Doch er blieb hartnäckig sitzen.

»Geh du allein, das wirkt weniger verdächtig«, sagte der Neffe.

Lore fragte sich zwar, was an ihrem Besuch verdächtig wirken konnte, spürte jedoch, dass es sinnlos war, ihn zu überreden. Der Junge, der sonst so zuvorkommend mit ihr umging, wirkte nun fast brutal. Ein Zeichen seines Schuldbewusstseins? Bei Gelegenheit würde Lore sich den Bengel zur Brust nehmen. Doch jetzt hatte sie eine andere Mission.

Lore stieg aus dem Wagen und machte sich auf den Weg. Das Wohnhaus von Weismann konnte man wie die Nachbarhäuser von der Straße aus nicht sehen. Der Eingang war geschützt durch ein großes weißes Tor aus Metall. Sie klingelte, und nach kurzer Zeit leuchtete ein Fenster unter der Klingel auf, auf dem Bildschirm erblickte Lore eine adrett gekleidete Dame mit akkurater Frisur. »Was wünschen Sie?«, fragte der bewegte Bildschirm. Lore beugte sich vor, um direkt in das kleine Gitter zu sprechen, das sie für die Sprechanlage hielt. »Ich möchte zu Herrn Weismann.«

»Worum geht es?«, fragte die Frau im abwehrgewohnten Ton.

»Ich habe etwas, das seiner Mutter gehört.« Lore ließ den Blick die Straße hinauf und hinunter wandern, keine Menschenseele war hier unterwegs. Nach kurzer Zeit brummte es, und die eine Hälfte des Tors öffnete sich gerade weit genug, dass Lore hindurchpasste. Ein Weg aus geäderten Marmorplatten führte zum Hauseingang, der mit weißen Säulen geschmückt war. Die geschnitzte Tür stand offen, und hier wartete nun die strenge Dame in echt. War das seine Frau oder die Haushälterin? Lore streckte die Hand aus, um sich vorzustellen, doch die strenge Dame blieb so stehen, wie sie war.

»Herr Weismann ist sehr beschäftigt, er hat mich beauftragt, mich um die Angelegenheit zu kümmern. Was haben Sie für uns?«

Lore nahm ihre Handtasche in beide Hände, als wolle sie sie als Waffe gebrauchen.

»Ich möchte gern selbst mit Herrn Weismann reden. Wenn er jedoch nicht da ist …« Sie wandte sich um, als wolle sie den Heimweg antreten.

»Doch, doch«, beeilte sich die Strenge zu sagen und trat einen Schritt zurück, was wohl die Aufforderung war, einzutreten. Die Dame schloss hinter Lore die Tür und führte sie durch eine eisige, mit glänzendem Marmor ausgelegte Halle in ein Wohnzimmer, dessen Wintergarten mit wandhohen Glasfenstern den Blick in einen gepflegten Garten freigab. Lore bewunderte den Anblick der makellosen Grünfläche und des alten Baumbestandes. Ihr Gärtner hätte seine helle Freude daran. Vielleicht sollte sie ihn hierher empfehlen? Aber dieser Garten wurde offensichtlich bereits von professioneller Hand gepflegt, denn der Rasen wies keinerlei Unkraut auf, und die Bäume waren perfekt geschnitten.

»Warten Sie einen Moment«, sagte die Frau und verließ den Raum. Im Gegensatz zum Garten war die Einrichtung des Hauses geradezu hässlich. Ein glänzender rot geäderter Marmortisch mit gedrechselten Beinen war ungehobelter Blickfang, der den gesamten Raum dominierte. Die darum herum gruppierten Stühle waren aus Plexiglas. Sie sahen so kalt und ungemütlich aus wie die glänzende glatte Ledercouch. Lore versuchte, sich darauf zu setzen, und wurde von der harten Polsterung geradezu wieder abgestoßen. Im Nachbarzimmer hörte sie einen Mann mit lauter aggressiver Stimme reden, er klang ganz und gar nicht wie jemand, der gerade seine Mutter verloren hatte. Die strenge Dame machte der Stimme im anderen

Zimmer ein Zeichen und schloss die Tür zum Wohnzimmer. Schade, nun konnte Lore nichts mehr hören.

»Er kommt gleich«, sagte die Frau und verließ das Zimmer. Lore stand nun allein inmitten der hässlichen Möbel. Die Gartentür stand offen, und Lore trat ins Freie. Auf der von Bäumen beschatteten Terrasse war die Luft frisch und kühl an diesem späten Sommervormittag. Lore erfreute sich an dem Grün des Rasens. Dieser Garten musste gründlich gewässert worden sein, dass er um diese Jahreszeit noch so saftig wirkte. Auf der linken Seite der Terrasse befand sich ein Holzschuppen. Auch hier stand die Tür offen. Fast sah es so aus, als habe Weismann sich hier draußen befunden und alles stehen und liegen lassen, um ans Telefon zu gehen. Lore spähte durch den klaffenden Spalt der Gartenhütte. Zu ihrer Überraschung wurden hier drinnen keine Gartengeräte aufbewahrt, sondern es befand sich voller Regale mit Tiegeln. Sie nahm einen davon in die Hand, um das wissenschaftlich aussehende Etikett anzuschauen.

Plötzlich verdunkelte sich der Raum, jemand versperrte den Ausgang. Lore drehte sich um, den weißen Tiegel abwehrbereit in der Hand. Vor ihr stand ein langer dünner Mann, dessen Gesicht sie im Gegenlicht nicht erkennen konnte.

»Meine Haushälterin sagte mir, Sie wollten mir etwas bringen und nichts mitnehmen«, sagte er mit der schneidenden, aggressiven Stimme, die sie bereits von dem Telefongespräch kannte. Das musste Weismann sein. Lore stellte den Tiegel ab, reichte ihm die nun freie Hand zur Begrüßung und setzte ihr einfältigstes Altweiberlächeln auf. »Verzeihen Sie, Kukuk.«

Die entwaffnende Begrüßung wirkte immer. Selbst strengste Mienen verwandelten sich sofort in ein öliges Grinsen, sobald Lore ihren Familiennamen nannte.

Hier nicht. Weismann musterte sie misstrauisch. Als Lore ihr Beileid ausdrückte, schien er erst zu kapieren, dass es sich um ihren Namen handelte. Er ergriff ihre Hand für ein kurzes Schütteln und wies mit dem anderen Arm nach draußen.

»Nach Ihnen.« Sobald sie aus der Hütte getreten war, schloss er die Tür sorgfältig und drehte den Schlüssel zweimal um. Gemeinsam gingen sie ins Wohnzimmer, dessen glänzendes Mobiliar Lore jetzt noch lächerlicher vorkam. Lore drehte sich zu ihm. »Wissen Sie, ich bin begeisterte Gärtnerin und immer neugierig, wie andere Gärtner …« »Warum sind Sie hier?«, wurde sie von dem aggressiven Kerl unterbrochen. »Wie Sie wissen, habe ich gerade meine Mutter verloren, ich habe keine Zeit für Smalltalk.«

Lore nickte, als fiele ihr gerade jetzt erst wieder der Grund ihres Besuchs ein. Sie griff in ihre Tasche und zog das kleine Kästchen heraus. »Das hier hatte Ihre Mutter bei ihrer Nachbarin, Adelheid Gärtner verloren. Sie wollte, dass Sie es wieder bekommen.«

Der Sohn ließ das Kästchen aufschnappen, begutachtete den Inhalt und schloss es dann wieder.

»Danke sehr. Wenn Sie jetzt entschuldigen …« Er beschrieb eine eindeutige Geste Richtung Wohnungstür. Lore blieb stehen. »Es tut mir so leid, was passiert ist. Warum ist Ihre Mutter nur so schrecklich verbrannt? Bei den anderen Einbrüchen kamen wenigstens keine Menschen zu Schaden.«

Der Sohn sah sie unentschlossen an. »Welche anderen Einbrüche?«

Lore weitete die Augen. »Es ist doch eine ganze Einbruchserie!« Weismann sah sie an, als habe sie den Verstand verloren, und schob sie nach draußen. »Überlassen wir der Polizei die Ermittlungsarbeit.«

ZWEITE LIGA

»Wenn du das Wettkampftraining an diesem Wochenende absagst, dann rutschst du in die zweite Liga.« Verena kippte ein Gemisch aus geraspelten Karotten, Aprikosen, Cashewkernen und Quinoa in ihre Schüssel, übergoss die Mischung mit Joghurt und rührte unbarmherzig um. Sie saßen auf der Terrasse, um gemütlich zu frühstücken. Doch das Wort ›gemütlich‹ schien Verena aus ihrem Gefühlsschatz gestrichen zu haben.

Brenneisen hatte keinen Zweifel. Das mit der Zweiten Liga bezog sich nicht nur auf seine Sportkarriere, sondern auch seine berufliche. Plötzlich geschah etwas Merkwürdiges. Brenneisen hatte das Gefühl, seinen Körper zu verlassen. Er wurde zu Verena und wurde von ihr so kritisch beäugt, wie er immer Sandra verurteilt hatte. Er hatte den Hang seiner Exfrau zu Weißmehlprodukten und Sahne aufs Schlimmste verurteilt. Mit Verena hatte er nun seinen Meister gefunden. Sie war seine neue Herausforderung in Sachen Sport und Ernährung.

Brenneisen wusste, dass viele Sportler solche außerkörperlichen Erlebnisse hatten. Sie waren ein Zeichen äußerster Erschöpfung. Und entsprechend fühlte er sich auch. Es war zu viel, es war zu einseitig und es war zu anstrengend. Ihm unterliefen Fehler bei seinen Ermittlungen, er war fahrlässig bei Verhören. Verenas Mund zerkleinerte krachend den Gemüsecocktail, während sich die Muskeln in ihrem Gesicht unter der Haut fein abzeichneten. Die völlige Abwesenheit von Unterhautfettgewebe ließ sie streng aussehen. Ihr Hals schien nur aus Sehnen zu bestehen. Selbst wenn er ohne sie trainierte, hatte er das Gefühl, von ihrem strengen Mund pausenlos angefeuert zu werden. Brenneisen ermahnte sich, sich zusammenzureißen und sachlich zu bleiben.

»Mag sein«, antwortete er und strich mit einem gewissen Trotz fingerdick Butter auf sein Brötchen. »Wir führen dieses Wochenende eine wichtige Operation durch, da kann ich nicht an einem Training teilnehmen.«

»Wettkampftraining«, korrigierte sie und kratzte ihre Schüssel aus. Dann warf sie ihm einen Blick zu, der alles beinhaltete: Enttäuschung, Verachtung, Mitleid. Brenneisen wurde klar, dass er für Verena auch als Liebhaber in die Zweite Liga abgestiegen war.

ENTHÜLLUNGEN

Einen halben Tag lang hatte Lore vorgekocht. Dicke Suppen, die sich leicht einfrieren und wieder heißmachen ließen. Alles, damit Gersprenz nicht verhungerte, während sie ihr Wochenende in der Oberpfalz verbrachte. Es wäre günstiger und zeitsparender gewesen, den Opa mitzunehmen. Aber mit seiner Herzschwäche war er nicht reisefähig.

Nun war Lore fertig. Gerlind hatte sich für heute Nachmittag angekündigt, sie brauchte jemanden zur Pflege ihres großen Grundstücks, und Lore hatte versprochen, ihr den Gärtner vorzustellen. Lore verstaute die Tupperdosen im Gefrierfach, wischte die Arbeitsplatte ab und setzte Kaffeewasser auf.

Als Gerlind ankam, trug Lore das Tablett mit dem Kaffeegeschirr und dem Pflaumenkuchen in den Garten. »Vorsicht!«, rief Lore, als Gerlind gerade im Begriff war, sich zu setzen. Die sprang überrascht zur Seite. Lore griff das blumige Sitzpolster und schüttelte es. Vier Bienen flogen davon.

»Da hast du mich aber vor was bewahrt«, kicherte Gerlind und setzte sich nach eingehender Begutachtung auf das Polster. »Kannst du dir vorstellen, wie mein Arsch mit vier Bienenstichen aussähe?«

Lore wollte es sich nicht vorstellen. Sie verteilte im Stehen die Kaffeetassen, schenkte ein und gab Schlagsahne auf den Kuchen, die in der Hitze sofort zerlief. Bevor sie sich hinsetzte, überprüfte sie ihr eigenes Sitzpolster. »Die sind hier überall«, klagte sie und spießte ein Stück Pflaumenkuchen auf.

»Nicht!«, rief Gerlind, gerade als Lore es zum Mund führen wollte. Lore blickte auf den Bissen und bemerkte erst jetzt, dass sich eines der Stechbiester darauf niedergelassen hatte.

»Das ist furchtbar!«, rief Lore und knallte ihre Gabel auf den Tisch. »Diese Mistviecher verderben einem alles.« Gerlind begutachtete ihr Kuchenstück eingehend, bevor sie es vorsichtig in den Mund schob. »Kann man da nichts dagegen machen?«, fragte sie kauend.

Lore nahm einen Schluck Kaffee. »Die falsche Akazie da hinten abholzen.« Sie deutete auf den verwilderten Streifen mit der blühenden Robinie. »Da nisten die Viecher und holen sich ihren Nektar. Aber mein Gärtner weigert sich.«

Plötzlich drehte sich Gerlind nach allen Seiten und schnupperte auffällig. »Was stinkt denn hier so?«

Lore seufzte. »Knoblauch. Ein Versuch, die Mistviecher von den Gartenmöbeln fernzuhalten. Ohne Erfolg, wie du merkst.«

Gerlind hielt sich die Hand vor den Mund. »Mein lieber Mann«, kicherte sie. Dann sah sie sich im Garten um. »Wo ist er denn, dein Wundertäter?« Lore spähte über das Grundstück. Der Gärtner arbeitete auf der Burgwiese, er befreite die Bäume von den Schmarotzerpflanzen und verbrannte die dürren Äste. Sein Sohn beaufsichtigte das Feuer.

»Ich rufe ihn, sobald wir Kaffee getrunken haben«, sagte Lore und leerte ihre Tasse. Sie schenkte neuen Kaffee ein und rührte einen Löffel Schlagsahne hinein. Dann wedelte sie eine Biene weg, die auf ihrer Oberlippe gelandet war, und nahm einen großen Schluck. Ihr Kuchenstück verschlang sie mit drei Bissen, um nicht doch eine Biene zu verschlucken. »Und er taugt tatsächlich was?«, fragte Gerlind, die es ihr nachmachte.

Lore nickte. »Seit er sich um den Garten kümmert, habe ich keine Schädlinge mehr, und meine Pflanzen wachsen hervorragend. Da drüben«, sie zeigte auf die dichte Mauer aus leuchtenden Ringelblumen, die das Gemüsebeet umgab. »Meine Tomaten tragen doppelte Frucht, seit er um das Beet herum Ringelblumen gesät hat. Und mit Tomatentrieben, die er in den

Kirschbaum gehängt hat, haben wir meine schwarzen Blattläuse weggekriegt. Beim Salat hat er Thymian gepflanzt, seitdem wird der nicht mehr von den Schnecken angefressen. Aber der Gärtner kennt sich nicht nur aus mit Nutzpflanzen. Er hat mir auch Elfenspiegel besorgt, der mehrjährig ist. Und die Löwenmäulchen dahinten, die blühen von Juni bis spät in den Oktober, die wachsen ständig nach, sobald man sie pflückt, so habe ich immer frisch duftende Blumen im Zimmer. Ich gebe dir nachher welche mit.«

Gerlind hob die Augenbrauen und lächelte spöttisch. »Kümmert dein Gärtner sich noch um etwas anderes bei dir als die Beete?«

Lore schüttelte verärgert den Kopf. »Artur«, rief sie und winkte dem Gärtner. Sie goss eine frische Tasse Kaffee ein und reichte sie ihm, als er an den Tisch gekommen war. Lore registrierte befriedigt, wie Gerlind die Kinnlade herunterklappte, so angetan war sie.

»Meine Freundin braucht einen guten Gärtner«, sagte Lore und beschattete das Gesicht mit ihrer Hand.

»Unsere Bäume müssen beschnitten werden, und wenn Sie den Rasen unkrautfrei bekommen, wäre ich Ihnen zu großem Dank verpflichtet«, ergänzte Gerlind in butterweichem Ton.

Der Gärtner nickte. »Das bekomme ich hin. Wann soll ich anfangen?«

Sie vereinbarten einen Termin, und als der Gärtner die Tasse abstellte, streifte er unmerklich Lores Arm. Sie sah ihm nach, wie er den Abhang hinunter ging. »Der Mann scheint ja der wahrste Pflanzenflüsterer zu sein«, sagte Gerlind und verabschiedete sich.

Lore stellte das Kaffeegeschirr aufs Tablett und trug es zurück ins Haus, wobei sie auf eine Biene trat, die sich im Gras aufhielt. Zum Glück trug sie ihre New Balance Turnschuhe. Gezwungenermaßen, denn gestern war sie von einer ihrer Schwestern gestochen worden, und ihr Fuß passte in keinen anderen Schuh. Diese Sohle war glücklicherweise dicker als jeder Bienenstachel. Während sie das Tablett in der einen Hand balancierte, öffnete sie mit der anderen das Fliegengitter der Terrassentür und schlüpfte durch den schmalen Spalt.

In der finsteren Küche saß Gersprenz und blätterte in seiner Fernsehzeitschrift. »Oh, du hast Kaffee gemacht«, stellte er mit schwacher Stimme fest. Lore nickte und goss ihm eine Tasse ein. Es war die Tasse, die der Gärtner benutzt hatte. Aber sie hatte keine Lust, schon wieder eine zusätzliche Tasse zu spülen.

Seit der Opa sich als Gast einquartiert hatte, kaufte sie ein für fünf, kochte für fünf, putzte und räumte auf, als wären sie eine Großfamilie und wusch täglich seine Kleidung, da er nur jeweils zwei Unterwäschegarnituren besaß, zwei Hosen, zwei Hemden, einen Pulli. Dennoch schien die Arbeit kein Ende zu nehmen. Lore stellte ihm die Tasse hin und begann, das restliche Geschirr zu spülen. Sie beobachtete, wie ihm beim Trinken die braune Brühe rechts und links aus den Mundwinkeln rann.

Ob Lore bis ans Lebensende ihr Haus mit ihm teilen musste? Ein unangenehmer Gedanke, den sie gleich wieder aus ihrem Kopf strich.

Lore bereitete das Abendessen vor. »Lass uns gleich essen, ich will früh ins Bett«, sagte sie zu Gersprenz, der zustimmend murmelte. Sie wärmte die Gulaschsuppe, deckte den Tisch und setzte sich dem Opa gegenüber, ohne ihm guten Appetit zu wünschen. Wenn sie es richtig betrachtete, es war ja im Haus genügend Platz für sie beide da. Warum dem alten Mann seinen Lebensabend verwehren? Also konnten sie genauso gut eine Art Alten-WG gründen, in der man sich gegenseitig unterstützte. Nur hatte sie das Gefühl, dass sie ihn unterstützte und nicht umgekehrt. In diesem Moment fiel ihr der Tee ein. Sie wärmte ihn auf und stellte dem Opa eine Tasse hin.

Lore musste sich noch auf ihre Reise vorbereiten. Das hieß vor allem, sich ihre Aufgaben einprägen und die Funktionen dieses kleinen Koffer-Handys auswendig lernen. Nach dem Abendessen zog sie sich auf ihr Zimmer zurück, um sich eingehend damit zu befassen. Als sie damit fertig war, war es bereits weit nach Mitternacht.

Lore ging nach oben, um Gersprenz Gute Nacht zu wünschen. Wie er da unter seinem Federbett lag, mit spitzer Nase und verwuschelten Haaren, rührte er sie schon wieder. »Ich geh jetzt schlafen, morgen muss ich früh raus, ich mach dir Kaffee, bevor ich weggehe. Denk dran, trink deinen Tee, geh nicht raus, damit keine Bienen reinkommen, und mach niemandem die Tür auf.«

Sie hatte Gersprenz erzählt, die Polizei könne vorbeikommen, um das Haus zu observieren, und es könnten unbequeme Fragen gestellt werden, wenn sie ihn da sähen. Gersprenz, dem offensichtlich nicht an einer Begegnung mit der Staatsgewalt gelegen war, hatte widerspruchslos zugestimmt. So konnte Lore darauf hoffen, dass ihr Besucher noch eine Weile unentdeckt blieb. Die Polizei hatte ihr Taxigeld gegeben, da sie am nächsten Morgen bereits um neun Uhr in Groß Umstadt sein musste und um diese frühe Uhrzeit noch kein Bus fuhr. Sie deponierte das Geld auf ihrem Nachttisch und legte sich ins Bett.

Eigentlich war sie total erledigt, aber sobald ihr Kopf das Kissen berührte, war sie wieder hellwach. Würde sie ihren Auftrag ordnungsgemäß ausführen? Wieder und wieder rief sie sich alle Aufgaben ins Gedächtnis. Ebenso die Funktionen des Kofferhandys. Und warum war es ihr so wichtig, alles gut zu machen? Wegen des Kommissars? Quatsch, sagte sie sich. Es ist wegen der Opfer.

Irgendwann hörte sie, wie sich die Haustür leise öffnete und schloss. War das Gersprenz? War er schon wieder auf Achse? In mehreren Nächten hatte Lore gehört, wie er das Haus spät nachts verließ. Aber sie hatte ihn nie gefragt, was er dann machte. Lore schaute auf ihren Wecker. Zwei Uhr. Ihr Herz klopfte. Oder war etwa jemand eingebrochen?

Lore machte ihre Nachttischlampe an und lauschte in die Nacht. Mach es wieder aus, ermahnte sie sich.

Versuch, zu schlafen, egal, was der Opa treibt. Doch an Schlaf war jetzt nicht mehr zu denken. Sie stand auf und horchte die Treppe hinauf. Kein Geräusch war zu hören. Sie schlich die Treppe hoch, wobei sie die vierte und die siebte Stufe ausließ, denn die knarrten. Jahrelange Übung hatte sie das gelehrt.

Die Tür zu Gersprenz' Schlafzimmer war nur angelehnt. Lore öffnete sie einen Spaltbreit, horchte auf Atemgeräusche und betrat das Schlafzimmer, nachdem sie keine hören konnte. Im trüben Mondlicht sah sie, dass das Bett leer war. Kein Opa. Lore machte das Licht an. Das Zimmer roch stärker nach Gersprenz als das restliche Haus. Neben dem Bett stand eine offene Sporttasche, ein Werbegeschenk aus billigem Plastik. Lore öffnete die Tasche, die vor Flaschen überquoll. Hier war die Quelle des Geruchs, keine Frage. Waren die Flaschen das Ziel der nächtlichen Ausflüge? War Gersprenz ein Flaschen-Opa, der nächtens die Mülleimer durchwühlte?

Lore spürte einen Würgereiz. Sie ließ den Blick weiter durchs Zimmer schweifen, ohne zu wissen, was sie suchte. Gersprenz besaß kaum persönliche Dinge. Lore öffnete die Schubladen des alten Schreibtisches. Auch hier war nichts zu finden. Keine Papiere. Kein Ausweis. Lore setzte sich aufs Bett. Unter ihrem Oberschenkel drückte die Bettkante, die etwas höher lag als die Matratze. Lore fuhr mit der Hand unter ihr Bein und bemerkte, dass es nicht die Bettkante war, die drückte, sondern ein Gegenstand.

Lore tastete in die Ritze zwischen Matratze und Bettrand und beförderte eine in Papier gewickelte Rolle hervor. Das Papier zerriss, als Lore sie aus der Ritze zog, und eine Menge Münzen kullerten über den Boden. Lore ließ sich auf die Knie fallen und sammelte die silbernen Plättchen hastig zusammen. Dabei zog sie sich einen Splitter von den Holzdielen ein. Beim Einsammeln betrachtete sie die Münzen genauer. Es waren keine Euros und auch sonst keine ihr bekannte Währung. Sie waren eher leicht und klimperten wie metallene Spielzeugmünzen. Das waren die Silberdenare Karls des Großen! Lore spürte, wie sie von Adrenalin geradezu überschwemmt wurde. Beherbergte sie den Einbrecher, den draußen alle suchten?

Lore sprang auf und versuchte zur Vernunft zu kommen.

Eigentlich musste sie Otto direkt benachrichtigen. Aber was dann? Die Reise wäre futsch. Und was noch? Auf sie selbst würde ebenfalls ein Verdacht fallen. Dann hatte sie eine Idee.

Lore lief nach unten in ihr Schlafzimmer, wo sie das Kofferhandy auf dem Nachttisch abgelegt hatte. Zwei Stufen auf einmal nehmend sprang sie die Treppe hinauf und machte Fotos von den Münzen. Dann wickelte sie die Geldstücke, so gut es ging, in das Papier und stopfte die Rolle zurück an ihren ursprünglichen Platz. Sie löschte das Licht und ging zurück ins Bett.

Jetzt, nachdem sie die Beweise gesichert hatte, würde sie erst in Ruhe die Reise antreten, vielleicht ergaben sich da neue Aspekte. Im Anschluss konnte sie immer noch von ihrem Fund berichten. Die Fotos hatte sie ja. Mit diesen Gedanken gelang es ihr schließlich, wenige Minuten Schlaf zu finden.

ON THE ROAD

Der nächste Morgen begann schlecht. Lore hatte sich in einer Schlafphase befunden, aus der man nicht gesund aufwacht. Wie in Trance stand sie auf und machte sich reisefertig. Beim Zähneputzen schlief sie im Stehen ein und wurde vom Geräusch der fallenden Zahnbürste wieder geweckt. Sie kochte einen Kaffee, der zur Hälfte aus Wasser bestand und zur Hälfte aus Pulver und kippte ihn auf einen Sitz hinunter. Das Geld auf ihrem Nachttisch war verschwunden. Seltsam, war Gersprenz in der einen Stunde Schlaf in ihr Zimmer eingedrungen? Sie ging in den ersten Stock und lauschte an seiner Tür. Sie hörte ihn schnarchen. Ich sollte die Wertgegenstände verstecken, dachte sie, doch dafür war sie zu erschöpft. Nur das Sparbuch nahm sie aus der Schublade und steckte es in ihre Handtasche. Dann rief sie ein Taxi, und während sie wartete, schmierte sie sich ein paar Stullen für später.

Um Punkt halb Neun stand sie an der Bushaltestelle, in der einen Hand das Busticket, in der anderen ihre Reisetasche. Die Handtasche hatte sie quer über den Oberkörper gehängt wie früher die Kindergartentasche.

Der Himmel war an diesem Morgen knallblau und rein. Aber am Horizont zeigten Dunstschleider an, dass das Wetter es sich noch ein paar Mal anders überlegen würde. Lore wurde die Wartezeit lang, auch belastete sie der Gedanke an die Münzen. Sie griff in ihre Handtasche, kramte das Kofferhandy hervor und suchte nach den Fotos. Ohne Erfolg. Sie wischte wieder und wieder mit zitternden Fingern über die Oberfläche. Keine Fotos.

Ihr Ärger darüber, dass sie nicht in der Lage war, die Kamera sachgemäß zu bedienen, mischte sich mit Besorgnis. Fand Sie die Fotos einfach nicht, oder hatte die Kamera nicht aufgenommen? Oder war die gestrige Nacht nur ein Traum gewesen, und sie hatte überhaupt keine Münzen gefunden? Lore spürte einen leichten Schwindel.

Es war fünf vor neun, als eine Horde von fünf Frauen schnatternd um die Ecke kam. Lore musterte die lärmende Gruppe, deren Stimmen ihr Kopfweh bereiteten. Sie mochten sich vom Kirchenchor her kennen oder vom Französischkurs, vielleicht auch aus der Grundschule, in jedem Fall führten sie sich auf wie eine Herde Konfirmandinnen, die kreischten und gackerten, als verlebten sie ihre dritte Pubertät. Lore rückte von ihnen ab.

Als ein grell bedruckter Reisebus um die Ecke bog, steigerte sich der Geräuschpegel noch, und Lore wurde klar, dass die Hühner zu ihrer Reisegruppe gehörten. Lore zögerte. Sollte sie das ganze Unternehmen abblasen? Doch dann blieb der Bus stehen und öffnete sich verheißungsvoll. Sie hatte die Möglichkeit, mal rauszukommen. Außerdem war dies kein Vergnügungsausflug, sondern eine Mission. Die Sicherheit vieler alter Menschen stand auf dem Spiel, und Lore hatte es in der Hand, dem verbrecherischen Unternehmen das Handwerk zu legen. Grund genug, sich einen Ruck zu geben.

Lore wartete abseits, bis die kreischenden Hühner ihr Gepäck in der Ladeluke verstaut hatten und in der dunklen Busöffnung verschwanden. Sie würde sich den Platz suchen, der am weitesten entfernt von ihnen lag, um ein Schläfchen einzuschieben.

»Die Tasche muss in den Gepäckraum.« Lore, die gerade einsteigen wollte, drehte sich um. Ein vierschrötiger Glatzkopf im Musterpulli stand draußen und hatte die Arme in die Seiten gestemmt.

Offensichtlich der Busfahrer.

»Ich nehme die Tasche auf den Schoß.« Lore hasste es, getrennt von ihrem Gepäck befördert zu werden, der Grund, warum sie noch nie in ein Flugzeug gestiegen war. Doch der Busfahrer murmelte etwas von Sicherheitsbestimmungen und zog an ihrer Tasche.

Lore überreichte sie ihm, und missmutig verstaute er ihr Gepäckstück.

»Warum haben Sie sich nicht mit den anderen Damen angestellt?«, zeterte er. Er und Lore würden keine Freunde werden, das stellte sich auf den ersten Blick heraus.

Beim Einsteigen musterte Lore den Busfahrer eingehend. Schließlich war bekannt, dass diese Typen ständig ihre Zeiten überschritten und übermüdet fuhren. An ihm konnte sie jedoch keine Spuren von Erschöpfung feststellen. Immerhin konnte er schimpfen wie ein Rohrspatz. Nachdem sie eingestiegen war, schritt sie die Sitzreihen ab. Die Damen hatten sich fast ganz hinten niedergelassen, wo sie zwei Reihen parallel besetzten.

Die anderen Mitreisenden waren vorwiegend allein reisende Damen, jede auf einem Sitz in der Mitte, die Handtasche auf dem Fensterplatz, damit sich möglichst niemand dazu setzte. Männer waren rar gesät, Lore erblickte zunächst ein Männerpaar, das wirkte wie Vater und Sohn, es konnte sich aber auch um zwei Homosexuelle handeln.

Dann erblickte sie eine Hand, die ihr winkte. Die Hand gehörte zu einem roten Gesicht, das in auffälligem Kontrast zum schlohweißen Haar stand. Erich. Lore blieb nichts anderes übrig, als sich zu ihm zu setzen. Als sie neben ihn kletterte, bemerkte sie den Blick, mit dem er ihre Turnschuhe musterte, und versuchte, die großen weißen New Balance unter den Vordersitz zu pressen. Was nicht möglich war, denn die Schuhe passten nicht drunter. Aber auch heute noch war ihr Fuß zu dick, um andere Schuhe tragen zu können.

»Auch unterwegs nach Bayern?«, fragte Erich, als sich der Bus in Bewegung setzte.

»Oberpfalz«, korrigierte Lore.

»Genaugenommen ist es Ostbayern«, beharrte Erich. Er zog das Prospekt aus der Innentasche seines Sakkos und deutete auf den Ausschnitt der Landkarte. »Hier, an der Grenze zu Tschechien sind wir in Franken und damit Bayern.«

Lore, die zu müde zum Diskutieren war, nickte. Sie brauchte dringend Schlaf. Erich war offensichtlich in Plauderlaune.

»Mit Veronika bin ich schon öfter verreist, das ist eine ganz solide Sache. Die haben reichhaltiges Essen und keine Zwangskäufe.«

»Die Fahrt kostet ja auch 'ne Stange Geld«, entgegnete Lore. Er musterte sie erstaunt. »Ich habe bloß 50 Euro bezahlt. Haben Sie dir etwa mehr berechnet?«

»Das war ein Witz.« Lore stöhnte lautlos.

Sorgsam steckte Erich das Prospekt zurück in die Tasche, als sei es ein wichtiger Teil der Reiseunterlagen, und schenkte ihr einen wohlwollenden Blick. »Ich werde auf jeden Fall drauf achten, dass die uns nicht übern Tisch ziehen.« Dann zog er eine Art Fernsteuerung aus seiner Jackentasche, die ihrem Koffertelefon gar nicht unähnlich sah. »Schau mal, was ich gemacht habe.« Er zeigte Lore stolz das Display, auf dem die

Facebookseite aufgerufen war, die sie ebenfalls aus dem Internetzkursus kannte. Darauf zu lesen sein Status:

›Ich bin vom Samstag, den 15. August bis Sonntag den 16. August nicht da. Sie können mich telefonisch erreichen.‹

Lore schüttelte verständnislos den Kopf. »Schreib noch deine Adresse dazu, damit die Einbrecher wissen, wo sie hin müssen.« Erich riss die Augen auf. »Aber das können doch nur meine Freunde lesen.«

Lore seufzte. »Und der Rest der Welt. Im Internetzkursus wurden wir doch gewarnt vor diesen Heckentypen. Die wählen sich überall ein, und am Ende kennen die sogar die Zahl deiner Koi-Karpfen im Aquarium.«

»Ich züchte keine Koi mehr«, entgegnete Erich.

Lore seufzte. »Das war im übertragenen Sinne gemeint. Die nutzen dein Internetz, um dir ganz realen Schaden zuzufügen.«

Erich betrachtete ratlos seinen Apparat. »Und was mache ich jetzt?«

»Löschen«, sagte Lore und sah zum Fenster hinaus. Der Bus fuhr jetzt auf der B45. Rechts und links lagen die flachen Felder trocken und abgeerntet. Nur noch wenige Tage, dann kam der Herbst und dann der Winter, dann konnte sie Opa Gersprenz nicht mehr so gut ausweichen, wie das jetzt im Sommer möglich war.

»Soll ich mein ganzes Facebook löschen?«, fragte Erich nach. Lore starrte weiter zum Fenster hinaus. Man könnte meinen, der Kerl hätte noch nie was von

Internetzbedienung gehört. »Nein, nur diese Scheißankündigung.«

»Mach ich«, sagte Erich, nachdem er eine Ewigkeit an seinem Apparat herumgefummelt hatte. »Schau mal, ist das gut so?« Beifall heischend hielt er ihr den Apparat vor die Nase.

»Du Erich, sei nicht böse«, sagte sie. »Aber mir wird hier hinten schlecht von den Kurven. Ich geh nach vorn.«

»Was?«, fragte er. Sie schnappte ihre Tasche und erhob sich. In der ersten Reihe sah es aus, als sei da noch ein freier Platz.

Lore hörte noch, wie Erich murmelte: »Hier sind aber keine Kurven. Hier ist doch Autobahn.«

Als Lore vorne angekommen war, sah sie, dass der vordere Platz doch schon besetzt war. Mit einer etwas kurz geratenen Person, die eine grellrot gefärbte Mähne trug. Neben ihr am Fenster war immerhin noch Platz. »Ist hier frei?«, fragte Lore höflich.

»Ich bin Elvira«, sagte die andere und klopfte auf den Platz neben sich. Sie trug ein sarongähnliches Oberteil mit afrikanischem Muster, eine mehrfach umgeschlungene Kette mit Holzperlen, am Hals und am Arm eine Flut an hölzernen Armreifen, die wie Klöppel aneinanderschlugen, jedesmal wenn sie ihr Haar zurückstrich.

Sie widmete Lore kaum Beachtung, sondern wandte sich sofort wieder an den Reiseleiter, der schräg vor ihr neben dem Busfahrer saß, um einen Satz zu beenden, den sie gerade angefangen hatte.

Der Reiseleiter nickte ihr kurz zu und erhob sich dann. In einer gut gelaunten Rede begrüßte er die Fahrgäste und erklärte, dass dies hier keine übliche Kaffeefahrt war. Dass alle Versprechen eingehalten wurden, einschließlich der Verlosung von Sachpreisen und der Mahlzeiten.

»Das sollen die mal wagen«, sagte Elvira und wandte sich Lore zu. Ihr Gesicht sah aus, als hätten 1000 durchzechte Nächte daran genagt. »Mir meine Mahlzeiten vorenthalten.« Elvira schnaubte.

»In meiner Kommune Rödermark, da verwechseln wir auch mal Mein und Dein, weißte, aber wenn's ums Essen geht, dann können die was erleben.«

Lore warf einen Blick auf Elviras Bauch. Offensichtlich kaschierte der weite Sarong das Schlimmste. Sobald der Reiseleiter sich gesetzt hatte, nahm Elvira ihn wieder in Beschlag.

»Ich bin zwar locker, weißte, ich bin Hippie. Aber mein Essen? Nö«, sagte sie mit einem frechen Grinsen. »Naja und was ich dir noch sagen wollte: London in den 70ern, weißte, also da kommt nichts mit.« Sie spielte provokativ mit ihren Holzperlen. »Da warn sie alle da, ne. Rod Steward, die Beatles, Twiggy.«

»Wow«, sagte der Reiseleiter, ohne seinen Blick von der Straße abzuwenden. Jetzt verstand Lore, was an Elviras Gesicht genagt hatte. London der 70er.

»Ja, war schon irre.« Elvira setzte ein Frag-mich-Gesicht auf. Der Reiseleiter fragte nicht, bekam aber trotzdem eine Antwort. »Mit Rod Steward hab ich sogar geknutscht.« Sie schürzte die Lippen, so dass sich tiefe Plisseefalten um ihren Mund bildeten.

»Wow«, wiederholte der Reiseleiter.

Lore dämmerte, dass sie mit diesem Platz womöglich noch schlechter fuhr als neben Erich. Sie schaute nach hinten in den Bus. Die Stimmung war ausgelassen, jeder plapperte mit jedem, die Hühner reichten fingerhutgroße Plastikbecher mit einer wasserhellen Flüssigkeit herum. Ob das erlaubt war? Lore warf einen prüfenden Blick auf den Reiseleiter. Doch der war damit beschäftigt, eine Kassette in den Player einzuschieben. Gleich darauf dröhnte Andrea Berg durch den Bus. Die Hühner klatschen begeistert und sangen mit dünnen Stimmen »Du hast mich tausendmal belogen …«

Lore wurde nun von ihrer Müdigkeit übermannt. Sie formte aus der Fenstergardine ein Kopfkissen, stopfte sich Stöpsel in die Ohren und lehnte den Kopf an die Scheibe. Sobald sie die Augen geschlossen hatte, war sie weg. Als sie erwachte, war es überraschend ruhig. Lore schlug die Augen auf. Eine Panne? Draußen sah sie naturgrüne Landschaft und einen Gasthof. Das Haus bestand zum Teil aus gemauerten Wänden und braunen Schindeln. ›Gut Eidersloh‹ prangte von einem Schild, das am Eingang angebracht war. Lore entfernte ihre Ohrenstöpsel und bekam gerade noch mit, was der Reiseleiter sagte: »Hier nehmen wir erst mal unser tüchtiges Bauernfrühstück zu uns, wie im Prospekt angekündigt. Hoffentlich haben Sie Hunger mitgebracht.«

Ein murrendes Gelächter war aus den hinteren Reihen zu hören. Lore vermutete, dass die besoffenen Hühner feste Nahrung gut vertragen konnten. Lore tastete nach den Klappstullen in ihrer Handtasche. Die waren ihr lieber als das schwere Wirtshausessen. Vom Schlaf noch etwas benommen, ließ sie die aussteigenden Fahrgäste zunächst an sich vorbeiziehen.

Zwei Damen mit baiserweißen Frisuren und in pastellfarbenen Twinsets stiegen als Erstes aus.

»Am Frühstück sparen sie sonst immer«, sagte die Fliederfarbene zur Rosafarbenen. Als Nächstes folgten die aufgekratzten Konfirmandinnen, die von einer Alkoholwolke umschwebt nach draußen hüpften. Es folgte eine schmallippige, hochaufgeschossene Dame, trotz Hitze im Lodenkostüm, Typ Gouvernante und augenscheinlich ebenfalls allein. Anschließend zwängte sich das Vater-Sohn-Paar an ihr vorbei. Während der Junge akkurat gekämmt war und den Mantel bis oben zugeknöpft trug, wirkte der ältere von beiden schlampig. Unter seinem offenen Mantel hing die Hälfte eines Hemdes aus dem Bund heraus.

Lore hatte spontan die Assoziation eines Bibliothekars, dem der Staub der Bücherregale auf den Schultern lag. Bei genauerem Hinsehen erkannte sie jedoch, dass es sich um Schuppen handelte. Dieselben, die auch in seinen ungekämmten Haaren hingen. Als alle Gäste ausgestiegen waren, forderte der Busfahrer sie barsch dazu auf, ebenfalls den Bus zu verlassen. Steif erhob sie sich und kletterte aus dem Bus. Die Müdigkeit steckte ihr noch in den Knochen, aber der kurze Schlaf hatte sie zumindest etwas erfrischt.

Draußen wartete Erich, seine Steckprothese phosphoreszierte in der Sonne, als er sie anstrahlte. Auch sein schlohweißes Haar war lichtdurchflutet. »Ist das nicht herrlich, hier? Wir müssten auf Höhe Schweinfurth sein«, sagte er und bot Lore seinen Arm.

Lore hatte dann einen blendenden Einfall. »Ja, machst du bitte ein Foto?« Sie holte das Kofferhandy aus ihrer Handtasche und reichte es Erich.

»Ah, bist du endlich in der Neuzeit angekommen.« Er nahm es entgegen. Lore war gespannt, ob der Apparat tatsächlich kaputt war oder sie einfach das Ding nicht richtig bedient hatte. Sie beobachtete genau, was Erich machte, und prägte sich die Handhabe ein.

»Stell dich da hin«, sagte er und dirigierte sie vor den Gasthof. Lore tat wie geheißen, und schon ertönte der Sound eines Auslösers. Lore lächelte für die Kamera und ging dann wieder zu Erich. »So, und jetzt eines von dir. Wo muss ich drücken? Ich hab meine Brille nicht da.«

Er zeigte ihr den Auslöser und ließ sich nun selbst ablichten. Lore war froh, dass sie eine so unauffällige Möglichkeit gefunden hatte, sich die Funktionsweise des Apparats demonstrieren zu lassen. »Zeig mal«, sagte Erich und streckte die Hand aus. Lore steckte das Handy rasch zurück in ihre Tasche. »Später. Jetzt gehen wir erst mal essen.«

Falls das Foto von den Münzen doch noch irgendwo da drin war, musste Erich das nicht sehen. Das würde nur unnötig Verwirrung stiften.

Im Restaurant hatten sich schon alle Gäste um zwei große Tische gruppiert, die Hühner und das Vater-Sohn-Paar saßen an einem Tisch. Der Vater schien sich wohl zu fühlen inmitten des kreischenden Haufens, sein Sohn dagegen trug eine bittersüße Miene zur Schau, wie Opa Gersprenz, wenn er einen seiner Herzanfälle bekam. Lore und Erich setzten sich an den anderen Tisch, wo die schmallippige Gouvernante saß, die sich als Gertrud vorstellte, die beiden Damen mit den Baiserfrisuren sowie der Reiseleiter, Elvira fest an seiner Seite. Alle hatten bereits eine große Portion Bratkartoffeln, Speck und Eier vor sich.

Die fliederfarbene Baiserdame, die sich Gusti nannte, langte ordentlich zu und warf dem Nachbartisch, an dem die gealterten Konfirmandinnen für Highlife sorgten, immer wieder sehnsüchtige Blicke zu. Ihre Schwester Elfi stocherte in ihren Bratkartoffeln. »Nein, so ein schweres Essen für alte Leute, das macht meine Galle nicht mit. Ein Frühstück ohne Brötchen und Marmelade, wo gibt's denn sowas?« Sie sah sich immer wieder suchend im Raum um, um festzustellen, ob der andere Tisch besser ausgestattet war. Aber auch die hatten eine schwere Mahlzeit vor sich stehen.

Elfi trank mit vorwurfsvoller Miene ihren Kaffee. Der Reiseleiter bemerkte ihren Unmut. »Alles in Ordnung?«, erkundigte er sich besorgt.

Sofort glättete sich Elfis Miene zu einem verlegenen Lächeln. »Haben Sie nichts Süßes? Ich bevorzuge Brötchen und Marmelade zum Frühstück.« Gleichzeitig spielte sie mit ihrer Halskette. Der Reiseleiter verschwand in der Küche, und gleich darauf kamen Kellner mit Körben voller Brötchen, Butter und Marmeladentöpfchen und verteilten diese auf den Tischen. »Süßes kommt in der Regel nicht so gut an um diese Uhrzeit. Und auch wegen den Diabetikern«, erklärte der Reiseleiter, als er zurück am Tisch war. »Wenn Ihnen noch etwas fehlt, lassen Sie es mich wissen.« Elfi strahlte ihn an und bedankte sich überschwänglich.

Auch am anderen Tisch kam der Nachschlag gut an, und es wurde eifrig zugelangt. »Reichhaltiges Frühstück, stand in der Reisebeschreibung«, sagte eine der Konfirmandinnen. »Das heißt, dass man sowohl deftiges wie auch süßes Frühstück bekommt. So wie in den Hotels.« Nun kauten alle zufrieden. Herrgott, hatten die alle gehungert, bevor sie die Reise angetreten hatten? Lore war durch ihren kurzen Schlaf im Bus jetzt zwar erfrischt, hatte aber immer noch keinen Appetit. Oder war es die Fülle an Aufgaben, die ihr im Magen lag?

Sie ließ den Blick über die Gruppe schweifen. Elfi hatte sich ein Brötchen dick mit Butter geschmiert und Pflaumenmarmelade darauf gegeben. Nun hob sie ihr Brötchen an und betrachtete es genussvoll. »Ist das nicht herrlich?«, fragte sie mit träumerischem Blick. Erich zog wieder sein Prospekt aus der Tasche. »Das ist hier keine typische Kaffeefahrt«, betonte er und blätterte in dem Faltblatt.

»Ich weiß«, nickte Elfi. »Sonst wären wir niemals mitgefahren.« Sie nahm sich erneut reichlich Marmelade.

»Ich auch nicht, na klar«, pflichtete Elvira mit vollem Mund bei. In ihrem Mundwinkel klebte Butter. »Könnt ihr euch das vorstellen? Ich mit einer Heizdecke? Ich bin Hippie«, rief sie, wobei sich die letzte Silbe ihres Satzes in einem Gieksen verlor.

»Ich muss mal vor die Tür«, flüsterte Lore Erich zu und stand auf. Draußen stand der Bus mit offener Tür auf dem Parkplatz. Lore schaute nach rechts und links, den Busfahrer konnte sie nirgends entdecken. Sie langte in ihre Handtasche und griff nach dem Kofferhandy. Dann stieg sie in den Bus, neben dem Fahrersitz lag die Gästeliste offen da. Die Kamerafunktion war noch offen von Erichs Fotoaufnahmen. Lore wischte über die Bildfläche. Ein merkwürdiges Gefühl war das. Früher hatte man ihnen beigebracht, dass man solche glänzenden Oberflächen nicht mit den Fingern antatschen sollte. Jetzt war das sogar erwünscht.

Das Symbol für den Auslöser erschien. Lore hielt das Handy über die Liste, tippte mehrmals auf das Symbol und hörte mit Befriedigung das bestätigende

Klicken. Als sie rücklings aus dem Bus klettern wollte, wäre sie fast über den Busfahrer gestolpert. »Was machen Sie denn hier?«, fragte er.

»Meine Venensalbe«, rief Lore und hielt ihre Handtasche hoch. »Die habe ich hier drinnen vergessen.«

»Wertsachen in den Pausen immer bei sich tragen, wir übernehmen keine Haftung«, raunzte der Busfahrer.

»Es würde ja genügen, die Bustür zu schließen«, entgegnete Lore und stolzierte zurück Richtung Gasthaus. Kurz, bevor sie das Gebäude betrat, kam ihr Opa Gersprenz in den Sinn. Jetzt war es Mittag, Zeit für sein Essen. Ob er wusste, wie er die Suppe aufzutauen hatte? Lore wählte ihre Festnetznummer, wobei sie diesmal den Rinderfuß benutzte. Mit klopfendem Herzen wartete sie, dass er dran ging. Was Lore umtrieb, war weniger die Besorgnis um Gersprenz' Verköstigung als die Frage, ob er den Tee auch gut vertrug. Man weiß nie …

Je länger es tutete, desto inständiger wurde ihr Bitten, dass alles in Ordnung sei.

»Bei Kukuk?«, hörte sie ihn schließlich sagen. Ihr fiel ein Stein vom Herzen.

»Opa Gersprenz? Wie geht es dir?«

Am anderen Ende war kurz Stille, als müsse Gersprenz erst überlegen, wer da anrief. Wartete er noch auf andere Anrufe?

»Bist du das, Lore?«

»Wer sonst!«

Dann ein Seufzen. »Du fehlst mir.«

Lore stutzte, doch sie war viel zu erleichtert, um sich daran zu stören. »Hör zu, nimm dir eine der Tupperdosen aus dem Eisfach und erhitze den Inhalt in dem Pfännchen, das auf dem Herd steht. Aber ohne das Plastik, ja?«

Wieder Stille am anderen Ende. »Ich bin doch nicht blöd«, sagte er schließlich.

»Und mach dir auch den Tee in der Kanne warm.«

»Hab ich schon getrunken. Kalt.« Es klang vorwurfsvoll.

Lore wollte ihm gerade erklären, wie er den Gasherd anstellte, da kam der Reiseleiter auf sie zu.

»Meine Dame, kommen Sie doch jetzt frühstücken. Die Reise wird in wenigen Minuten fortgesetzt.

»Ich muss Schluss machen«, sagte Lore in den Apparat und drückte den roten Knopf auf dem Handy. Nun da sie wusste, dass er lebte, begannen die Sorgen. Und wenn er gerade dabei war, ihr Haus auszuräumen? Um es anschließend abzufackeln, bevor er sich aus dem Staub machte? Aber wäre er dann nicht längst über alle Berge, statt zu Hause seinen Tee zu trinken? Lore verdrängte ihre Sorgen, so gut es ging, und steuerte das Gasthaus an.

Die Reisenden leerten bereits ihre Teller. Der Reiseleiter erhob sich von seinem Stuhl und griff nach dem drahtlosen Mikrofon. »So, meine Damen und Herren, das war mal ein Frühstück, oder?« Der Hühnerkreis kreischte und applaudierte. Lore fragte sich, ob man die als Stimmungskanonen gebucht hatte.

»Und all das ist im Preis enthalten«, fuhr der Reiseleiter fort. »Also wir tun eine Menge dafür, dass es Ihnen rundum gut geht, und wir hoffen, dass Sie bald wieder eine Reise mit Veronika-Reisen buchen.«

Die Gäste nickten und einige applaudierten. »Ich möchte Sie bitten, jetzt zum Ende zu kommen, in zehn Minuten haben Sie bitte alle Ihren Platz wieder eingenommen.« An den Tischen entstand Unruhe, jeder sicherte sich noch einen Bissen oder eine weitere Tasse Kaffee, dann standen alle auf. Manche drängten auf die Toilette, die anderen zockelten zum Bus zurück. Wenig später fuhren sie wieder auf der Autobahn Richtung Südost. Die Hühner waren nun verstummt, Lore setzte sich jetzt wieder neben Erich. Das war ihr lieber als das pausenlose Geplapper von Elvira, die wieder am Reiseleiter hing. Das Letzte, was Lore hörte, war Erich, der wieder betonte, dass dies keine gewöhnliche Kaffeefahrt war, dann sank sie in einen tiefen Schlaf und erwachte erst, als sie ihr Ziel erreicht hatten.

Der Gutshof Almenhorst lag in der Nähe von einem Ort namens Bodenmais, Erich hatte eine Fotoaufnahme des Ortsschildes aufgenommen und zeigte Lore das Foto belustigt. Hier im Tal war es jetzt bereits am Nachmittag dämmrig. Das Gehöft war mit dunklem Holz geschindelt. Lore war froh, hier nicht mehr als eine Nacht verbringen zu müssen. Auch die Senioren reckten die Köpfe und kommentierten sorgenvoll die Unterkunft, aber man war sich einig, kein Urteil abzugeben, bevor man nicht die Zimmer gesehen hatte. Kaum stand der Bus, begann ein Gedrängel, jeder wollte als Erster an der Rezeption sein, um das vermeintlich beste Zimmer zu erhalten. Der Reiseleiter mahnte zur Geduld und bat die Senioren, ihre Zimmerschlüssel abzuholen, das Gepäck würde dann aufs Zimmer gebracht.

»Das ist Service«, betonte Erich, als er Lore aus dem Bus half. »Das gibt's bei anderen Kaffeefahrten auch nicht.«

Lore betrat zusammen mit Erich die düstere Empfangshalle, wo hinter einer wuchtigen Rezeption der Busfahrer wartete und die Zimmerschlüssel vergab. Lore und Erich erhielten zwei nebeneinanderliegende Zimmer. »Da brauche ich wenigstens nicht zu fensterln«, lächelte Erich, dessen Zähne selbst im düsteren Hausflur noch leuchteten. »Wage es bloß nicht«, zischte Lore ihm zu.

Die Gäste hatten eine Stunde Zeit, um sich »frisch zu machen«, wie es der Reiseleiter ausdrückte, oder sich die Beine zu vertreten, dann wurde auch schon das Abendbrot serviert. Lore wunderte sich inzwischen selbst, wie es Veronika-Reisen gelang, für diesen Preis Leute in solch einem Umfang zu verköstigen. Aber das war schließlich nicht ihr Problem. Ihr Problem war, hier alles auszukundschaften. Lore ging hinauf in ihr Zimmer. Es war kahl, mit einer gekalkten Wand, einem großen Bauernbett und einem Schreibtisch mit Stuhl. Sie setzte sich aufs Bett und holte Ottos Gebrauchsanweisung aus ihrer Handtasche. Hier oben fand sie die Ruhe, herauszufinden, wie sie das Foto von der Gästeliste an Brenneisen schicken konnte. Eigentlich war das gar nicht so schwer. Sie versuchte auch wieder an die Fotos der Münzen heranzukommen, ohne Erfolg. So viel sie auch hin und herwischte, die einzigen Fotos, die sie sah, waren die von ihr und Erich. Vermutlich hatte sie den Auslöser nicht gedrückt.

Der Gedanke an die Münzen war auch wieder mit dem Gedanken an Opa Gersprenz verknüpft. Und ein Unbehagen machte sich in ihr breit wie eine aufflackernde Erkältung.

Lore wusch sich die Hände und erfrischte sich mit zwei Spritzern Kölnisch Wasser. Dann verließ sie das Zimmer. Unten im Gästesaal waren die Tische bereits gedeckt, die kalten Platten mit Wurst und Käse waren mit durchsichtiger Plastikfolie bedeckt. Lore öffnete die Tür, die schräg gegenüberlag. Sie führte in eine Art Laden, Lore erkannte Regale mit kleinen Fläschchen. War das eine Apotheke? Aber die Flaschen und Tiegel in den Regalen waren nicht braun wie einst bei Opa Weller, sondern sahen weiß und klinisch aus und hatten wissenschaftlich aussehende Etiketten. Wo hatte sie ähnliche bloß schon gesehen? Sie wollte die Tiegel näher betrachten, da hörte sie Schritte auf dem Gang. Sie drehte sich um und ging leise zur Tür. Auf dem Tresen neben der Tür stand ein kleiner Tiegel, den sie schnell in ihre Tasche steckte, bevor sie den Raum verließ und die Tür hinter sich zuzog. Im Flur hielten sich schon die ersten Gäste auf, die hungrig auf den Einlass zum Abendessen warteten. Jeder war in ein Gespräch vertieft, sodass Lores kleine Spionagetour nicht bemerkt wurde. Sie schaute auf die Uhr.

»Bis zum Abendessen sind es noch 30 Minuten«, sagte sie zu den Wartenden.

»Man weiß nie«, sagte Gertrud, die mit dem nach Archivar aussehenden Herrn an vorderster Stelle wartete. Lore beschloss, sich in diese Reihen nicht einzuordnen und lieber noch etwas Zeit an der frischen Luft zu verbringen. Draußen war es kühl. Die Lufttemperatur schien hier im Tal rasant schnell gesunken zu sein. Lore blickte in die Talsenke, die von dunklen Tannen bewachsen war, und atmete tief durch. Dies war der erfrischendste Moment, den sie seit Wochen erlebt hatte. Es wäre schön, ihn zu teilen. Und sie fragte sich, woher dieser plötzliche Anflug an Herzschmerz denn kam.

FLUGWETTER

Otto hatte Hummeln im Hintern. Draußen herrschte bestes Flugwetter, und er saß an diesem Samstag im Präsidium fest, um erreichbar und sofort handlungsfähig zu sein, falls die Kukuk sich meldete. Aber auch Helm und das Labor hatten Ergebnisse für heute angekündigt, so konnten sie die Zeit, die sie hier absitzen mussten, noch sinnvoll nutzen. Otto hoffte, dass sich der Aufwand, den sie hier betrieben, lohnte, und die Kukuk ein paar brauchbare Hinweise zutage förderte.

Wenn nicht, war dieses ganze schöne Wochenende vergeudet. Doch es war ein gutes Zeichen, dass auch Helm den Samstag opferte. Der Gerichtsmediziner hatte ein gutes Gespür dafür, wie ernst ein Fall war, und die Tatsache, dass er vor Ort war, zeigte, dass er etwas auf der Spur war. Es war bereits früher Nachmittag, als Helm in Ottos Büro erschien, unter dem Arm die Auswertungen aus seinem Labor. Otto hatte gerade frischen Kaffee aufgebrüht.

Die Maschine hatte er angeschafft, damit er der Kukuk nicht den erbärmlichen Automatenkaffee zumuten musste, falls sie ihn im Präsidium besuchen kam. Aber sie war nur ein einziges Mal nach dem Vorfall mit Edeltraud Walter im Präsidium erschienen und hatte den Kaffee stehen lassen, nachdem

Otto ihr mitteilen musste, dass nun doch ein Verwandtschaftsverhältnis zwischen ihr und dieser Walter bestand.

Otto hatte dennoch die Anschaffung nicht bereut, er konnte nun den Kaffee nach seinem Gusto kochen, und die Nette aus der Notdienststelle schien ihn auch zu mögen, denn die kam öfter hereingeschneit. Otto bot Helm einen Kaffee an, der jedoch lehnte ab.

»Der ist selbst gemacht«, insistierte Otto und nahm eine zweite Tasse aus dem Regal.

»Danke, Kollege«, der Gerichtsmediziner machte nun eine entschieden abwehrende Geste.

»Aber Kaffee im Präsidium ist immer kriminell. Sehen Sie mal hier.« Er schlug den Bericht auf, den er mitgebracht hatte. Offensichtlich handelte es sich um den Obduktionsbericht der verbrannten Leiche aus Dietzenbach.

»Das ist alles sehr merkwürdig«, sagte er und schürzte den Mund, als lutsche er ein Bonbon.

»Was?«, fragte Otto ungehalten. Dass Helm seinen Kaffee verschmähte, nahm er persönlich.

»Wir wissen jetzt, warum Anita Weismann einfach so verbrannte.«

Otto richtete sich in seinem Stuhl auf. »Wieso?«

»Die alte Dame war betäubt. Um nicht zu sagen, total zugedröhnt.«

Otto drehte seine Kaffeetasse auf dem Schreibtisch um die eigene Achse. »Womit?«

»Das ist das Interessante«, sagte Helm und machte

eine seiner berühmten Kunstpausen. Otto nahm einen langen, betont genussvollen Schluck zu sich.

»Im Blut des Opfers befand sich eine große Menge Methylamphetamin, das ist eine Droge, die stark euphorisierend und glücksfördernd wirkt.«

»Geht's auch konkreter?«, knurrte Otto. Warum mussten Ärzte sich immer so ausdrücken, dass kein Mensch sie verstand?

»Chrystal Meth«, sagte der Mediziner nun.

Otto atmete tief durch. Das war eine Hausnummer. Die Substanz, die gesunde Menschen innerhalb kurzer Zeit in süchtige Wracks verwandelte, war ihm nur zu bekannt.

»Dachte, das Zeug ist eher unter Jugendlichen verbreitet«, brummte der Kommissar, »nehmen das jetzt auch Senioren?«

Helm zuckte mit den Schultern. »Es wird Ihre Aufgabe sein, das herauszufinden, Otto. Der Stoff wird auch in verschiedenen Medikamenten verwendet. Allerdings ist in dieser Konzentration auszuschließen, dass es sich hier um einen Arzneiunfall handelt. Auch lässt sich bei der Leiche nichts über ein Krankheitsbild sagen, was eine Behandlung mit Methylamphetamin, wenn auch in geringen Dosen, rechtfertigt hätte.«

»Hmm«, brummte Otto und sah zum Fenster hinaus. »Wie ist der genaue Todeshergang?«

»Die Frau war ohnmächtig oder nicht in der Lage, sich zu retten, als das Feuer ausbrach. So erlitt sie eine Rauchgasvergiftung. Kohlenstoffdioxid, Kohlenmonoxid, Blausäure. Das übliche Gemisch bei Bränden.«

»Schrecklich«, murmelte Otto.

»Ganz und gar nicht«, wandte Helm ein. »Die Dosis, die die alte Dame intus hatte, genügte, um sie geradewegs ins Paradies zu befördern. Sie hatte einen schönen Tod. Garantiert.«

»Wurden in der Wohnung der Weismann Spuren gefunden, die auch bei den anderen Einbrüchen registriert sind?«

Helm blätterte in seinen Unterlagen. »Nein.«

Otto schüttelte den Kopf. »Mist.«

»Wie Sie bereits am Tatort schon feststellten«, sagte Helm. »Dieses Vergehen hier unterscheidet sich erheblich von den anderen.«

Otto nickte und bedankte sich bei Helm, der sich nun verabschiedete.

Er griff nach der Akte Weismann, goss zwei Tassen Kaffee ein und ging mit den Unterlagen rüber zu Brenneisen. Der stand in seinem Büro vor einer Karte der Region Darmstadt-Dieburg, auf der verschiedenfarbige Fähnchen aufgepinnt waren. »Sie kommen gerade richtig, Frau Kukuk hat uns die Adressliste der Mitreisenden zukommen lassen.«

Otto stellte eine Tasse auf Brenneisens Schreibtisch ab. »Kaffee?«

Brenneisen bemühte sich, zu lächeln, doch Otto bemerkte den misstrauischen Blick.

Er reichte Brenneisen die Akte. »Helm war gerade bei mir. Anita Weismann, das Opfer des Brandanschlags, hatte eine gehörige Dosis Chrystal Meth intus. Wurden in ihrer Wohnung Drogen sichergestellt?«

Brenneisen schüttelte den Kopf und blätterte durch das Laborergebnis.

»Wir sollten dem Sohn noch einmal auf den Zahn fühlen.« Otto trat auf Brenneisens Landkarte zu. »Diese Fahne können wir wegnehmen«, sagte der Kommissar und war schon im Begriff, das Fähnchen, das in Dietzenbach steckte, zu ziehen. »Das sind andere Täter, das haben wir ja gerade gesehen.«

»Ich bin nicht überzeugt«, widersprach Brenneisen mit der engen Stimme, die er immer bekam, wenn er Otto widersprach.

Otto nahm einen tiefen Schluck von seinem Kaffee und schmeckte nach. Er konnte nicht nachvollziehen, warum niemand seinen Kaffee mochte. Der Kollege reichte ihm nun eine Liste.

»Das sind die Teilnehmer der Reise von Frau Kukuk mit Veronika-Reisen«, erklärte er.

Otto überflog die Namen. Außer der Kukuk befanden sich noch zwölf weitere Teilnehmer auf der Fahrt. Eine Elvira Schatz aus Rödermark, fünf Damen aus Groß-Umstadt, ein Erich Rübsamen aus Richen, Arnulf und Peter Decker aus Groß-Umstadt, und noch vier weitere Personen. In der Zwischenzeit hatte Brenneisen 13 gelbe Fähnchen auf der Karte verteilt. Offensichtlich die Standorte der Reiseteilnehmer.

»Wir schicken zu jeder Adresse einen Beamten, der das Haus die ganze Nacht lang observiert, ich habe das bereits eingeleitet«, erklärte er.

Otto nahm ein Kleenex aus dem Spender von Brenneisens Schreibtisch und putzte sich die Nase.

»Ich glaube nicht, dass das nötig ist. Keiner der Einbrüche fand statt, während sich das Opfer auf einer Fahrt mit Veronika-Reisen befand.«

»Vielleicht ändert sich hier das Muster der Täter«, gab Brenneisen mit enger Stimme zurück.

Otto zog die Augenbrauen hoch. »Wie Sie meinen, Sie sind der Boss. Ich kann Ihnen anbieten, die Veste Otzberg zu übernehmen. Ich hatte der Kukuk sowieso versprochen, dort nach dem Rechten zu sehen.« Machte Brenneisen nun die Andeutung eines wissenden Lächelns? Otto beschloss, es zu ignorieren.

PARTYTIME

Punkt 18 Uhr ließ man die Veronika-Reisenden in den Speisesaal. Die Plastikfolie war von den kalten Platten entfernt worden, zwei Kellner brachten Wasserflaschen und zur Begeisterung der Gäste Sekt und stellten ihn auf den Tisch. Als Lore den Speisesaal betrat, erblickte sie zuerst Elvira. Sie hatte den afrikanischen Sarong gegen ein indisch anmutendes Oberteil ausgetauscht, das fast bis zu den Knien reichte. Die scharlachroten Haare waren aufgetürmt, sie sah aus wie die Rote Zora, die versehentlich in die Steckdose gefasst hatte. Sie streifte an den Tischen entlang und begutachtete das Essen.

Mitten im Saal stand Erich, der sich suchend umschaute und auf sie zueilte, sobald er Lore entdeckt hatte. »Ich habe dich vermisst«, sagte er und reckte ihr seinen Arm entgegen. Nanu, dachte Lore, das höre ich schon zum zweiten Mal. Habe ich heute ein besonderes Horoskop? Sie suchten sich einen Platz an der Tafel, die diesmal U-förmig angeordnet war und sich durch den ganzen Raum zog. Die Hühnerschar flog ein, sie hatten sich in Gala-Kleider geworfen oder zumindest das, was sie dafür hielten. Lore tauschte mit Erich einen Blick. War eine Party vorgesehen? Erich trug einen frischen Anzug mit neuem Einstecktuch, wie sie jetzt bemerkte. Die Mitreisenden griffen beim Abendbrot wieder ordentlich zu, vereinzelt wurden Rufe nach einer warmen Mahlzeit laut, aber viele kämpften noch mit ihren Bratkartoffeln vom Vormittag und waren daher mit den Broten zufrieden. Elvira verlangte nach Kräutertee, doch nachdem eine Flasche Wein auf den Tisch gestellt wurde, ließ sie diesen stehen.

Nach dem Abendessen hielt der Reiseleiter wieder eine Rede, in der er betonte, wie gut Veronika-Reisen doch für seine Gäste sorge, und regte damit zu einem erneuten Applaus an. Dann kündigte er das Bingo an, bei dem es tolle Preise zu gewinnen gab.

»Wie Sie sehen, wir halten, was wir versprechen«, betonte er, für Lore einmal zu viel.

Während des Bingospiels stieg die Stimmung, was auch dem Wein und dem Sekt zuzuschreiben war, die die Kellner stetig nachschenkten. Rotbackig wetteiferten die Senioren. Gusti, die fliederfarbene Baiserdame, gewann schließlich den Hauptpreis, eine Espresso-Maschine.

»Wie soll ich die denn tragen?«, sagte sie immer wieder erstaunt.

Und wie geht das mit deiner Galle?, fragte sich Lore im Stillen.

Nach dem Bingo wurde eine Kassette eingelegt, diesmal Helene Fischer, bald schwoften die ersten Paare im Schlagertakt. Die Hühner rannten zu den Männern, schrien »Damenwahl« und schnappten sich die verfügbaren Männer, auch der ungepflegte Vater und sein Sohn blieben nicht verschont. Diejenigen, die keinen Mann abbekommen hatten, tanzten in gleichgeschlechtlichen Paaren. Darin schienen sie Übung zu haben. Erich wollte Lore auffordern, doch sie bedachte ihn mit einem bösen Blick, der ihn augenblicklich zum Erstarren brachte. Elvira tanzte mit schwebenden Armen und schwingenden Körperbewegungen. Erich näherte sich Elvira, wobei er versuchte, ihren

Hippie-Style zu imitieren. Bei Erich wirkte es wie ein Krampfanfall.

Der Reiseleiter trank nacheinander mit allen Damen Brüderschaft, wobei er sie dazu animierte, das Glas recht voll zu machen. Lore lehnte ab, mit dem Hinweis, sie habe Kopfschmerzen.

»Freundschaft kennt keine Kopfschmerzen«, sagte der Reiseleiter und ließ ihr Glas ebenfalls füllen. Lore schmeckte der Sekt nicht, er war widerlich süß. Sie setzte ihn an die Lippen, ohne davon zu trinken. Sie musste auf die Toilette und verließ den Saal. Wieder flogen ihre Gedanken zu Gersprenz, doch Lore widerstand dem Bedürfnis, einen Kontrollanruf durchzuführen.

Auf dem Gang stand die Küchentür einen Spaltbreit offen. Lore spähte hindurch und beobachtete, wie einer der Kellner Pulver in den Sekt goss. Sie wurde von einer wütenden Empörung ergriffen. Lore stellte sich in die Tür zum Speisesaal und versuchte, Erichs Aufmerksamkeit zu gewinnen. Der zuckte immer noch auf der Tanzfläche, es dauerte eine Weile, bis er sie gesehen hatte und verstanden hatte, dass er herauskommen sollte.

Lore zerrte ihn hinaus auf den Flur. »Die schütten uns was in den Sekt«, flüsterte sie empört.

»Was?«, schrie Erich und musterte sie mit schwimmenden Augen. »Der Sekt«, wiederholte Lore mit gesenkter Stimme, »die kippen da was rein.« Erich hielt die Hand ans Ohr. »Was schütten die wo rein?«

Lore verdrehte die Augen. Erich hatte aus Eitelkeit sein Hörgerät abgelegt.

»Sei ein Gentleman und finde es raus«, brüllte sie ihm ins Ohr. Sie schob ihn in Richtung Küche, wo er hinter der Schwingtür verschwand. Lore ging zurück in den Speisesaal und setzte sich wieder. Kurz darauf kam der Reiseleiter und setzte sich lachend neben sie.

»Ihr Freund hat uns gerade gesagt, Sie seien verärgert wegen des Zuckers. Verzeihung, wir haben uns erlaubt, den Sekt etwas zu süßen, wir haben eine Lieferung ganz trockenen Sekt bekommen und ihn auf den Wunsch einiger Damen«, er wies in die Richtung der Hühner, »etwas versüßt.«

Lore verzog angewidert das Gesicht. Nicht nur wegen Erichs Indiskretion. Alten Leuten Zucker in den Sekt zu tun, war mindestens genauso unverantwortlich, wie … Lore suchte nach einem Vergleich. Wie deinem Opa einen Tee mit uraltem Pulver einzuflößen, flüsterte ihr Gewissen.

Der Zucker jedenfalls tat seine Wirkung. Die Party kochte. Der Antiquar fütterte Gertrud mit Erdnusslocken, der Hühnerhaufen hatte einen Kreis gebildet und den pingeligen Sohn in die Mitte genommen. Nacheinander trat eine von ihnen in den Kreis, presste sich ihn an die Brust und wirbelte ihn herum. Elvira und der Reiseleiter fegten im Disco-Fox über die Tanzfläche. Auch der Busfahrer hatte sich inzwischen unter die Tanzenden gemischt. Er hielt Elfi und Gusti an je einer Hand, die jede für sich auf ihrer Seite Pirouetten drehten. Erich saß am Tisch und blätterte in dem Prospekt von Veronika-Reisen.

Lore trank ihr Glas aus und steckte es in ihre Handtasche. Sie hielt unauffällig Ausschau, ob sie ein zweites ergattern konnte, das wäre hübsch. Aber keiner der Gäste stellte sein Glas aus der Hand, und wenn doch, kam sofort einer der Kellner und schenkte nach. Lore verzog sich unauffällig nach draußen. Auf dem Gang war es angenehm kühl. Lore wartete, bis sich ihre Tanzsaal-Hitze etwas abgekühlt hatte, und sah sich dann auf dem Flur um. Hinter der Tür zur Rechten befand sich die Apotheke, die hatte sie ja bereits inspiziert. Auf der linken Seite schien sich der Raum des Reiseleiters zu befinden, dort hatte sie ihn vorhin herauskommen sehen.

Lore drückte vorsichtig die Klinke hinunter. Als die Tür nachgab, sprang ihr Herz bis in die Kehle. Sie sah sich um, ob niemand sie beobachtete, und schlüpfte in das Zimmer. Nachdem ihre Augen sich an die Dunkelheit gewöhnt hatten, erkannte sie Bett, Stuhl, Schreibtisch und einen Computer, der darauf stand. Sie tippte auf eine der Tasten, der Bildschirm sprang an und zeigte einen Sonnenuntergang. Nach einem weiteren Tippen erschien ein Kasten, der ein Passwort verlangte. Lore versuchte es mit Veronika, jedoch ohne Erfolg. Mist. Hier kam sie nicht weiter.

Sie machte mit dem Kofferhandy eine Beweisaufnahme von dem Bildschirm und begann dann, den Schreibtisch zu durchsuchen. Bis auf einige bedruckte Papiere, scheinbar Anleitungen, wie man ein Verkaufsgespräch zu führen hatte, fand sie nichts. Sie machte

Fotos, obwohl ihr diese Papiere nicht kriminell vorkamen. Als sie Schritte hörte und sich gleich darauf die Tür öffnete, war es zu spät, sich zu verstecken. Lore drehte sich um. Im Türrahmen stand der Busfahrer und füllte diesen voll aus.

»Was suchst du hier?«, fragte er mit einer Stimme, die vor Zorn bebte.

Lore durchfuhr ein Zittern, doch sie gab sich Mühe, ruhig zu bleiben. »Ich wüsste nicht, dass wir Brüderschaft getrunken hätten. Und ich suche den Lichtschalter.« In der nächsten Sekunde war es taghell im Raum.

»Der ist, wie in jedem Zimmer, direkt neben der Tür. Nicht am Schreibtisch.«

Lore hielt sich den Handrücken vor die geblendeten Augen. »Verzeihung, Herr …?« Sie musterte das Zimmer mit verwirrter Miene.

»Staiger, ich bin der Busfahrer. Tun Sie nicht so, als ob Sie das nicht wüssten.«

Lore trat einen torkelnden Schritt auf den Busfahrer zu. »Herr Staiger, mir ist ganz duselig, ich habe mich in der Tür geirrt. Würden Sie mich vorbeilassen?«

Statt beiseitezutreten, ging nun er mit einem großen Schritt auf Lore zu, packte sie am Handgelenk und drängte sie in den Raum. Hinter ihm fiel die Tür ins Schloss.

»Was hast du hier zu suchen, Schachtel?« Seine Augenbrauen hatten sich zu einem dicken durchgehenden Balken verdichtet.

Lore fiel das Herz unter den Hosenbund. »Wie sprechen Sie mit mir?« Sie zerrte an seiner Hand. »Lassen Sie mich raus!« In diesem Moment schlug die Zimmertür auf und traf den Busfahrer mit voller Wucht am Rücken. Der Reiseleiter drängte ins Zimmer, eng an ihn gepresst Elvira. Sobald er Lore und den Busfahrer bemerkt hatte, ließ er Elvira abrupt los, worauf sie das Gleichgewicht verlor und unsicher nach hinten torkelte. Sie fing sich und starrte Lore mit schweißfeuchtem Gesicht an, wobei ihr rote Haarsträhnen ins Gesicht hingen. Ihr Blick wanderte zum Busfahrer. Und dann zurück zu Lore, wobei ein Grinsen ihr Gesicht in die Breite wachsen ließ.

»Respekt, meine Liebe«, raunte sie.

»Was ist hier los?«, fragte der Reiseleiter mit scharfer Stimme.

Lore richtete sich kerzengerade auf. »Ihr Kollege hat mich belästigt und hier in den Raum gedrängt.«

Der Reiseleiter packte den Busfahrer am Kragen. »Ich hab dir gesagt, du sollst das lassen!«

Der Busfahrer warf Lore einen wütenden Blick zu. »Du glaubst der alten Schachtel ja wohl nicht. Die hat hier drinnen rumgeschnüffelt.«

Der Reiseleiter stieß seinen Kompagnon zurück und sah sich im Zimmer um. »Hier ist aber nichts durchwühlt. Außerdem haben wir nichts zu verbergen. Das weißt du genau, also tu nicht so wichtig.«

Er warf dem Busfahrer einen bedeutungsvollen Blick zu, worauf sich dieser augenblicklich beruhigte. Lore sah die Notwendigkeit, nachzulegen, um glaubwürdig zu bleiben. »Er hat mich ins Zimmer gedrängt.«

Der Reiseleiter wandte sich nun an Lore. »Entschuldigen Sie vielmals, Sie erhalten selbstverständlich eine Entschädigung. Ich denke mir was aus.«

Lore schnaubte. »Sorgen Sie dafür, dass Ihr Busfahrer ins Bett kommt, damit er ausgeschlafen ist und uns morgen nicht alle in den Graben manövriert.« Mit diesen Worten stolzierte sie aus dem Raum und hörte hinter sich den Busfahrer schimpfen. Sie ging auf ihr Zimmer, zog sich aus und legte sich ins Bett. Sie war gerade eingeschlafen, da hörte sie es an ihrer Tür rütteln. Offensichtlich versuchte jemand, ihr Schloss mit einem metallischen Gegenstand zu öffnen. Lore griff sich einen Holzkleiderbügel und öffnete die Tür mit einem Ruck. Auf dem Gang stand Erich, schwankend, mit Augen, die nicht mehr schwammen, sondern längst ertrunken waren. »Was machst du hier?«, fragte sie im Polizeiton. Erich betrachtete den Schlüssel. »Das ist doch mein Zimmer.«

»Nein, das ist 14, du bist 15.« Lore nahm ihm den Schlüssel aus der Hand, öffnete damit seine Tür, legte den Schlüssel auf den Nachttisch und schloss das Zimmer von außen. Dann endlich konnte auch sie zu Bett gehen.

STERNSCHNUPPENNACHT

Als der Abend dämmerte, beschloss Otto, das Präsidium zu verlassen. Er packte Peppy, der die ganze Zeit geduldig in seinem Körbchen unter dem Schreibtisch gewartet hatte, und ging zu seinem Wagen. Er nahm die alte Landstraße nach Dieburg, die vorbei am Oberwaldhaus, einem beliebten Ausflugsziel, führte. Und an der Messler Grube, einem Badesee, der nach dem berühmten archäologischen Fundort benannt war. Einer spontanen Eingebung folgend, fuhr der Kommissar auf den Waldparkplatz und stieg aus. Die Luft war abendmild, und der Wald verbreitete sein einzigartiges Aroma aus sommerlichem Pflanzengemisch und feuchtem Laub. Trotz der ersten Anklänge an den Herbst war die Nacht noch warm. Er ging den schmalen Waldpfad entlang und ließ Peppy von der Leine. Der erschnupperte sich den Waldboden Zentimeter für Zentimeter.

Nach wenigen Schritten tauchte zwischen den Baumstämmen der Waldsee auf, die Oberfläche glitzerte im Abendlicht. Otto ging bis zu einem freiliegenden Uferstreifen, um den Anblick zu genießen. Der See war ringsum von Wald und Büschen umgeben und lag jetzt um die Abendzeit in tiefer Ruhe da. Nur wenige Schwimmer sorgten noch für Kräusel auf der Wasseroberfläche. Am gegenüberliegenden Strand machte eine

Gruppe junger Leute Feuer, andere saßen in Grüppchen zusammen und tranken. Otto spazierte weiter auf dem Pfad, der den See umgab, und stellte Peppy kleinere Suchaufgaben, die er alle mit Leichtigkeit löste.

Dann ließ er sich in einer der Anglerbuchten nieder. Er hatte drei Bier dabei und seinen Hund. Was brauchte er mehr? Die Sonne war jetzt am Untergehen, und der Horizont schluckte das letzte Tageslicht. Aus den Büschen kroch die Dunkelheit, während sich die Baumkronen noch vom grauklaren Himmel abhoben. Bis auf die Gruppe mit dem Feuer waren jetzt alle Besucher verschwunden. Drei Leute lösten sich aus der Gruppe und wasserten ein Schlauchboot, um damit auf dem See herum zu paddeln.

In der Mitte sprang einer ins Wasser und schwamm unter dem Johlen der anderen um das Boot herum. Otto spannte jeden Muskel an, bereit, jede Sekunde aufzuspringen: In der Messler Grube waren schon Schwimmer ertrunken. Man vermutete riesige Karpfen am Grund des Sees, der sehr tief war. Irgendwann wurde es schwarze Nacht, Peppy lag neben ihm, reglos bis auf die Nase, die pausenlos in Bewegung war.

Wieder wanderten Ottos Gedanken zu Lore Kukuk. Der Frau, die ihm mehr Rätsel aufgab als jeder Kriminalfall. Otto griff nach einem Stein und schleuderte ihn flach auf die Wasseroberfläche, das Mondlicht glitzerte in den ringförmigen Wellen. Der Himmel breitete sich wie ein nachtblauer Baldachin über ihm aus, als er nach oben blickte, durchzuckte ein leuchtender

Riss das Firmament. Eine Sternschnuppe. Otto überlegte. Wenn er sich nicht täuschte, war heute die Nacht, in der der jährlich wiederkehrende Meteorstrom, die die Perseiden oder Tränen des Laurentius, ein Maximum an Sternschnuppen brachte.

Sternschnuppennacht nannte man das Phänomen, in dem ein wahrer Regen an Sternschnuppen niederging. Und tatsächlich, rechts und links fuhren die Lichtstrahlen durch den Himmel, Otto kam kaum nach mit dem Schauen. Otto hielt den Blick gebannt nach oben gerichtet, bis ihn der Nacken schmerzte.

Kaum hatte er beschlossen, dass es genug war, weil die Kälte allmählich unter seine Kleidung kroch, kläffte sein Telefon. Brenneisen war am Apparat, um ihm mitzuteilen, dass an einem der observierten Häuser etwas Verdächtiges beobachtet worden war. Otto ließ sich die Adresse des Hauses geben, packte seine Bierdosen ein und fuhr los. Die Adresse befand sich in Richen. Otto musste lächeln. Ein Ort mit diesem Namen in unmittelbarer Nachbarschaft des Ortes Hering. Überhaupt besaßen die Dörfchen rund um den Otzberg kuriose Namen: Zipfen, Hassenroth, Hummetroth, Mummenroth. Klingen. Hering. Jetzt also Richen.

Otto steuerte auf der Hauptstraße durch das Dorf und bog in den Rieslingweg ein. Er erblickte das betreffende Haus sofort, denn davor standen zwei Polizeiwagen. In dem blau zuckenden Licht erkannte Otto Brenneisen, der sich aus der Menschengruppe löste, sobald er Ottos Wagen erblickt hatte.

»Was gibt's?«, fragte Otto, nachdem er ausgestiegen war. Brenneisen deutete auf das Haus. »Dieses Haus wurde mit einem Flugobjekt ausgespäht. Der Bewohner heißt Erich Rübsamen, er ist derzeit zusammen mit Frau Kukuk mit Veronika-Reisen unterwegs. Sein Name befindet sich auf der Liste, die Frau Kukuk uns zukommen ließ. Wir haben den Täter festgesetzt.« Brenneisen drehte sich nun zum Haus und ging auf es zu.

Otto blieb verwundert stehen. »Der Täter befindet sich im Haus des Opfers?«

Brenneisen drehte sich um und kratzte sich am Kopf. »Ja, er wohnt scheinbar ebenfalls hier.«

Otto folgte Brenneisen kopfschüttelnd. Sie betraten das Haus durch die offene Tür. Ein schmaler dunkler Flur führte in das Wohnzimmer. Hier bot sich Otto ein seltsames Bild. Ein Mann und eine Frau im mittleren Alter saßen auf dem Sofa, zwischen ihnen eingekeilt ein pickliger Jüngling in Kapuzenpullover und Jeans. Allem Anschein nach handelte es sich um eine Kleinfamilie mit missratenem Spross.

Die Eltern sahen nicht nach Landpublikum aus, eher jugendlich, die Mutter war blond und hatte schulterlanges Haar, das sie gezwirbelt trug wie ein junges Mädchen, der Vater trug Jeans und Karo-Shirt, im normalen Leben mochten Eltern und Sohn auf einer Stufe stehen, und Vater und Sohn Klamotten tauschen, aber etwas war passiert, was auf einen Schlag einen Graben zwischen die Generationen gehauen hatte und die Hierarchie zwischen Eltern und Kind radikal neu definierte. Der Sprössling war ab sofort ein Fall für die autoritäre Erziehung, Augenhöhe war vermutlich erst mal gestrichen.

Brenneisen und Otto setzten sich auf die gegenüberliegenden Sessel der Sitzgruppe. Auf dem Tisch befand sich das von Brenneisen erwähnte Flugobjekt. »Wem gehört der Quadrocopter?«, fragte Otto und nahm die Mini-Drohne in die Hand. Es handelte sich um eine UDI RC mit geschützten Rotorblättern, sowas konnte man für 100 Euro auf ebay ersteigern. Lange nicht so leistungsfähig wie der Parrot, aber ausgestattet mit Kamera. Insofern durchaus ein Tatwerkzeug.

»Ihm«, antwortete der Vater grimmig. Der Sprössling in der Mitte schien sich in der Sofaritze verkriechen zu wollen. Brenneisen blätterte in seinen Unterlagen. »Dem beschuldigten Gregor Rübsamen«, mit einem Blick machte Brenneisen klar, dass es sich dabei um den Sprössling handelte, »wird vorgeworfen, mit diesem Gerät«, er deutete auf den Quadrocopter auf Ottos Schoss, »die Nachbarn ausgespäht zu haben.«

»Wer hat das gemeldet?«, fragte Otto.

»Die Familie, die nebenan wohnt.«

»Weil der Junge das eigene Wohnhaus ausspioniert hat?«, fragte Otto.

Brenneisen schüttelte unerbittlich den Kopf. »Die ganze Straße wurde wohl ausspioniert.« Brenneisen räusperte sich. »Der Junge verfügt über ein nicht unerhebliches Vorstrafenregister: Sachbeschädigung, Besitz von leichten Drogen …«

Otto ließ Brenneisens Redefluss an sich vorbeirauschen. Den Hip-Hop-Klamotten des Jungen nach zu urteilen, handelte es sich dabei um harmlose Graffiti-Delikte. Der Junge gehörte mit Sicherheit zu einer Gruppe von Rollbrettfahrern, die ihre ersten Lebenserfahrungen jenseits der Erwachsenenwelt machten und dabei gelegentlich die Grenzen des Legalen überschritten. Kein Grund zur Hysterie. Dass Brenneisen die Sache derart ernst nahm, war nur ein weiterer Hinweis seiner Verzweiflung.

»Haben Sie Aufnahmen mit der Kamera der Drohne gemacht?«, fragte Otto den Jungen. Der grinste frech: »Ich habe das Ding einfach ein bisschen geflogen. Ich spionier doch nicht im eigenen Haus oder bei meinen Nachbarn, da gibt's doch nichts zu sehen.« Sein Blick drückte aus, wie uninteressant für ihn der Alltag in dieser Nachbarschaft war. Otto glaubte ihm, obwohl die Eltern gar nicht so langweilig wirkten.

»Wo waren Sie in diesen Nächten?« Brenneisen schob dem Jungen einen Zettel zu. Otto schaute auf das Blatt und warf Brenneisen einen ungläubigen Blick zu. Der überprüfte tatsächlich die Alibis des Jungen. Der starrte auf das Blatt und kratzte sich hilflos am Kopf. »Wahrscheinlich im Bett. Wie meistens nachts.«

Der Blick der Mutter verriet, dass sie nicht so überzeugt war.

»Und der Großvater des Jungen wohnt mit im Haus?«, unterbrach Otto die peinliche Befragung. Der Vater nickte und hob die Hand wie in der Schulklasse. »Ja, mein Vater. Er befindet sich derzeit auf einer Reise nach Ostbayern.«

Otto nickte. »Das wissen wir.«

Der Vater sah ihn erstaunt an. »Observieren Sie meinen Vater?«

Otto lächelte. »Nein, das Unternehmen, mit dem er reist, ist ins Visier unserer Untersuchungen geraten.«

Nun setzte sich die Mutter kerzengerade hin. »Reden Sie von den Einbrüchen hier im Landkreis? Sie verdächtigen meinen Sohn, diese Einbrüche begangen zu haben?« Ihr Blick verriet die absolute Verteidigungsbereitschaft einer Löwenmutter.

Otto hob beschwichtigend die Hände. »Kein Grund, sich Sorgen zu machen. Wir waren zufällig in der Gegend, da wurde uns dieser Vorfall gemeldet. Das müssen wir überprüfen. Aber ich bin sicher«, Otto erhob sich und nahm den Quadrocopter in die Hand, »die Aufnahmen der Drohne werden uns zeigen, dass die Manöver Ihres Sohnes völlig harmlos sind.« Otto entfernte den USB-Stick, der sich an der Unterseite des Fluggerätes befand. Den Quadrocopter stellte er zurück auf den Tisch.

Die beiden verabschiedeten sich und gingen nach draußen. Otto drückte Brenneisen den Stick in die Hand. »Überprüfen Sie morgen früh gleich, was da aufgenommen wurde. Und dann lassen Sie uns weiter sehen. Die Familie läuft uns schon nicht weg.« Brenneisen nickte und steckte den Stick ein.

KONFRONTATIONEN

Otto beschloss, dieser sinnlosen Aktion noch einen Sinn zu verleihen, indem er eine Stippvisite auf der Veste machte. Er war hier fast in Sichtnähe des Otzbergs. Zwar sagte ihm sein Gefühl, dass diese Nacht nicht mehr hervorbringen würde als weitere Sternschnuppen, aber wenn er schon mal in der Nähe war, konnte er genauso gut nach dem Rechten sehen. Otto ließ den Wagen an der Kirche in Hering stehen, um die Burg über den kleinen Seitenweg zu erklimmen. So konnten er und Peppy sich noch etwas die Beine vertreten. Und sollten tatsächlich irgendwelche Bösewichte unterwegs sein, würde er sie mit seinem Fahrzeug nur warnen. Es war kurz nach elf, als er den schmalen Weg zur Burg hinauf ging. Rechts und links regnete es Lichter, immer wieder blieb er stehen, um das Naturschauspiel zu bewundern. Er freute sich bereits darauf, vom Burghof aus die Mainebene zu überblicken. Unten die Lichter von Frankfurt, oben die der Sterne und Sternschnuppen. Schade, dass Frau Kukuk nicht da war, um das Schauspiel gemeinsam mit ihm zu genießen.

Die Nacht war nun erstaunlich abgekühlt. Nur die Burgmauern spendeten noch ein wenig der aufgestauten Sonnenwärme. Er folgte dem holprigen Pfad, in der Dunkelheit musste er die Augen anstrengen, um den

Boden und dort vorhandene Stolperfallen ausfindig zu machen. Irgendwo im Gebüsch flatterte ein Vogel auf. Otto blieb stehen und lauschte in die Nacht. Doch nichts weiter bewegte sich. Er spuckte seinen Kautabak aus, der die ganze Zeit unter der Oberlippe gebrannt hatte, und ließ Peppy von der Leine. Der schnüffelte den Boden entlang und hielt sich ansonsten in sicherer Nähe zu Otto auf. Über den Pfad kam er direkt auf den Burghof, ohne das verräterische Tor öffnen zu müssen. Hier oben wurde das Mondlicht von den hellen Mauern und dem Pflaster des Burghofs reflektiert, sodass Otto, dessen Augen noch an das Dunkel des Waldes gewöhnt waren, jeden Stein und jeden Umriss klar und deutlich erkennen konnte. Er nahm Peppy auf den Arm und stieg hinauf auf die Burgzinne, um den majestätischen Ausblick zu genießen. Vor ihm lagen die Dörfer, die vereinzelt Lichtinseln bildeten, am Horizont funkelten die Hochhäuser der Mainmetropole, und über ihm breitete sich ein gigantisches Netz an Sternen aus. Otto erkannte den großen Wagen und den kleinen Bären und das Sternbild des Hundes, dem die Hundstage ihren Namen verdankten.

Er drehte sich um und blickte auf den Burghof, der ihm friedlich zu Füßen lag. Eine Festung der Ruhe und Stille.

Otto wollte gerade den Rückweg antreten, da begann der kleine Körper auf seinem Arm zu vibrieren. Zuerst witterte der Hund nur, dann setzte sich seine Erregung in leises Knurren um. »Still«, befahl

Otto, und augenblicklich verstummte der Hund. Otto hatte den kleinen Kerl für den Ernstfall trainiert. Auf Befehl verhielt sich der Hund ruhig und gehorsam, auch wenn neben ihm Kämpfe und Geschrei tobten. In mühsamer Kleinarbeit hatte Otto ihm beigebracht, in Extremsituationen komplett die Führung ihm, dem Herrn, zu überlassen und sich passiv zu verhalten. Otto setzte den Hund auf den Boden und sondierte die Stille. Noch war für die menschlichen Sinnesorgane nichts wahrzunehmen, kein Laut, kein Geräusch, kein Geruch. Dagegen hatte sein kleiner Partner, davon war Otto überzeugt, schon ein konkretes Bild von der Bedrohung, der sie ausgesetzt waren.

Das Tier befand sich in absoluter Konzentration, jedes seiner Sinnesorgane war aufs Äußerste geschärft, sein Körper war gespannt wie eine Feder. Trotzdem entstieg kein Laut seiner Schnauze. Nun begann auch Otto etwas wahrzunehmen. Zunächst einen merkwürdigen Geruch. Er schnupperte und überlegte, worum es sich handelte. Alter Alkohol, über den man neuen gegossen hatte. Ganz ähnlich roch ein Brandsatz. Ottos Körper begann Adrenalin auszuschütten, so nahm er auch, bevor das krächzende Burgtor den Eindringling verriet, ein leises Klirren wahr. Begleitet von einem Brabbeln, als werde jemand gewürgt.

Otto tastete nach seiner Waffe. Die lag gesichert im Auto. Verdammt. Nun sah Otto eine Gestalt, die im Burghof erschien. Die Gestalt ging gebeugt und trug etwas Sackähnliches, was ihr etwas zutiefst Mittelalterliches verlieh. Mit einem Mal fühlte Otto sich in eine fremde Zeit versetzt. Als sei sein bisheriges Leben nur der Flügelschlag einer Ahnung gewesen, die auf eine Generationen vor ihm liegende Zukunft verwies, und das wahre Leben fand jetzt statt. Eine Gestalt im Mittelalter verschaffte sich Zugang zu Lores Haus. Blitzschnell fuhr Otto zurück in die Gegenwart. Wer war das? Der Museumsleiter? Aber diesen hatte Otto als schmal und lang in Erinnerung. Diese Gestalt wirkte klein und allenfalls gedrungen unter dem weiten Sack.

Otto hörte ein Klirren, als der Fremde eine Tasche abstellte und sich an Lores Haustür zu schaffen machte. Er machte sich mental wie körperlich bereit zum Angriff. Er wartete, bis die Gestalt hinter der Tür verschwunden war, und zählte bis 50. Er bedeutete Peppy, sich nicht von der Stelle zu rühren, der schien ihm mit glänzenden Augen und witternder Schnauze zuzunicken. Otto sprang von der Mauer und überquerte den Hof mit riesigen, tastenden Sprüngen. Er öffnete vorsichtig die Tür und schlüpfte ins Haus.

Im Flur war es dunkel, nur der Mond, der zum Fenster hereinschien, sorgte für geringe Beleuchtung. Otto lauschte und schnupperte. Der abgestandene Alkoholgeruch war hier im Haus nun intensiver. Otto folgte dem Flur, wobei er die Körperhaltung einnahm, als trüge er eine Waffe. Aus der Küche kamen Geräusche. Hier befand sich der Eindringling.

Otto trat die Küchentür aus den Angeln und stürzte sich auf den Fremden. Es gelang ihm, seinen Gegner zu Boden zu ringen, unter dem stinkenden, staubigen Mantel ertastete Otto einen Körper so zerbrechlich wie eine Vogelscheuche. Der Kerl wehrte sich jedoch mit einer Behändigkeit, die man dem mageren Körper nicht zugetraut hätte. »Polizei«, rief er mit dünner Stimme.

»Die ist bereits hier«, murmelte Otto und ließ von seinem Widersacher ab. Er erhob sich, klopfte unwillkürlich seine Klamotten sauber und schaltete das Küchenlicht an. Der Boden war übersät mit Flaschen. Das Männchen, das auf dem Boden liegen geblieben war, schützte sein Gesicht mit dem rechten Arm, als erwarte er einen weiteren Angriff.

»Stehen Sie auf«, sagte Otto und tat so, als stecke er eine Waffe in die Rückseite eines Holsters. Der schmächtige Mann kam zunächst zum Sitzen wie ein begossener Pudel. Der Mantel hing ihm halb über den Schultern. Seine Züge waren eingefallen, doch die schwimmenden Augen blitzten listig. Schließlich richtete er sich mühsam auf.

»Was tun Sie hier?«, fragte Otto mit Befehlsmiene.

»Ich wohne hier.« Der alte Mann schob trotzig das unrasierte Kinn nach vorn.

Otto entfuhr ein ungläubiger Gluckser. »Das glauben Sie doch selbst nicht. Ihr Name?«

Der Alte wirkte nicht mehr verschüchtert, sondern aufsässig.

»Harald Gersprenz. Erbe der Dynastie Sittinger.«

»Sind Sie verwandt oder bekannt mit Lore Kukuk, der Bewohnerin dieses Hauses?«

Der Mann nickte.

»Können Sie sich ausweisen?«

Der Kleine tastete nach seinen Manteltaschen. Dort schien sich nichts zu befinden. Sein Blick schweifte über den Boden, schließlich erblickte er, wonach er suchte. Er bückte sich und hob etwas vom Boden auf. Als er sich wieder aufrichtete, schwenkte er in der Hand selbstbewusst einen Bund mit zwei Schlüsseln. »Ich besitze die Wohnungsschlüssel. Ist das Beweis genug?«

Wieder entfuhr Otto ein Laut des Erstaunens. »Sie glauben doch nicht, dass ich Ihnen das abnehme?« Der Alte verzog seinen Mund. »Wenn Sie mir nicht glauben, fragen Sie Frau Kukuk.«

»In welchem Verhältnis stehen Sie denn zu Frau Kukuk?

Der Alte amüsierte sich sichtlich über das Wort Verhältnis.

»Ich war der Ehemann ihrer Großmutter. Ich bin der rechtmäßige Besitzer dieses Hauses.«

Diesmal gelang es Otto, frühzeitig ein Glucksen zu unterdrücken. Dafür vibrierte sein Zwerchfell hysterisch. Wenn er sich nicht täuschte, handelte es sich hier um den Mann, den Lore jahrelang im Gartenbeet begraben geglaubt hatte. Das grenzte an Wahnsinn. Er sollte Brenneisen verständigen und sich nicht von der Stelle rühren.

»Fragen Sie Frau Kukuk«, schlug sein Gegenüber nun vor.

Otto lachte durch die Nase. »Jetzt, mitten in der Nacht.« Dann schaute er auf die Uhr. Halb zwölf. Noch konnte er es auf dem Polizeihandy versuchen, das hatte sie sicher abgeschaltet, wenn sie nicht gestört werden wollte. Otto musste sich eingestehen, dass er brannte vor Neugier. Er wählte die Nummer und horchte auf das Tuten. Während er wartete, huschte der Alte mit flinken Bewegungen durch die Küche. Er öffnete die Türen des Küchenbuffets, wo die Weingläser standen, nahm aus dem Kühlschrank eine Flasche Wein, zog mit den Zähnen den Korken heraus, schenkte sich ein und setzte sich an den Tisch. Er kannte sich offensichtlich hier aus.

Otto legte auf. Weder Lore hatte sich gemeldet noch die Mailbox.

Der Alte am Tisch prostete ihm mit dem Wein zu. »Sie dürfen ja nicht im Dienst«, sagte er und trank das Glas zur Hälfte aus.

Jetzt erst bemerkte Otto das Chaos, das auch in der übrigen Küche herrschte. Auf dem Herd stand ein Topf, so groß, dass man eine Armee daraus hätte verköstigen können. Der Inhalt war allem Anschein nach übergekocht und hatte das Äußere des Topfs sowie den Herd verkrustet. Dazu die Flaschen und die zertrümmerte Türangel. Die zumindest hatte er sich selbst zuzuschreiben.

»Ich brauche Ihren Ausweis«, sagte er. Der angebliche Onkel oder Großonkel oder als was er sich gerade ausgab, machte Anstalten, sich zu erheben. Da klingelte Ottos Handy. Als Otto die Nummer erkannte, spürte er, wie seine Ohren heiß wurden. Sobald er seinen Namen genannt hatte, begann die Kukuk zu reden wie ein Wasserfall.

»Ich habe das Zimmer des Reiseleiters durchsucht, aber noch keine Hinweise auf die Einbrüche entdecken können. Ich hatte einen Streit mit dem Busfahrer und dem Reiseleiter, aber soweit ist wieder alles in Ordnung.«

»Geht es Ihnen gut?«, fragte Otto besorgt. »Wir können jederzeit abbrechen.« Er biss sich auf die Lippen und hoffte, dass der Großonkel keine Schlüsse zog.

»Nein, alles in Ordnung. Da sind nur so Arzneimittel.«

»Darüber sprechen wir später«, unterbrach Otto. »Ich rufe hier in einer anderen Angelegenheit an. Ich bin bei Ihnen zu Hause. Hier befindet sich ein Harald Gersprenz, der behauptet, mit Ihnen verwandt zu sein, ist das korrekt?«

Am anderen Ende zögerte es. Otto las daraus ein gewisses Schuldbewusstsein heraus.

»Ja, das ist korrekt«, bestätigte Lore. »Was machen Sie in meinem Haus?«

»Wie wir Ihnen mitgeteilt haben, observieren wir.« Während des Gesprächs ging Otto in den Hausflur und von dort auf den Burghof, um mit ihr reden zu können, ohne dass der Opa das Gespräch belauschte.

»Warum haben Sie mir nicht gesagt, dass jemand bei Ihnen wohnt?« Otto konnte sich eines vorwurfsvollen Tons nicht erwehren.

»Ich wusste nicht, dass das Teil der Ermittlungen ist.«

»In welchem verwandtschaftlichen Verhältnis befinden Sie sich?« Sogleich biss sich Otto auf die Lippen. Das war unprofessionell, doch er tarnte es als polizeilich notwendig. »Wir müssen das wissen zum Abgleich seiner Person.«

»Aber bitte. Es handelt sich um den zweiten Mann meiner verstorbenen Großmutter. Wollen Sie noch mehr wissen?«

Otto glaubte zu wissen, dass auch sie jetzt an das Grab unter dem Lavendelbusch dachte. Genauso wie er. Im Grunde war das lustig, aber Otto war nicht zum Lachen zumute.

»Danke, das genügt.« Er wollte auflegen, doch dann kam ihm noch ein Gedanke.

»Eine Frage noch: Erich Rübsamen?«

Er hörte, wie die Kukuk am anderen Ende ihren Ärger herunterschluckte.

»Ja?«

»Er ist mit Ihnen auf der Reise.«

»Ja.«

»Kennen Sie ihn näher?«

»Ja, wir kennen uns aus dem Internetzkursus. Warum?«

Otto überlegte, wie viel er verraten sollte. Aber vielleicht war es hilfreich, wenn sie ihn etwas im Auge behielt.

»Wir haben seinen Enkel heute Nacht dabei erwischt, wie er mit einer Drohne die Nachbarschaft ausspähte. Das hat unsere Einsatzkräfte auf den Plan gerufen.«

»Sein Enkel?«

Die Art, wie Lore das Wort Enkel betonte, ließ Otto aufhorchen. War da doch etwas nicht koscher mit der Familie Rübsamen?«

»Können Sie mir zu Rübsamen etwas mehr erzählen?«

»Der qualmt mal gerne einen.«

»Erich Rübsamen?«

»Nein, der Enkel.« Die Kukuk wirkte nun ungemütlich.

»Es geht um Ihren Mitreisenden, Erich Rübsamen.«

Am anderen Ende seufzte es. »Wir besuchen gemeinsam den Internetzkursus. Mehr kann ich Ihnen nicht sagen.« Otto hatte das klare Gefühl, dass sie konnte, aber nicht wollte.

»Behalten Sie ihn im Auge und teilen Sie uns mit, wenn Sie etwas Verdächtiges bemerken, hören Sie? Das gehört zu Ihrem Auftrag«, bellte er. Sollte er doch mal sehen, dass er die Alte nicht in den Griff bekam.

»Gute Nacht«, kam es vom anderen Ende, bevor mit einem lauten Klick aufgelegt wurde. Ottos Ohren waren rot vor Wut, als er sein Handy ausschaltete. Er beruhigte sich einige Atemzüge lang. Dann rief er Peppy zu sich, der mit fliegenden Ohren auf ihn zuraste.

»Frau Kukuk hat Ihre Aussage bestätigt«, sagte er zu dem Opa, als er zurück im Haus war. »Dann will ich

Sie nicht weiter stören.« Otto verzichtete darauf, den Mann nach seinem Ausweis zu fragen. Sollte er keine Papiere besitzen, musste er ihn mit auf die Wache nehmen, und das wollte er vermeiden, um Lores verdeckte Ermittlertätigkeit nicht auffliegen zu lassen. Und er wollte jetzt alleine sein.

Er verabschiedete sich von Lores Gast und trat den Heimweg an. Diesmal über den asphaltierten Weg, der sich um den Berg schlang, um nicht Gefahr zu laufen, sich den Fuß an einer der Wurzeln zu brechen. Ohne dem Himmel weiter Beachtung zu schenken, fuhr Otto nach Hause. Obwohl der Rest der Nacht ruhig verlief und kein weiterer Alarm geschlagen wurde, machte Otto kein Auge zu.

KATERSTIMMUNG

Als Lore am nächsten Morgen in den Spiegel schaute, hatte sie die Gewissheit, schon mal besser ausgesehen zu haben. Nach den Vorfällen von letzter Nacht hatte sie leidlich geschlafen. Erst der Zusammenstoß mit dem Busfahrer, dann das Gespräch mit Otto. Den Rest der Nacht hatte sie sich geärgert. Darüber, dass Otto seine Nase in ihre Privatangelegenheiten steckte. Aber auch darüber, dass er Gersprenz überhaupt kennengelernt hatte. Sie schämte sich für den peinlichen Verwandten. Die Vorstellung, dass Otto falsche Schlüsse über ihr Verhältnis ziehen konnte, verursachte ihr tiefes Unbehagen.

Lore versuchte, mit etwas Schminke die Spuren von bereits zwei schlechten Nächten zu verbergen. Ohne großen Erfolg, so betrat sie immer noch lädiert und missmutig den Speisesaal. Dort stellte sie fest, dass sie im Vergleich mit den anderen Gästen noch gut abschnitt. Der Antiquar saß zusammengesackt neben Gertrud am Frühstückstisch. In ihrer aufgelösten Frisur befanden sich Grasbüschel, er sah aus, als würde er etwas von letzter Nacht fürchterlich bereuen.

Mit am Tisch saß schmallippig der Sohn, akkurat wie immer, nur die verrutschte Krawatte deutete an, dass auch er nicht ganz auf der Höhe war. Der Hühnerhaufen hatte sich in eine Herde von Gewitterzicken verwandelt mit zerfurchten Gesichtern, denen auch die grellen Schminkfarben nicht das Grau nehmen konnten. Nichts kann einen vorbereiten auf den Anblick von alten Menschen, die verkatert sind, dachte Lore.

Sie setzte sich zu Elfi und Gusti an den Tisch, die vergleichsweise frisch wirkten, angelte sich ein Brötchen aus dem Brotkorb und schenkte sich Kaffee ein. Sie sah sich nochmal gründlich im Saal um. Erich fehlte. Kurz nach Lore betrat Elvira den Raum und setzte sich zu Lore an den Tisch. Der Reiseleiter schien sie mit der Kraft seiner Jugend gefordert zu haben. Sie sah aus, als hätte sie die Nacht mit Rod Steward und Mick Jagger verbracht. Gemeinsam. Ihre Haare waren verfilzt wie ein Rattennest, der Anblick erinnerte Lore an den drogenexperimentierfreudigen Freddy. Zwar hatte Elvira versucht, die Wildnis mit einem Tuch zu bändigen, aber das Ganze wirkte wie ein Reisigbündel, das jeden Moment auseinanderzuplatzen drohte. Elviras Gesicht sah aus, als müsse man nur mit einer Nadel hinein pieken, um das Stauwasser abzulassen.

»Haben Sie Erich gesehen?«, fragte Lore ihr gegenüber und biss in ihr Brötchen.

»Du«, erwiderte Elvira und griff nach der Kaffeekanne.

»Wie bitte?«, fragte Lore.

»Seit gestern sind wir per Du«, erklärte Elvira und hielt Lore ihre Kaffeetasse hin.

Lore runzelte die Stirn. Sie hatte am Brüderschafttrinken nicht teilgenommen, aber das war den anderen wohl nicht aufgefallen.

»Hast du nun Erich gesehen oder nicht?«, fragte sie.

»Der macht Ayurveda-Kur«, sagte Elvira und nahm sich reichlich Wurst von der Platte.

»Was?« Lore verdrehte die Augen. Warum konnte sich die Kuh nicht verständlich ausdrücken?

»Entgiftung«, erwiderte Elvira und beschrieb mit der Hand eine Geste, die verdeutlichte, dass Erich sich gerade übergab. Lore überlegte, nach ihm zu schauen, aber sie wollte sich ihr Frühstück nicht verderben. Außerdem, Strafe muss sein. Sie würde sich ihn später zur Brust nehmen. Dass sein Enkel bei Ausspähungen mit einer Drohne erwischt wurde, war der dritte Grund, warum Lore die Nacht weitgehend ohne Schlaf verbracht hatte. Die Tatsache, dass es im Hause Rübsamen eine Spähdrohne gab, hatte Lore erheblich beunruhigt. Zusammen mit Erichs Aktionen auf Gugel Erde rückte ihr Bekannter plötzlich wieder in den Kreis der Verdächtigen.

Aber war er wirklich fähig, die Einbrüche zu begehen? Und wozu? Erich besaß doch alles, was ein alter Kerl brauchte. Ein Haus, eine Familie, die sich um ihn kümmerte, und den Treppenlift nicht zu vergessen. Aber vielleicht war das alles auch Fassade. Oder der Enkel war die treibende Kraft. Junge Leute brauchten ja immer Geld für ihre Klamotten und Handys. Aber wurde man deswegen kriminell?

Lore musste der Sache auf den Grund gehen. Aber nicht jetzt. Jetzt musste sie erst sicherstellen, dass sie alle heil nach Hause kamen. Wenn der Busfahrer in nur halb so angeschlagenem Zustand war wie der Rest der Truppe, dann sah Lore sie alle jetzt schon im Graben liegen.

Ihre Bedenken wurden etwas zerstreut, als der Reiseleiter den Speisesaal betrat. Er wirkte frisch wie der junge Frühling. War das die Jugend, oder hatte er den Abend über nur Wasser getrunken, während er sie mit der Zuckerbrühe abgefüllt hatte? Er begrüßte alle fröhlich, warf jedem einen Scherz zu, setzte sich und begann gut gelaunt zu frühstücken. Den Zwischenfall von gestern ließ er sich nicht anmerken.

Nun erschien Erich in der Tür, er hatte die Gesichtsfarbe eines nassen Handtuchs, sein Haar besaß einen Stich ins Gelbliche. Sobald der den Saal betrat, wurde er frenetisch von den anderen begrüßt. Die Hühner johlten und imitierten mit den Händen Flamenco-Gesten, Elvira klatschte und rief begeistert: »Volare.« Zu diesem Song hatte er, so erklärte Elvira, gestern auf dem Tisch getanzt. »Schäm dich«, sagte Lore, als er sich auf den freien Stuhl neben ihr setzte. Sie goss ihm Kaffee ein und schmierte ihm ein Wurstbrötchen. Doch er rührte nur in seinem Kaffee und sagte: »Ich krieg heute nichts runter.«

»Dann steck dir das Brötchen ein für die Fahrt«, sagte Lore und bestellte Kräutertee. Nachdem sich der Reiseleiter davon überzeugt hatte, dass alle mit dem Frühstück zum Ende kamen, erhob er sich in Zeitlupe und klopfte mit dem Eierlöffel gegen sein Glas.

»Meine lieben Damen und Herren.« Er schaute freundlich in die Runde. »Wenn ich Sie so anschaue, dann wäre mir ja fast danach, Sie zu einem kleinen Abstecher in die Bio-Apotheke nebenan einzuladen, wo es einige vitalisierende Gesundheitsprodukte gibt. Aber ich möchte nicht den Eindruck erwecken, wir wollten Ihnen etwas aufschwatzen.«

Im Saal wurde es unruhig. Vitalisierende Gesundheitsprodukte wollte man sich keinesfalls entgehen lassen. Die Hühner reckten die Köpfe und verlangten nach Proben. Auch der Antiquar erwachte zu neuem Leben. Also beschrieb ihnen der Reiseleiter, wo sie sich gleich einfinden mussten, und verließ den Saal. Die Menge drängte nach draußen, jeder wollte der Erste am Apothekertresen sein. Lore hielt sich im Hintergrund. Sie wollte nicht, dass man sah, wie sie rot wurde, wenn bemerkt wurde, dass ein Döschen vom Tresen fehlte.

Der Reiseleiter stellte sich nun vor die Gruppe und begann zu reden: »Die Apotheke hier verkauft naturreine Produkte, Vitamine und Mineralstoffe in einer neuartigen Kombination. Und Sie wissen ja, meine Damen und Herren, dass Mineralien und Vitamine elementar sind«, er machte eine Kunstpause, »für Vitalität, Prävention von Krankheiten und«, wieder eine Kunstpause, »Anti-Aging.« Das letzte Wort untermauerte er mit einem überzeugenden Flirtblick. Die Hühner murrten im Chor.

Der Reiseleiter griff eine der weißen Dosen mit wissenschaftlich aussehendem Etikett aus dem Regal. »Hier zum Beispiel. Eine Detox-Kombination zur Entgiftung. Und Entgiftung, meine Damen und Herren, ist nicht nur nach einer Nacht wie dieser wichtig.« Er ließ der Gruppe Zeit, sich über diesen Scherz zu amüsieren und ausgiebig zu schnattern.

»Sie können damit auch gezielt Vergiftungs- und damit Alterungsprozesse aufhalten.« Die Stimmung in der Gruppe wurde zunehmend ausgelassen.

»Oder hier«, er nahm eine weitere Dose aus dem Regal und hielt sie in die Höhe. Darin befand sich eine Vitaminmischung, die es angeblich mit Gicht, Diabetes, Blutdruck, Arthrose, Depression bis hin zu Krebs aufnehmen konnte. »Schlüssel für Gesundheit und Vitalität ist die optimale Versorgung mit Vitamin D«, erläuterte der Reiseleiter. Lore griff nach der Dose und studierte die Inhaltsstoffe.

»Und billiger als im Internet«, rief eine Stimme von hinten. Alle reckten die Köpfe, um zu sehen, wer da gesprochen hatte. Es war der Sohn des Antiquars, der einen dieser Wisch-Computer in der Hand hielt. Darauf war die Seite einer normalen Apotheke aufgerufen, die Produkte waren doppelt so teuer. Die Senioren scharten sich um ihn und raunten. Nun war restlos klar, dass es sich hier um wahre Schnäppchen handelte. Der Reiseleiter lachte ertappt, als hätte er das Argument Preis nicht nennen wollen. Doch jetzt drängten die Senioren zur Kasse. Die Ganzjahres-Kur, die Anti-Katerkur, die Gesundheitskur und die Anti-Age-Kur. Die meisten nahmen gleich alles. Lore beschränkte sich auf eine Dose Anti-Ätsch. »Die bekommen Sie selbstverständlich kostenlos«, sagte der Reiseleiter, als sie ihm die abgezählte Summe aushändigen wollte. »Ich habe doch versprochen, dass ich das von gestern wieder gutmache«, setzte er mit einem wohltätigen Lächeln fort. Lore beschloss, das Geschenk ohne Diskussion anzunehmen. Erich erstand eine Jumbo-Packung von Entgiftungs-Vitaminen. Direkt in der Apotheke öffnete er die Verpackung. »Ich nehme gleich welches.« Lore nahm ihm die Dose aus der Hand und steckte sie zurück in die Tüte. »Das wirkt doch nicht sofort, das musst du über Wochen einnehmen.«

Keiner der Reisegäste verließ die Apotheke ohne eine Tüte mit der Aufschrift Medic Form. Nachdem alle versorgt waren, schloss der Reiseleiter die Apotheke ab und forderte die Senioren auf, sich möglichst schnell zum Bus zu begeben. »Wir machen noch einen kleinen Abstecher nach Tschechien, wo Sie ein zünftiges Mittagessen erwartet«, kündigte er an. Wieder großes Hallo bei den Fahrgästen. »Die verwöhnen uns wirklich«, gackerten die Hühner und verschwanden im Gasthof, um ihre Koffer zu holen. Auch Lore ging zurück auf ihr Zimmer und packte ihre Sachen. Als sie die Treppe herunter kam, sah sie den Reiseleiter mit dem Busfahrer debattieren, als Lore sich näherte, musterte der Busfahrer sie mit schmalen Augen. Der Kerl war definitiv nicht ihr Freund.

Um seinen Zorn nicht weiter zu provozieren, stellte sie ihren Koffer vor der offenen Kofferluke am Bus ab und machte dann Anstalten, direkt in den Bus einzusteigen.

»Halt!« Lore blieb stehen, ohne sich umzudrehen. Was hatte der Kerl nun wieder für ein Problem? »Medikamente auch in den Kofferraum«, ordnete der Kerl an. Lore drehte sich langsam um und ging wieder zur Kofferluke. Im Seitenfach standen bereits mehrere weiße Tüten.

»Und wie soll ich meine hinterher wieder finden?«, fragte sie gereizt.

Der Reiseleiter schien zu bemerken, dass Streit in der Luft lag. Er ging auf Lore zu, nahm ihr den Papierbeutel mit dem Anti-Ätsch-Mittel ab, schrieb ihren Namen auf die Tüte und stellte sie zu den anderen. »Hier findet jeder seine Sachen wieder«, sagte er strahlend, während der Busfahrer ihren Koffer in die Luke hievte. Den Kerl würde sie nach dieser Reise garantiert nicht vermissen.

Nachdem die Koffer und die Medikamente verstaut waren und die Senioren auf ihren Plätzen ein Stockwerk darüber Platz genommen hatten, setzte sich der Bus in Bewegung. Die Fahrt verlief still, selbst den Hühnern waren die Refrains ausgegangen. Erich, der sich wie auf dem Hinweg neben Lore platziert hatte, schlief. Den Kopf ans Fenster gelehnt, die Augen geschlossen, den Mund offen, manchmal fuhr ein krachender Laut daraus hervor.

Lore war neugierig, wo es hingehen sollte. Sie sah das Ortsschild Waldmünchen , dann überquerten sie die Grenze zu Tschechien, nach nur einer Stunde Fahrt hielten sie schon wieder an.

Gasthof zur Sonne hieß das Wirtshaus, das mitten in der freien Landschaft stand. Sie stiegen aus und bewunderten den schönen Böhmerwald. Im Gasthaus war der Tisch bereits gedeckt, innerhalb kürzester Zeit wurde aufgetragen, Schwammerlsuppe, anschließend ein Kalbsragout und zum Nachtisch gerollte Pfannkuchen. Lore erinnerte dies an österreichische Spezialitäten. Vermutlich war das extra so gewählt wegen der empfindlichen Mägen älterer Menschen. Die Mitreisenden langten wieder kräftig zu, sie waren zeitiges Mittagessen gewohnt. An den Tischen überbot man sich vor Lob. Auch Lore musste zustimmen, an dem Essen war nichts auszusetzen.

Während die anderen aßen, beobachtete Lore durch das Fenster, wie der Bus wegfuhr.

»Schau mal«, sagte sie zu Erich und verpasste ihm einen Tritt.

»Vermutlich fährt er tanken«, erwiderte Erich, ohne von der Suppe aufzusehen, die er löffelte.

»Finde ich klasse, dass die das während der Pause machen.«

Kaum hatten sie ihren Kaffee getrunken, da trieb der Reiseleiter zum Aufbruch.

»Wir wollen doch alle pünktlich zum Tatort heute Abend wieder zu Hause sein«, lachte er und klatschte in die Hände. Heute war keiner der Senioren auf Widerstand gebürstet. Durch die reichhaltigen Speisen und das günstige Medikamentenangebot waren sie sprichwörtlich weich gespült und fügten sich widerspruchslos den Anweisungen. Lore nahm sich einen gerollten Pfannkuchen von der Platte, wickelte ihn in eine Serviette und steckte ihn in die Tasche. Das war ihr Abendbrot. Sie hatte keine Lust auf gewärmte Suppe, außerdem bezweifelte sie, dass Gersprenz ihr überhaupt etwas übrig gelassen hatte.

Die Rückfahrt verlief ohne weitere Zwischenfälle, auch Lore entspannte sich und konnte etwas Schlaf nachholen. Unterwegs wurde noch einmal an einer Raststätte gehalten, dann erreichten sie auch schon Hessen, und ab Dieburg hielt der Bus immer wieder an, um Reisende auszuspucken. Um halb acht erreichten sie die Haltestelle Groß-Umstadt. Lore sah gespannt aus dem Fenster, auch wenn sie nicht erwartete, abgeholt zu werden. Die Polizisten wollten ja kein weiteres Aufsehen erregen.

Lore fühlte sich stolz und wichtig wegen ihres Auftrages. Wenn sie auch zugeben musste, nicht wirklich viel erreicht zu haben. Alles in allem war die Reise, was ihre Aufklärungsarbeit anbelangte, recht enttäuschend gewesen. Wären da nicht die Mahlzeiten und das Anti-Ätsch-Zeug. Dummerweise hatte sie den ganzen Rückweg geschlafen, jetzt hatte sie auch verpasst, Erich auf den Zahn zu fühlen. Der würde eine schöne Überraschung erleben, wenn er gleich nach Hause kam. Der Enkel polizeilich erfasst, das war nicht gerade eine Tat, für die man sich rühmen konnte im Landkreis.

Lore verabschiedete sich von Erich, der eine Station weiter fuhr, und stieg zusammen mit den Hühnern aus. Die beschworen sie, ihr ihre Adresse zu geben, man müsse ja in Kontakt bleiben. Ich habe eure schon, dachte Lore bei sich und wusste geschickt zu vermeiden, dass sie ihre erfuhren.

Nachdem der Busfahrer ihr die richtige Tüte und ihren Koffer ausgehändigt hatte, ging sie weiter zum Taxistand und rief sich ein Fahrzeug.

BLUMENMEER

Bevor Lore ihre Haustür öffnete, nahm sie noch einen tiefen Atemzug. Als sie die Tür öffnete, war sie zunächst verwundert. Sie hatte erwartet, von dem inzwischen vertrauten Geruch nach Kleidung und Brackwasser empfangen zu werden. Aber der blieb aus. Stattdessen empfing sie der Duft von warmen Sommerblumen. So roch das Leben. So roch die Freiheit. Für Sekunden stand sie gebannt im Flur und genoss den Duft und die Hoffnung, dass der Opa ausgeflogen war. Vielleicht hatte ihn der Besuch Ottos vertrieben? Wer weiß, was der Kerl ausgefressen hatte. Wer weiß, wer das wirklich ist, ergänzte eine innere Stimme.

Lore stellte ihr Gepäck ab und hängte ihre Handtasche an den Garderobenhaken. Vorsichtig holte sie den eingewickelten Palatschinken aus der Tasche.

»Lore!« Gersprenz erschien mit ausgebreiteten Armen in der Küchentür, die dürren Ärmchen ragten aus einem abgetragenen Jackett. Im selben Moment erblickte Lore die Küchentür, die an der Wand lehnte, die Angeln halb aus der Wand gebrochen. Der Pfannkuchen glitt Lore aus der Hand und klatschte auf den Boden.

»Ich habe dich so vermisst«, rief Gersprenz und sprang auf Lore zu. Diese bückte sich, um den Pfannkuchen aufzuheben. Als sie sich aufrichtete, knallte ihr Schädel gegen sein Kinn. Lore hörte das Klacken seiner Zähne. Sekundenlang standen sie sich gegenüber. Lore rieb sich den Kopf, er das Kinn. Er hatte sich zum ersten Mal gründlich rasiert. Der Duft von Lores Handseife umgab ihn. Wieder wollte er sie umarmen. Sie schaffte es, ihm auszuweichen.

»Was ist hier passiert?«, fragte sie und deutete auf die zerstörte Küchentür.

»Das war der Polizist«, petzte Gersprenz.

»Dann hat der das auch zu bezahlen.«

Lore verdrückte sich ins Bad, um sich frisch zu machen. Dann ging sie in die Küche. Sie erwartete, Gersprenz wie üblich am Küchentisch hinter einer Flasche Wein sitzen zu sehen. Das Bild hatte sich in ihr eingebrannt wie ein Stillleben. Der alte Mann und der Wein.

Doch was sie dann sah, verschlug ihr den Atem. Opa Gersprenz hatte die Küche in ein Blumenmeer verwandelt. Die ganze Küche stand voller Blumen in Vasen, Marmeladengläsern und Töpfen. Elfenspiegel, Rhododendron, Rittersporn, Lavendel. Alles aus ihrem Garten, zum Teil mit Wurzel aus der Erde gerissen und in die Gefäße gestopft, zum Teil abgeschnitten und damit für immer vom Leben getrennt. Der Blick aus dem Fenster zeigte ihr, dass die vorderen Gartenbeete komplett verwüstet waren. Ihr stiegen die Tränen in die Augen.

»Bist du wahnsinnig!«, brüllte sie und stürmte auf die Sträuße zu. Sie nahm die Blumen aus ihren Gefäßen und betastete die abgerissenen Stengel wie Wunden.

»Was hast du angerichtet?«, weinte sie. Der Opa stand jetzt mit hängenden Armen vor ihr. »Ich wollte dir eine Freude machen und die Blumengeschäfte haben heute nicht offen.«

»Diese Blumen sind für draußen! Im Garten! Nicht für drinnen«, schrie sie aus voller Kehle. »Die kann man alle wegwerfen!« Sie packte die Sträuße, die noch eine Wurzel besaßen, und trug sie nach draußen, um sie wieder einzugraben. Sie rannte hin und her, setzte die Blumen in Töpfe oder direkt in die Beete und goss wie eine Besessene Wasser darauf.

Auch nach dem Einpflanzen ließen sie die Köpfe hängen, das Beet sah erbärmlich aus. Nicht alle Gläser hatte Gersprenz mit Wasser gefüllt, so waren die Blumen, die schon den ganzen Tag in der Hitze standen, welk. Lore konnte sich nicht beruhigen und weinte lauthals, während sie das malträtierte Beet betrachtete wie ein Grab. Gersprenz hatte das Werk des netten Gärtners an einem einzigen Tag ruiniert. Als sie sich annähernd beruhigt hatte, ging sie zurück in die

Küche. Gersprenz saß am Tisch. Vor ihm nicht der Wein, sondern zwei Teller, darauf jeweils eine Hälfte der Palatschinken.

»Du solltest etwas essen«, sagte er zaghaft.

Lore marschierte geradewegs zurück in den Flur, um ihren Neffen anzurufen.

»Tantchen, was gibt's?«

Hörte Lore aus seinem Tonfall eine gewisse Vorsicht heraus?

»Ich muss morgen ins Präsidium.«

Der Neffe zögerte. »Tut mir leid, Tantchen, morgen früh ist es schwierig.«

Lore musste sich zügeln, ihre aufgestaute Wut nicht an ihm auszulassen.

»Gut, dann nehme ich den Bus.«

»Nun sei nicht gleich beleidigt.«

»Nein, ich verstehe schon, ich beanspruche dich zu oft.«

»Ich habe die ganze Nacht lang Schichtdienst. Kauf dir doch endlich ein Auto.«

»Heute Abend?«

»Also gut, ich hole dich ab. Wie viel Uhr?«

»Mach dir keine Mühe, ich fahre selbst.«

»Und wie?«

»Mit dem Bus. Oder per Anhalter.«

Nun konnte sie sein schlechtes Gewissen durchs Telefon förmlich schmecken.

»Ich hole dich morgen halb neun, aber nicht böse sein, wenn es fünf Minuten später wird.«

»Ich fahre Bus«, sagte sie und beendete das Gespräch. Lore nahm das Polizeihandy aus ihrer Handtasche und ging zurück in die Küche.

Unter dem Buchstaben B war Brenneisens Telefonnummer eingraviert, oder wie sie das nannten. Lore musste nur auf den Namen und dann auf den grünen Knopf drücken.

»Frau Kukuk«, begrüßte der junge Kommissar sie, nicht ohne einen Funken Verwunderung in der Stimme.

»Ich komme morgen ins Präsidium«, sagte sie laut und vernehmlich.

»Gut«, antwortete Brenneisen. »Haben Sie denn Neuigkeiten für uns?«

»Das erzähle ich Ihnen morgen.« Sie zögerte ein wenig.

»Ist noch etwas?«, fragte Brenneisen.

»Ach es ist nur … ich habe keine Fahrgelegenheit.«

»Gut, ich schicke eine Streife«, kam es sofort von der anderen Seite. Lore bedankte sich und legte auf. Sie setzte sich zu Gersprenz an den Tisch und legte das Handy an ihr Kinn, als habe sie über etwas nachzudenken.

»Lorchen, du wirst doch nicht wegen der paar Blumen die Polizei rufen«, kam es zaghaft von Gersprenz.

»Das …« Lore deutete auf die Beete, die man durchs Küchenfenster sehen konnte, »ist Sachbeschädigung.«

»Das mit der Tür war der Polizist, glaub mir.« Gersprenz rückte den Teller mit der Pfannkuchenhälfte zu ihr herüber. Lore war übermüdet, sie war übersättigt und sie war wütend und sie entlud ihre Gefühle in einer großen Geste, indem sie den Teller samt Pfannkuchen quer durch die Küche schleuderte. Dann ging sie in ihr Zimmer und futterte die halbe Dose Anti-Ätschmittel.

EINBAHNSTRASSEN

Als Otto Montagfrüh ins Büro kam, saß Brenneisen bereits an seinem Schreibtisch. Otto wollte ihn durch die offene Tür begrüßen, da sah er, dass Brenneisen offensichtlich private Videofilme ansah. Otto erkannte auf dem Bildschirm knapp bekleidete Mädchen an einem Swimming-Pool. Er feilte gerade an einer gepfefferten Bemerkung, da fiel ihm auf, dass diese Aufnahmen dieselbe Perspektive aufwiesen wie die Luftaufnahmen von Rudis Parrot. Brenneisen, der Otto bemerkt hatte, drehte sich um.

»Kommen Sie rein, das wird Sie interessieren.«

»Was ist das?«, fragte Otto und stellte sich hinter den Kollegen. »Das Video des Quadrocopters von Gregor Rübsamen«, erklärte Brenneisen und stoppte den Film.

»Nein, ich meine das da.« Otto deutete auf eine Schüssel mit einer Art Chips. Zum Frühstück Kartoffelchips, das hätte er Brenneisen gar nicht zugetraut. Man konnte fast meinen, der Junge sei in Sachen Essgewohnheiten endlich zur Vernunft gekommen. Wenn da die komische Farbe nicht wäre. Die Chips waren rötlich, andere grünlich, wieder andere tendierten ins Violette.

»Wollen Sie probieren?« Brenneisen reichte ihm die Schüssel. Otto langte zu.

»Das sind Gemüsechips.« Otto hätte am liebsten sofort wieder ausgespuckt, was er gerade in den Mund gesteckt hatte. Neben der Sülze seiner Tante war dies das Widerwärtigste, was je seinen Gaumen berührt hatte.

»Rote Beete, Sellerie, Lauch in Chipsform. Genialer Einfall, oder?«, sagte Brenneisen, nachdem er den Mund leer gegessen hatte. »Bedienen Sie sich.«

Otto versuchte, das Zeug möglichst an seinen Geschmacksnerven vorbei zu schleusen.

Er deutete auf den Bildschirm. »Was ist mit dem Video?«

Brenneisen fuhr mit dem Cursor ein wenig zurück, und startete dann den Film von vorn. Die Kamera fuhr über grün eingesäumte Gärten, Otto vermutete, dass es sich um das Drohnen-Video von Gregor Rübsamen handelte, der seine unmittelbare Nachbarschaft gefilmt hatte. Die Kamerfahrt stoppte über einem Garten mit Pool, an dem die Mädchen, die Otto im Vorbeigehen gesehen hatten, sich im Bikini sonnten. Sie waren im Alter dieses Gregor Rübsamen. Klassenkameradinnen vermutlich. Zwei lagen auf jeweils einer Liege, eine andere saß ihm Liegestuhl und cremte einer Vierten, die vor ihr stand, den Rücken ein. Brenneisen und Otto tauschten einen Blick.

Nach circa vier Minuten war das Video zu Ende. »War das alles?«, fragte Otto.

Brenneisen nickte. »Pubertäre Träume, aber nichts, was uns weiter bringt. Die Technik checkt gerade, ob älteres Material auf dem Stick war, das vielleicht gelöscht wurde, aber die haben keine große Hoffnung. Der Speicher ist sehr gering und wird ständig überspielt. Da kann man nichts herauslesen im Nachhinein. Aber ich habe eine Theorie.«

»In fünf Minuten in meinem Büro«, sagte Otto und verließ Brenneisens Raum. Er brauchte dringend einen Kaffee, um den grässlichen Geschmack herunterzuspülen. In seinem Büroraum angekommen, setzte Otto Kaffeewasser auf und füllte pro Tasse zwei Löffel in die Maschine. Wenn sein Kaffee ohnehin von jedem hier im Präsidium verschmäht wurde, konnte er genauso gut nach seinem Geschmack kochen. Das Gurgeln der Maschine weckte in ihm die Vorfreude auf den bevorstehenden Koffeinkick.

In diesem Moment stand Brenneisen schon in der Tür. Otto bot ihm Platz an.

»Frau Kukuk rief mich gestern an, sie wird heute Morgen kommen, Bericht erstatten«, sagte Brenneisen und setzte sich. Otto, der sich gerade Kaffee eingoss, verschüttete ein wenig. »So?«, erwiderte er beiläufig und fragte sich, wie verzweifelt er war, dass er eifersüchtig war. Warum hatte sie Brenneisen angerufen und nicht ihn?

»Wie war das mit Ihrer Theorie?« Otto gab einen Tropfen Milch in den Kaffee, damit er nicht ganz so kriminell aussah. Ohne Brenneisen einen anzubieten, setzte er sich zu seinem Kollegen. Rache ist bitter. Und wer Gemüsechips futterte, war nicht bereit für seinen Kaffee.

Brenneisen musterte misstrauisch die Tasse des Kollegen. »Die Sache mit dem Quadrocopter hat mich auf eine Idee gebracht. Die Wohnungen der Einbruchopfer wurden sorgfältig ausgespäht. Vielleicht hat jemand solch eine Drohne benutzt?«

Bevor Otto die Tasse an die Lippen hob, pustete er sacht. Das war ein weiterer Vorteil des selbstgemachten Kaffees. Er war einfach heißer als aus dem Automaten.

»Gut möglich«, sagte Otto und nahm einen genussvollen Schluck. Auf den Gedanken war er auch schon gekommen. Aber er war froh, dass Brenneisen ähnlich dachte. Vielleicht fand er nun endlich zurück zu seiner alten Form. Vegane Ernährung gepaart mit einer Triathlon-Braut, die einen jedes Wochenende um die Häuser jagte, war eben kein Pappenstiel.

»Werden diese Drohnen eigentlich registriert?«, fragte Brenneisen.

Otto sah ihn fragend an. »Sie meinen, wie Handys?«

Brenneisen nickte. Otto schüttelte den Kopf. »Keine Chance. Heutzutage kann sich jeder so ein Ding kaufen und damit Unfug treiben.«

Brenneisen setzte einen resignierten Gesichtsausdruck auf. »Dieser Fall ist voller Einbahnstraßen.« Auch da konnte Otto ihm bloß zustimmen. »Einziger konkreter Verdacht ist gegen diesen Rübsamen. Vielleicht sollten wir einfach da anfangen.«

In diesem Moment wäre Otto fast die Kaffeetasse aus der Hand gefallen. War es der starke Kaffee oder Lore Kukuks Anblick, der Otto den Puls in die Höhe trieb? Er sprang auf und begrüßte sie mit Handschlag. Sie trug eine Bluse, irgendein glänzender und doch flatternder Stoff, und einen Rock. Beides stand ihr hervorragend, sie sah unglaublich blühend aus.

Otto interpretierte ihre Aufmachung als einen diskreten Hinweis, dass es ihr leid tat, ihm gegenüber den Großonkel, oder um was es sich bei dem Mitbewohner handelte, nicht erwähnt zu haben.

»Schön, dass Sie es geschafft haben«, sagte er und bot ihr Platz an. »Kaffee?«, als sie bejahte, pochte sein Herz noch schneller. Sie nahm die Tasse entgegen und lächelte. Nachdem sie den ersten Schluck genommen hatte, wurde ihr Gesicht ernst. »Wer zahlt mir jetzt die Küchentür? Die ist total ruiniert.«

Otto wurde verlegen und sah sich gezwungen, den Kollegen Brenneisen von dem Zusammenstoß in jener Nacht zu berichten. Der hörte kommentarlos zu, wobei

Otto sein Stirnrunzeln genug aussagte. »Ich werde jemanden beauftragen, der die Tür repariert«, beendete Otto seinen Bericht. Lore nickte wortlos, während Otto bei Brenneisen ein leichtes Kopfschütteln zu bemerken glaubte. Er war froh, als das Thema gewechselt wurde und sie auf die Reise zu sprechen kamen.

Lore übergab Brenneisen das Handy und erzählte von dem Reiseablauf, während Brenneisen den Apparat mit seinem Computer synchronisierte, um die Aufnahmen auf seinen Rechner zu laden, wo sie nun in Großansicht vorüberflimmerten. Otto bemerkte das Foto von einem großgewachsenen älteren Herrn, der Lore fröhlich zuwinkte. »Wer ist das?«, fragte er.

Lore strich sich eine Haarsträhne hinter das Ohr. »Mein Bekannter Erich Rübsamen.«

Brenneisen klickte weiter, und die Kukuk kommentierte, was sie aufgenommen hatte. Als sie zu Aufnahmen in der Apotheke kamen, wurde Otto aufmerksam.

»Die Medikamente wurden auf freiwilliger Basis gekauft. Niemand wurde gezwungen«, erklärte die Kukuk.

»Haben Sie uns etwas davon mitgebracht?«, fragte Otto.

»Selbstverständlich«, entgegnete sie und übereichte ihm eine kleine Plastiktüte mit weißem Pulver. »Sieht nach Drogen aus«, bemerkte Brenneisen.

»Ist das alles?«, fragte Otto.

Lore nickte. »Ich habe nur eine kleine Größe gekauft.« Ihre Wangen hatten die Farbe von zarten

Rosenblüten angenommen. Das war bestimmt seinem Kaffee zuzuschreiben, frohlockte Otto. Dass sie ihn diesmal angenommen hatte, wertete er als positives Zeichen. Otto nahm die Probe entgegen und rief im Labor an. Man versprach ihm, sofort jemanden vorbeizuschicken.

»Sonst keine besonderen Vorkommnisse«, schloss die Kukuk ihren Bericht ab. »Bis auf die Tatsache, dass das ein sehr gutes Unternehmen ist. Tolle Verpflegung, nette Leute.« Lore hielt ihre Kaffeetasse mit beiden Händen umschlossen. Als sie sich vorbeugte, rückte die Tasse näher. Otto erhaschte einen Blick auf den Inhalt und stellte zu seinem Bedauern fest, dass sie kein bisschen davon getrunken hatte. »Können Sie uns Informationen bezüglich Erich Rübsamen geben?«

Lore blickte ihn überrascht an. »Wieso das? Ich habe mich schon neulich nachts über Ihre Andeutungen gewundert.«

»Und ich hatte in unserem letzten Telefongespräch das Gefühl, dass Sie über Erich Rübsamen mehr wissen, als Sie zugeben wollen.«

Die Enttäuschung über den Kaffee gab Otto die Stärke, eine gewisse Schärfe in seine Frage zu legen. Es wirkte. Lore war verunsichert, was auch Brenneisens Spürsinn weckte. Er beugte sich nun ganz nah zu ihr. »Frau Kukuk, wenn Sie etwas wissen, teilen Sie es uns mit. Es geht um die Existenzen alter Leute und eventuell um Menschenleben.« Brenneisens Stimme war der reinste Enkeltrick. Bravo, Kollege, dachte Otto.

In diesem Moment kam ein Laborant ins Zimmer, um Lores Probe abzuholen. Sie warteten, bis er mitsamt der Plastiktüte verschwunden war.

»Diesen Erich Rübsamen«, fuhr Brenneisen fort, sobald der Laborant draußen war, »kennen Sie ihn näher?«

Lore ließ die Kaffeetasse so heftig los, dass sie umgestürzt wäre, hätte Otto nicht blitzschnell reagiert. Dennoch ergoss sich eine breite Pfütze über den Schreibtisch, Brenneisen brachte hektisch die Unterlagen in Sicherheit.

Lore Kukuk beantwortete unbeirrt die Frage. »Ich sagte doch bereits, ich kenn ihn aus dem Internetz-Kursus.«

Sie schenkte Otto einen Blick, der ihn zum Schmelzen brachte. Doch Brenneisen spielte seine Rolle gut. Er führte sie über die Brücke der einfachen Antworten zur Wahrheit.

»Wie gut?«

Lore zögerte.

»Können Sie sich vorstellen, dass er etwas mit den Einbrüchen zu tun hat?« Nun wurde ihr Gesicht zum reinsten Flammenwerfer. »Wie kommen Sie denn darauf?«

»Sein Enkel besitzt eine Drohne, mit der er Nachbarn ausspäht. Frau Kukuk, ich sehe doch, dass Sie etwas wissen.«

Die Kukuk schien erst zu zögern, doch dann lenkte sie ein. »Also gut, im Internetz-Kursus …«, sie unterbrach, als wolle sie testen, ob sie überhaupt weitersprechen musste. Mit einem sanften Kopfnicken gaben beide Polizisten ihr zu verstehen, dass sie musste.

»Im Internetz-Kurs habe ich beobachtet, dass er fremde Häuser mit Gugel Erde ausspäht.«

Otto warf Brenneisen einen fragenden Blick zu. »Google Earth«, erklärte dieser. Für Sekunden war es still und die Luft im Büro zum Zerreißen gespannt.

»Zu welchem Zweck hat er das getan?«

»Das weiß ich doch nicht.«

»Wir müssen ihn befragen«, sagte Otto. »Haben wir die Telefonnummer von diesem Rübsamen?«

Brenneisen warf einen Blick in seine Unterlagen. »Ja, wir können ihn gleich anrufen.«

»Nein, tun Sie das auf keinen Fall, das bringt mich in Teufels Küche.« Lore warf nun beiden einen flehenden Blick zu.

»Wir werden nicht erwähnen, dass Sie uns etwas gesagt haben«, versuchte Brenneisen sie zu beschwichtigen. Otto wählte die Nummer. Noch bevor er sprechen konnte, nahm Lore ihm den Hörer aus der Hand. »Hallo, ich bin im Polizeipräsidium«, meldete sie sich. »Du musst herkommen, die wollen dich einer Befragung unterziehen.«

Otto und Brenneisen tauschten einen überraschten Blick.

Nach kurzer Zeit fügte sie hinzu: »Beeil dich, wir warten.« Dann legte sie auf.

Brenneisen nahm ihr den Hörer aus der Hand. »So schnell hätte es auch nicht sein müssen. Hatte er denn Zeit?«

Lore nickte. »Ich bitte Sie, der Mann ist Rentner. Was sollte er zu tun haben. Außerdem kann er mich dann mit nach Hause nehmen. Mein Neffe«, sie wedelte sich nun mit einem Schreibblock Luft zu, »ist zu beschäftigt, mich zu fahren.«

»Möchten Sie hier warten?«, bot der Kommissar an.

»Sagen Sie Herrn Rübsamen, ich warte im Café Journal«, sagte sie. Otto begleitete sie zum Ausgang. »Und kein Wort, dass Sie das von Gugel Erde von mir haben«, sagte Lore beim Abschied. »Sonst ist mein Ruf im Landkreis ruiniert.«

Otto nickte beruhigend. »Sie können sich auf uns verlassen.«

SCHADENSBEGRENZUNG

Lore drehte ein paar Runden durch die Stadt und flüchtete vor der Hitze in den Kaufhof, der die Temperaturen dank Klimakühlung auf Kühlschrankniveau reduziert hatte. Hier drinnen konnte sie wieder klar denken und wurde augenblicklich von ihrem schlechten Gewissen eingeholt. Während der gesamten Befragung hatte sie heimlich befürchtet, dass das Foto von den Münzen doch noch auftauchte. War es aber nicht. So konnte sie aber auch nicht wagen, von dem Münzfund zu berichten, aus Angst, nicht ernst genommen zu werden.

Gleichzeitig plagte sie jedoch das Gewissen, dass sie die Ermittlungen möglicherweise behinderte. Und zu allem Überfluss hatte sie auch noch Erich ans Messer geliefert. Lore konnte nur hoffen, dass Otto Wort hielt und seine Quelle nicht verriet. Sonst war sie Erich als Freund auch noch los. Lores Gedanken fuhren ein wildes Karussell, während sie ziellos durch die Stockwerke des Kaufhofs wanderte. Erst als es Zeit wurde, ins Café Journal zu gehen, verließ sie das Kaufhaus.

Draußen glühte die Hitze, und die Fußgänger sprangen von Schatten zu Schattenplatz. Lore ging zurück zum Marktplatz und ergatterte einen überdachten Platz im Café. Kaum saß sie, kam ein Kellner und fragte nach ihren Wünschen. Lore sah sich unschlüssig um. Die anderen Gäste tranken überwiegend ein orangefarbenes Getränk, das im Weinglas serviert wurde.

»Was ist das?«, fragte sie den Kellner.

»Spritz«, antwortete der.

Lore war verwirrt. »Wie bitte?« Sie nahm wahr, wie die anderen Gäste verstohlen grinsten.

»Wollen Sie einen oder nicht?«, Lore empfand es als das Einfachste, zu bestellen.

Als das Getränk kam, trank sie in großen Schlucken und bestellte gleich noch einen. Sie hatte mächtig Durst. Auch das zweite Glas leerte sie zügig. Ganz plötzlich glitt sie in einen eigenartigen Zustand. Ihr war blümerant zumute. War in dem Getränk Alkohol enthalten? Das hatte sie gar nicht bemerkt. Nun lief ihr der Schweiß aus allen Poren. Erst recht, als sie Erich aus dem Präsidium kommen sah. Am Torausgang blieb er zunächst stehen, um seine Augen an das Licht zu gewöhnen. Dann überquerte er die Straße und hielt nach ihr Ausschau. Lore hob ihre Hand, und er steuerte auf sie zu.

Seine Haut leuchtete noch röter als üblich, sein Haar lag auf seinem Schädel wie eine Haube Schnee. Doch die schien ihn nicht zu kühlen, denn ihm stand der Schweiß auf der Stirn. Das war das Erste, was Lore sah, als er näherkam. »Wisch dir mal das Gesicht ab«, sagte sie zur Begrüßung. Beim Reden fühlte sich ihre Gesichtsmuskulatur seltsam schlaff an. Sie war betrunken, und zwar gehörig, stellte sie fest, aber wenigstens waren dadurch ihre Schuldgefühle gedämpft.

Erich setzte sich auf den freien Platz an ihrem Tisch. »Dasselbe«, sagte er zu dem Kellner, der gerade vorbeikam. »Bist du verrückt?«, fuhr Lore ihn an. »Das ist Alkohol pur.«

»Wir haben auch eine Version ohne Alkohol«, sagte der Kellner im Vorbeigehen. »Für mich auch«, rief Lore ihm zu.

Erich nahm die Brille ab, um sich das Gesicht abzuwischen. »Wie war es?«, fragte Lore.

»Furchtbar«, sagte er, »die haben mir Fragen gestellt …«

Der Kellner mit den Getränken kam dazwischen. Lore und Erich hoben ihre Gläser mit dem orangefarbenen Inhalt und prosteten sich zu. Lore probierte und ärgerte sich.

»Da ist ja nochmal Alkohol drin.«

»Wollen wir tauschen?«, bot Erich an. Lore wehrte ab. Erich war bereits nüchtern ein miserabler Fahrer.

»Also welche Fragen«, hakte sie nach.

»Das ist diskret«, gab Erich mit hintergründigem Lächeln zurück. Lore hätte ihn aufspießen können. Wenn der wüsste, was sie alles wusste.

»Bist du verdächtig?«

Er schüttelte gedankenverloren den Kopf. »Die haben tatsächlich mich wegen der Einbrüche im Visier. Und meinen Enkel.«

Lore zog den Mund nach unten und hantierte mit ihrem Strohhalm. »Bei den jungen Leuten weiß man nie. Vielleicht arbeitet der mit Roma-Clans zusammen.«

Erich sah sie verständnislos an. »Wie bitte?«

Lore schüttelte den Kopf. Es machte keinen Sinn, ihm die Zusammenhänge der organisierten Kriminalität zu erklären.

»Was mich wundert …«, sagte Erich schließlich und schaute in die Ferne.

»Was?«

»Die wussten, dass ich gelegentlich auf Gugel Erde surfe. Kannst du dir das vorstellen? Woher wissen die das?« Sein Blick schien Lore zu durchbohren. Wenn Lore nicht wüsste, dass Erich ohne Brille blind wie ein Regenwurm war, hätte sie glauben können, er habe sie durchschaut.

Dennoch wurde ihre Kehle trocken. »Ich habe dir gesagt, das gesamte Internetz wird überwacht. Und wenn ein Verdacht besteht, erhält die Polizei alle Daten. Deshalb benutze ich nur harmlose Seiten.«

Erich seufzte. »Gugel Erde *ist* harmlos.«

»Kommt drauf an, was man damit anstellt. Wie geht es jetzt weiter?«

»Die überprüfen, ob mein Enkel Spuren an den Tatorten hinterlassen hat. Und meine Fingerabdrücke haben die auch gleich genommen.«

Lore lachte durch die Nase. »Jetzt bist du vorbestraft.«

Erich wurde blass, und Lore befürchtete schon, er werde wieder seinen Zech-Prell-Trick anwenden. Doch er legte ihr die Hand auf den Arm. »Du glaubst doch nicht, dass ich das war?«, fragte er treuherzig und musterte sie wirklich eindringlich. Lore war weichgespült vom Alkohol. »I wo, dazu bist du nicht fähig.«

Erich nickte dankbar und winkte dem Kellner. Offenbar steckte ihm der Schrecken vom Verhör noch in den Knochen und er hatte vor, die Rechnung legal zu begleichen. Er holte sein Portemonnaie heraus und bezahlte anstandslos alle Getränke. Nur beim Trinkgeld sparte er.

Auf dem Rückweg fühlte sich Lore müde und benommen. Gleichzeitig ergriff eine merkwürdige

Unruhe von ihr Besitz, als ihr etwas Fürchterliches klar wurde: Im Grunde war sie von lauter Verdächtigen umgeben. Gersprenz hatte mit den Einbrüchen zu tun, ihr Neffe benahm sich ebenfalls merkwürdig. Und bei Erich konnte man sich auch nicht wirklich sicher sein. Immerhin zeigte sein Ohnmachtstrick, dass auch er über ein gewisses Maß an krimineller Energie verfügte. Der Täter befand sich unmittelbar in ihrer Nähe, soviel war sicher.

Als Erich Lore auf der Veste absetzte, war ihr übel, und sie hatte Kopfschmerzen. Sie schleppte sich ins Haus und ließ kaltes Wasser über ihre Handgelenke laufen. In der Küche schwirrten mindestens fünf Bienen, eine surrte an der Ecke einer Fensterscheibe. Oh verdammt. Gersprenz hatte bestimmt die Tür offen gelassen. Nun hörte sie, wie sich die Terrassentür öffnete. »Gersprenz«, brüllte sie und war bereit, ihm eine zu kleben, sobald er im Türrahmen erschien.

Da spürte sie, wie sich ein wuchtiger Körper auf sie warf und sie zu Boden drückte. Sämtliche Luft wich aus ihrer Lunge und verursachte ein langgezogenes Stöhnen. Ein Arm wurde ihr auf den Rücken gedreht. Lore presste ein zweites Mal den Namen des Opas heraus, obwohl sie wusste, dass es sich nicht um Gersprenz handeln konnte. Den hätte sie längst überwältigt, während der Täter über ihr bedrohlich schwer und stark war. Sein heißer Atem fuhr ihr in den Nacken. Lore befürchtete schon, es handle sich um eine Vergewaltigung, da drängte seine Stimme an ihr Ohr.

»Wo ist die Dose, du Schachtel.«

Dieser Mann begehrte definitiv etwas anderes als ihren Körper. »Welche Dose?«, ächzte sie. Der Druck auf ihrem Arm wurde so schmerzhaft, dass sie wieder laut stöhnte.

»Die Dose, die du geklaut hast. Wo ist sie?«

Lore begriff, dass es sich um den Busfahrer handelte. Warum war der so scharf auf das Pulverzeug? »Ich habe sie nicht.« Nun griff er ihr so derb in die Haare, dass sie das Gefühl hatte, gerupft zu werden. In diesem Moment ertönte im Flur ein Knall und eine dünne Stimme rief: »Polizei!« Der Busfahrer ließ sie augenblicklich los, sprang auf und flüchtete behände über die Terrasse. Im nächsten Moment standen Gersprenz und Krummsiegel in der Küche und betrachteten sie schweigend.

»Ist Ihnen etwas passiert?«, fragten sie Lore und halfen ihr auf. Lore setzte sich auf den Küchenstuhl, den Gersprenz ihr hinschob, und rieb sich die schmerzende Kopfhaut.

»Ein Einbrecher, das sehen Sie doch, er hat mich überfallen«, stöhnte sie.

Gersprenz schlug die Hände vor den Mund. »Um Gottes willen, dann war er noch da!«

»Wie?«, fragte Lore. Gersprenz setzte sich zu ihr und ergriff ihre Hand. »Ich kam nach Hause, da waren die Sachen hier durchwühlt. Da bin ich ins Museum, Verstärkung holen.« Er sah Krummsiegel an. Lore entzog ihre Hand der von Gersprenz und sah von einem

Helden zum anderen. Selbst zu zweit hätten sie den Kerl nicht überwältigen können.

Es gelang ihr, Krummsiegel so weit zu beruhigen, dass er nicht die Polizei rief und wieder rüber ins Museum ging. Es gelang ihr aber kaum, den überschwänglich besorgten Gersprenz zu beruhigen. Und sie wunderte sich, dass diese Veronikas so einen Aufstand machten wegen ein bisschen Gesundheitsmittel. Lore suchte nach der Dose und betrachtete den Inhalt. Er wirkte absolut harmlos. Auf den Schrecken beschloss sie, sich eine Portion einzuverleiben.

FLUCHT

Frank Weismann war sein Leben lang auf der Flucht gewesen. Dabei war er in Verhältnisse hineingeboren worden, in denen es sich andere nur zu gerne bequem gemacht hätten. Seine Eltern waren reiche Bierbrauer und in der Gegend bekannt. Es hatte ihm an nichts gefehlt. Noch nicht mal an Liebe. Vor dem erdrückenden Reichtum und der Liebe seiner Eltern war er geflohen, in dem er sich im teuersten Internat in der Schweiz eingeschrieben hatte. Hier war Luxus etwas so Selbstverständliches, dass er niemandem weiter auffiel. Nach einem verpatzten Abitur machte er sich auf zu einer Weltreise, die vornehmlich der Opiumroute folgte: Türkei, Iran, Afghanistan, Indien, Bangladesh, Myanmar bis ins Goldene Dreieck bei Chiang Mai. Sie reisten zu dritt, Stefan aus dem Internat und Bastian, den sie unterwegs kennengelernt hatten. Sie reisten in Bussen, Bahnen oder auf deren Dach. Innerhalb kürzester Zeit waren sie alle drei dürr, abgebrannt und trugen fadenscheinige Jeans. Frank, der vornehmen Luxus gewohnt war, gewöhnte sich schnell an das spartanische Traveller-Leben. Seinen Verhältnissen konnte er entfliehen. Nicht seiner Pechsträhne. Wenn am Reiseziel ein Rucksack fehlte, war es immer der von Frank. Wenn das Hotelzimmer ausgeraubt wurde, fehlten stets die Sachen von Frank. Wenn sie überfallen wurden, wendeten sich die Banditen stets an Frank. So war es auch Frank, der sich in dem abgewirtschafteten Kaff voller thailändischer Prostituierter und Drogenhändler eine Geschlechtskrankheit einfing. Und deren Behandlung, obwohl nach traditionellen primitivsten Methoden durchgeführt, war teuer. Frank brauchte Geld. In einer Absteige für GIs lernte Bastian einen Typen kennen, der eine todsichere Methode kannte, zu Geld zu kommen. In Särgen von gefallenen GIs sollten sie Stoff in den Westen schmuggeln.

Sobald Frank wieder auf den Beinen war, ging es los. Gestorben wurde im Vietnamkrieg wie am Fließband. Bastian und Frank machten den Stoff klar, der Amerikaner den Transport. Sie teilten die Lieferung in drei Sendungen. Bastians Sendung ging klar. Als er den Seesack an der amerikanischen Airbase des Rhein-Main-Flughafens abholte, befand sich in seinem Gepäck eine Menge reinster Stoff, deren Verkauf es ihm erlaubte, ein Wirtschaftsstudium in Berlin durchzuziehen. Auch Stefans Seesack war gefüllt, er steckte alles in einen Plattenladen, nur um zwei Jahre später wieder mittellos dazustehen. Als Frank zum Flughafen kam, erwarteten ihn der Bundesgrenzschutz und die amerikanische Militärpolizei, um ihn festzunehmen.

Dabei hatte er noch Glück, dass er auf dem europäischen Kontinent gefasst wurde. In Asien hätte ihn für dieses Vergehen der Strang erwartet. Seinem Vater, der neben seinen Tätigkeiten in der Bierdynastie über diplomatische Verbindungen verfügte, gelang es, Franks Namen aus den Polizeiakten herauszuhalten. Dafür musste er Sozialstunden leisten in Einrichtungen, in denen er mehr Knackis kennenlernte, als wenn er im Gefängnis eingesessen hätte.

Durch den Schrecken war Frank zunächst geläutert und gründete ein Unternehmen zur Vermittlung von Fachkräften. Reinigung, Schlachtungen und Ernten. Das lief eine Weile so gut, dass Frank sich angekommen fühlte in einer Welt von Luxus, die seinen Vorstellungen entsprach. Großes Haus, schöne Autos, junge Frauen unterstrichen seinen Lebensstil. Doch dann kamen die Osteuropäer und mit ihnen die konkurrenzlosen Preise.

Frank reagierte zu langsam, um hier einzusteigen, und im Nu war er zahlungsunfähig. Titus, ein Kontakt aus seinen Sozialstundenzeiten, griff ihm unter die Arme. Er brauchte Franks Unternehmen zur Geldwäsche. Als Frank dahinter kam, für welche Geschäfte, machte Titus ihn zum Teilhaber. Titus kümmerte sich um das operative Geschäft, während Frank Logistik und Aufbau eines Vertriebsnetzes übernahm. Opium, Kokain, Chrystal.

Dass Frank bei der Aufgabenverteilung wieder den Schwarzen Peter gezogen hatte, bemerkte er, als er von rivalisierenden Banden massiv attackiert wurde. Der Drogenmarkt war hart umkämpft. Die osteuropäischen Mafias, die russischen Mafias und die Asiaten, alle wollten ihre Drogen im Markt platzieren und alle waren zu gierig, um zu teilen. Weismann war schon seit geraumer Zeit ins Visier der Vietnamesen geraten.

Nun hatten sie ihre Drohungen wahrgemacht und ihm demonstriert, dass sie alles über ihn wussten. Dass auch die Familie nicht verschont wurde. Und dass er bei dem letzten Besuch seiner Mutter die Dosen vertauscht hatte, machte sein Pech perfekt. Nun hieß es, das Gartenhäuschen leer machen, und zwar schleunigst. Nur aus diesem Grund hatte er das Frankfurter Striplokal aufgesucht.

»Viertausend«, flehte Weismann den Türsteher an, »für weniger kann ich es dir wirklich nicht geben.«

Sein Gegenüber presste die Kiemen aufeinander, als wolle er seine Zähne sprengen. »Ich will nicht handeln.

Wir haben Anweisung, im Moment nichts zu kaufen. Boss will sich nicht die Finger verbrennen.«

»Ich muss das Zeug sofort loswerden, sonst kann ich es gleich ins Klo schütten.«

»Dann mach das.«

Weismann schluckte. Sein Gegenüber wandte sich zum Gehen. Weismanns Blick streifte durch den Raum des Striplokals. Die Stangen, an denen sich sonst die Tänzerinnen rekelten, glänzten matt im blauen Licht. Hinter der Bar polierte eine verbrauchte Dunkelhaarige die Gläser. Im Büro sah Weismann jemanden sitzen, der Geld zählte, sein Gesicht erkannte er nicht.

»Zweifünf«, rief Weismann dem Türsteher zu, der Anstalten machte, sich ebenfalls ins Büro zurückzuziehen. Er näherte sich nun wieder.

»Okay, ich nehme das Zeug privat. Einsfünf.«

Nun knirschte Weismann mit den Zähnen. Aber er besaß Lebenswillen genug, um zu erkennen, dass das seine einzige Chance war.

BAUERNOPFER

»Glauben Sie, er ist schuldig?« Brenneisen hatte das Protokoll über die Vernehmung von Erich Rübsamen fertiggestellt und reichte es Otto ins Büro. Otto war davon überzeugt, dass Rübsamen schuldig war. In vollem Umfang. Doch das teilte er Brenneisen nicht mit. Otto nahm den Bericht entgegen und las das Verhör noch einmal durch.

Auf den ersten Blick hatte Otto lächeln müssen, der Mann mit dem roten Kopf und dem tadellosen Anzug war recht verunsichert darüber, dass die Polizei sich für ihn interessierte. Ottos Kaffee hatte er gerne angenommen und ihn in wenigen Zügen getrunken wie Wasser. Gutmütiger Trottel, war Ottos erstes Urteil. Doch dann realisierte er, dass dieser Rübsamen alles andere als harmlos war, und der Eindruck bestätigte sich, als er das Protokoll erneut überflog.

Brenneisen hatte das Verhör ganz direkt eröffnet.

»Die Einbrecher haben die Wohnungen ausgespäht. Können Sie nachvollziehen, dass wir Sie verdächtigen?«

»Äh, nein, gar nicht. Wie denn ausspähen?«

»Nun, zum einen besitzt Ihr Enkel, mit dem Sie unter einem Dach leben, eine Späh-Drohne.«

»Bitte was?«

»Eine Flug-Drohne mit eingebauter Kamera, mit der man Objekte ausspionieren kann.«

»Also damit habe ich überhaupt nichts zu tun.«

»Und Sie spähen die Nachbarschaft aus mit Google Earth.«

»Wie kommen Sie darauf?«

Hier hörte man eine Weile nichts außer dem Ticken der Wanduhr und dem Rumpeln der vorbeifahrenden Straßenbahn.

»Leugnen ist zwecklos. In Verdachtsfällen können wir die Server-Adressen überprüfen, und wir haben bei Ihrem Server eine erhebliche Spionage-Tätigkeit festgestellt.«

Otto musste noch im Nachhinein grinsen über diesen Bluff. Seit der NSA-Affäre konnte man den Leuten alles erzählen. Wichtig war, dass er die Kukuk aus dem Spiel hielt. Das hatte er ihr versprochen.

»Ich kann nur sagen, ich bin unschuldig. Ich breche in keine Wohnungen ein, ich habe eine gute Rente und brauche nicht mehr.«

An dieser Stelle war Rübsamen deutlich nervös, aber das konnte auch am Kaffee liegen.

»Was ist mit Ihrem Enkel? Haben Sie ihm die Daten zukommen lassen, wenn Sie ein lohnenswertes Objekt aufgespürt hatten?«

»Mein Enkel ist ebenfalls kein Verbrecher, wie kommen Sie zu so einer Annahme? Wir sind eine anständige Familie, wir lassen uns nichts zuschulden kommen.«

»Sie befanden sich kürzlich auf einer Reise …«

»Ja, Veronika-Reisen. Gemeinsam mit meiner Freundin Lore Kukuk.«

Nun hörte man erneut das Uhrenticken. Dann fuhr Otto fort. »Haben Sie da etwas Auffälliges bemerkt?«

»Nein.« An dieser Stelle hatte der alte Mann seinen Kragen geweitet, doch Otto hatte kein Mitleid gezeigt. Er hatte die Liste mit den Tatzeiten auf den Tisch gelegt und versucht, Erich auf die Alibis festzunageln. Der alte Mann war richtig ins Schwimmen gekommen, Brenneisen hatte Otto schließlich sachte Einhalt geboten.

Otto legte den Bericht auf die Seite. Dieser Kerl war also der Grund, warum die Kukuk sich ihm, Otto, so hartnäckig verschloss. Warum hatte sie ihm nicht gesagt, dass sie anderweitig gebunden war? Sie war Rübsamens ›Freundin‹, auch wenn der Gedanke mehr als lachhaft war. Jedenfalls war damit Rübsamen schuldig im Sinne von Ottos Anklage. Das Telefon lenkte Otto von seinen Gedanken ab. Helm war am Apparat. Otto erkannte ihn an der Nummer, denn der Gerichtmediziner machte sich am anderen Ende lediglich durch ein leises Blöken bemerkbar.

»Helm, was gibt's?«, fuhr Otto dazwischen, dem nicht nach Scherzen zumute war.

»Kälberfutter.«

»Wovon reden Sie?«

»Das Medic-Form-Produkt, das Sie mir gestern haben zukommen lassen. Von außen Anti-Age, von innen schnödes Protein-Pulver, das in dieser Zusammensetzung auch zur Kälbermast eingesetzt wird. Oder zum Mästen von Muskelprotzen.«

»Ist das gesundheitsgefährdend?«

»Nein, eher wirkungslos.«

Otto bedankte sich und legte auf. Er überlegte, die Kukuk vor den Inhaltsstoffen des Mittels zu warnen, aber es bereitete ihm eine kindische Befriedigung, dies noch nicht zu tun. Sollten sie und dieser Rübsamen sich doch erst noch ein bisschen mit dem Dreck vollstopfen und Magenkrämpfe bekommen.

Er griff zum Telefon, um Brenneisen hereinzurufen. »Helm hat uns mitgeteilt, dass Veronika Kälberfutter vertickt. Wir können eine Durchsuchung anordnen.«

»Eines nach dem anderen«, erwiderte Brenneisen. »Wir fahren jetzt erst mal zu diesem Weismann.«

Otto war überrascht. »Wieso Weismann?«

»Die Vernehmung wegen des Chrystal Meth?«

Nun erinnerte sich Otto. Im Blut der Toten aus Dietzenbach war Chrystal Meth gefunden worden. Daher wollten sie dem Sohn der Toten noch mal ein wenig auf den Zahn fühlen.

Otto war nicht nach einer weiteren Vernehmung zumute, eher nach einer Literflasche Cognac auf der Couch, aber wo Chrystal Meth im Spiel war, war schnelles Handeln angesagt.

Brenneisen und Otto fuhren nach Rödermark und kamen zeitgleich mit dem Bewohner der Villa an. Bevor Otto ausstieg, ließ er Peppy an einem mit der Substanz präparierten Lappen schnüffeln. Als sie die Protzvilla betraten, flüsterte er dem Hund ein unauffälliges »Such« zu.

Frank Weismann wirkte bei diesem Aufeinandertreffen kooperativer, fast weich. Er lud sie ein, in seinem grandios hässlichen Wohnzimmer Platz zu nehmen, und bot ihnen etwas zu trinken an. Otto und Brenneisen lehnten ab und kamen gleich zur Sache.

»Ihre Mutter hatte Chrystal Meth zu sich genommen, bevor sie starb. Haben Sie dafür eine Erklärung?«

Der Mann wirkte ehrlich fassungslos. »Das kann nur ein Irrtum sein. Vielleicht hat sie zu viel von ihrer Medizin genommen?«

»Welche Sorte Medizin nahm Ihre Mutter denn ein?«

Der Sohn zuckte mit den Achseln. »Das müssen Sie ihren Arzt fragen. Sie hat vor zwei Jahren ein künstliches Hüftgelenk bekommen, die OP ist nicht allzu gut verlaufen, sie hatte Entzündungen, vielleicht war es auch dieser Krankenhausvirus. Auf jeden Fall war sie in Behandlung.« Der Sohn gab ihnen die Adresse des Arztes.

In diesem Moment ließ Otto Peppy von der Leine. Der sauste quer durchs Wohnzimmer und entwischte durch die Terrassentür. An dem hölzernen Gartenhäuschen schlug er an.

Otto und Brenneisen folgten ihm nach draußen.

»Können wir da einen Blick hineinwerfen?« Der Hausbesitzer nickte jovial und öffnete die Tür, durch die sich der Hund sogleich ins Innere drängte, wo er einen erheblichen Radau veranstaltete. Otto belohnte ihn und befahl ihm dann, ruhig zu sein.

»In ihrem Gartenhäuschen müssen Drogen aufbewahrt worden sein«, sagte er zu Weismann. »Was haben Sie dazu zu sagen?«

Weismann lachte geradezu erleichtert. »Ja, ich hatte letztes Jahr Probleme mit Jugendlichen, die im Sommer im Gartenhäuschen campiert hatten.«

»Haben Sie das angezeigt?«

Weismann nickte. »Das müsste aktenkundig sein. Überrascht mich nicht, dass da Spuren von Drogen vorhanden sind.« Er lachte verschwörerisch.

»Wurden damals Drogen sichergestellt?«, fragte Otto

»Nein. Ihre Kollegen hatten damals alles gründlich durchsucht, scheinbar wurden hier Drogen nur vorübergehend aufbewahrt.«

»Schon ein Zufall. Mein Hund schlägt auf Drogen an, und Ihre Mutter hat welche genommen«, sagte Otto. Weismann, der sehr gefasst wirkte, zuckte nur mit den Schultern und blickte Brenneisen fragend an. Der nickte leicht mit dem Kopf, was so viel bedeutete, dass er sich um die Angelegenheit wegen der Jugendlichen kümmern werde.

Otto beschloss, das Thema zu wechseln. »Konnten Sie inzwischen feststellen, ob Wertgegenstände aus der Wohnung Ihrer Mutter gestohlen worden sind?«

Weismann nickte. »Ja, verschiedene Bilder und mehrere Tausend Euro, die sie immer in der Schublade aufbewahrte …«

Wirklich besorgt wirkte der Sohn wegen der Verluste eher nicht. Otto hatte den Verdacht, dass es hier um einen hübschen kleinen Versicherungsbetrug ging, wollte sich damit aber nicht weiter aufhalten.

»Wo waren Sie zur Zeit des Einbruchs?«

Weismann runzelte die Stirn. »Ich saß mit dem Insolvenzausschuss zusammen. Gegen sechs Uhr nachmittags erreichte mich dann der Anruf von dem Brandanschlag.«

Otto nickte. Das Alibi war leicht zu bestätigen. Er ließ sich eine Karte des Insolvenzausschusses geben. »Seltsam, dass keiner der Nachbarn etwas gesehen hat, am helllichten Tag.«

Weismann nickte.

»Sind Sie der alleinige Erbe?«

Weismann schlug die Augen nieder. »Ja, mein Vater verstarb schon vor Jahren. Ich bin der einzige Erbe. Das heißt, wenn sie mich nicht enterbt hat.« Der Sohn blickte sie an, als sei dies durchaus eine realistische Option. Otto konnte es der alten Dame post mortem nicht verdenken.

Brenneisen und Otto verabschiedeten sich.

Auf der Rückfahrt rekapitulierten sie ihre Ermittlungen.

»Glauben Sie, Weismann hat etwas mit den Drogen zu tun?«

Brenneisen zuckte die Achseln. »Wir haben keine Beweise.«

»Der Hund?«, erwiderte Otto. »Er war immerhin mal Sprengstoff-Suchhund.«

Brenneisen warf einen zweifelnden Blick auf den Pudel. »Eben.«

»Und er hat in unserem letzten Fall das Lavendelöl aufgespürt, mit dem die Täterin zig Männer getötet hat. Und ich habe Peppy vorher Chrystal Meth schnuppern lassen. Er war also auf den Stoff angesetzt.«

»Vielleicht ist er high«, schmunzelte Brenneisen.

Blöder Kerl, dachte Otto. Doch dann kam er auf eine Idee. »Wenn Peppy tatsächlich Sprengstoff erschnuppert hat …« Dann wäre dies ein Hinweis auf die Herkunft des Brandsatzes.

Brenneisen und Otto tauschten einen langen Blick.

»Ich kümmere mich um einen Durchsuchungsbeschluss«, sagte Brenneisen und klemmte sich an den Hörer.

VERDRÄNGUNGEN

Am Präsidium angekommen stieg Otto in seinen Wagen und fuhr los. Zunächst war es eine ziellose Fahrt, doch dann steuerte er Richtung Flughafen Egelsbach. Unterwegs hielt er an, um eine Flasche Cognac zu kaufen. In Egelsbach hielt er nicht am Flughafen, sondern fuhr weiter zur Tierherberge. Jetzt am Nachmittag stand die Sonne schräg und flimmerte durch die Bäume. Otto stellte den Wagen am Waldrand ab. Er ließ Peppy aus dem Auto springen und seine Geschäfte erledigen, dann ging er auf die Herberge zu. Hinter dem Zaun dröhnte das Bellen der Hunde, das bereits mit seinem Motorgeräusch eingesetzt war. Otto klingelte, niemand öffnete. Otto klingelte wieder und wartete kurz, dann erblickte er einen Schal. Offensichtlich von einer Frau. Er hob das Tuch auf und schnupperte an dem zart parfümierten roten Stoff.

Nun erblickte er auf dem Weg, der in den Wald führte, eine Spaziergängerin, die sich von ihm entfernte. Dabei schwankte sie von einer Wegseite zur anderen. Kaum war sie rechts, hielt sie inne, um fast orientierungslos zur anderen Seite zu schwanken. Otto vermutete zunächst Alkohol. Dann stellte er fest, dass die Frau jemanden suchte. Hoffentlich kein Kind, schoss es ihm durch den Kopf, und er folgte ihr. Als er ihr etwas näher gekommen war, hörte er, wie sie einen Namen rief. Er verstand nicht, welchen, aber es klang eher nach einem Tiernamen, wie er erleichtert registrierte. Er rief mehrmals Hallo, bis sie sich umdrehte.

Es war Beate, die Tierpflegerin, er hatte sie nicht erkannt, weil ihr Haar kürzer war. Und irgendwie welliger. Im Laufschritt holte er zu ihr auf. »Was ist passiert?«

»Cary, unser neuer Dalmatiner, ist mir abgehauen«, sagte sie mit tränennassen Augen. Von Nahem betrachtet, schien sie auch jünger geworden zu sein. Oder machte Weinen Frauen jünger?

»Aus der Herberge entwischt?«, fragte Otto.

Die Pflegerin nickte. »Er ist hier herunter gelaufen und dann abgehauen.«

»Hat er einen Hasen oder so etwas gesehen?«

Die Pflegerin schüttelte den Kopf. »Wir haben den Hund ganz neu bekommen. Weiß nicht, ob er jagt.«

»Hast du eine Leine? Oder etwas, das nach ihm riecht?« Die Pflegerin reichte ihm die Leine. »Die benutzen wir für viele Hunde. Aber mit der hatte ich ihn vorhin berührt.« Otto pfiff Peppy herbei und ließ ihn an der geflochtenen Leine schnuppern.

»Such«, stieß er aus. Er glaubte, den hoffnungslosen Blick der Pflegerin in seinem Rücken zu spüren. Doch er war von Peppys Fähigkeiten überzeugt. Peppy begann sofort an der Leine zu zerren und führte ihn geradewegs in den Wald, weg vom Waldweg, hin Richtung Straße. Otto drehte sich zu der Pflegerin.

»Du bleibst hier, falls er zurückkommt.« Und schon musste er sich umdrehen, denn Peppy schnürte zielstrebig vorwärts. Ottos Füße peitschten durch das Laub, er musste über Äste und kleine Baumstämme springen. Sie überquerten die vielbefahrene Straße. Auf der anderen Seite ging es weiter querfeldein. Nach 15 Minuten ging Otto die Puste aus. Und die Hoffnung. Er ließ Peppy anhalten und lauschte in die Stille des Waldes. Ein paar Vögel zwitscherten, vereinzelt raschelten Mäuse im Laub. Weit und breit kein Dalmatiner. Peppy kläffte und sah auffordernd zu ihm auf. Otto überkamen Zweifel. Vielleicht war Peppys Nase doch nicht so fit wie erhofft?

Doch der Hund drängte weiter, und Otto folgte. Sie machten einen großen Bogen und kamen schließlich an eine Lichtung. Der schwarz-weiße Hund mittendrauf. Peppy lockte ihn mit Kläffen näher, und Otto gelang es, ihn anzuleinen. Er kam mit beiden Hunden zurück wie der Krieger aus der Schlacht, die Pflegerin rannte ihnen entgegen und umarmte den Hund, als sei es ihr eigener. »Wie siehst du denn aus?«, lachte sie und deutete auf seine Hosenbeine. Die waren fast bis zum Knie mit Schlamm bedeckt. Otto hatte gar nicht bemerkt, dass er teilweise durch Sumpfgebiet gelaufen war. »Komm mit rein, ich mache dich sauber«, sagte sie. Otto holte den Cognac von der Sitzbank und folgte der Pflegerin durch das Hundegeheul nach drinnen.

KATERSTIMMUNG, DIE ZWEITE

Otto erwachte von Hundekläffen, orientierungslos sah er sich um. Nein, dies war nicht die schäbige Decke der Tierpension, dieses Zimmer war weiß getüncht, mit einer geblümten Lampe, überall geblümte Kissen, auch auf dem Boden, wo Otto gestern die Pflegerin ausgezogen hatte. Tja. So hatte der Tag geendet. Sie waren nach ihrem Dienstschluss zu ihr gefahren, hatten den Dalmatinerfund mit Cognac begossen, und er war auf dem Sofa über sie hergefallen. Und dann eingeschlafen. Eindeutig zu viel Cognac. Erst jetzt bemerkte er, dass das Kläffen, das sich in seine Ohren drängte, sein Telefon war. Er fummelte nach seinem Sakko, das auf dem Boden lag. Brenneisen meldete sich, in seiner Stimme lag eine freudige Erregung. »Neuer Einbruch in Zipfen. Heute Nachmittag zwischen 15 und 17 Uhr.«

»War die Person auf Frau Kukuks Liste der Veronika-Reisenden?«

»Nein.«

Otto ließ sich die Adresse geben und schaute auf die Uhr. Jetzt war es halb sieben. Er schlug die Decke, die Beate offensichtlich über ihn gelegt hatte, beiseite und zog sich an. Nun kam Beate in den Raum, ein Tablett mit Tassen balancierend. Otto hoffte, es sei Kaffee.

»Jasmin-Tee«, lächelte sie. Otto trank ein paar große Schlucke aus Höflichkeit, wobei er sich aus Höflichkeit den Gaumen verbrannte, rief Peppy herbei und verabschiedete sich.

Er kaufte unterwegs zwei Kaffee an einer Tankstelle, trank sie beide im Stehen, und war eine halbe Stunde später am Tatort.

Wieder ein frei stehendes Häuschen, umgeben von einem Jägerzaun, alles penibel gepflegt und geordnet. Die Bewohnerin, Gerlind Beck, war hingegen völlig aufgelöst.

»Weg, alles weg«, weinte sie und zeigte ihnen Nägel, an denen Bilder gehangen hatten, und Schubladen, die ausgeräumt worden waren. »Am helllichten Tag ausgeraubt, das ist in Zipfen noch nie vorgekommen.«

Otto nickte anteilnehmend, und sie nötigten die aufgelöste Frau dazu, sich zu setzen. Im Raum wimmelte es von Kollegen der Spurensicherung. Otto war bereits jetzt davon überzeugt, dass kaum etwas zu finden sein würde.

»Wo es jetzt schon Tote gegeben hat, kann ich ja von Glück sagen, dass ich nicht zu Hause war. Wenn ich mir vorstelle, die wären auch mit einem Brandsatz gekommen …« Gerlind Beck wandte den Kopf ab, um den anderen nicht ihr erschüttertes Gesicht zu zeigen.

»Wann genau ist der Einbruch denn geschehen?«

»Ich war einkaufen in Groß-Umstadt. Heute Nachmittag um drei.«

»Wann waren Sie wieder da?«

»Um fünf.«

»Haben Sie etwas offen gelassen?«

Sie sah Otto an, als handle es sich bei ihm höchstpersönlich um den Einbrecher. »Natürlich nicht, wofür halten Sie mich? Ich schließe immer doppelt ab und verriegle die Tür.«

Brenneisen, der sich im Haus umgesehen hatte, wies darauf hin, dass der Einbrecher durch die Kellertür hereingekommen war. Kaum Einbruchspuren, die Tür war mit einem einfachen Hebeleisen zu öffnen gewesen. Genauso einfach war der Zimmersafe zu knacken, keine wirkliche Herausforderung.

Frau Beck rang die Hände.

»Vermissen Sie Kreditkarten und Geldkarten, und haben Sie diese sperren lassen?«, fragte Otto.

Frau Beck nickte. »Aber die Sammlung an Darmstädter Stichen war ein Vermögen wert. In meinem Safe waren Bargeld und eine Sammlung Briefmarken.«

»Wieso bewahren Sie so etwas nicht bei der Bank auf?«

»Hier wird doch nichts geklaut«, entgegnete die Bewohnerin aufbrausend.

»Sind Sie jemals mit Veronika-Reisen verreist?«, fragte Brenneisen. Die Frau mit dem verschwollenen Gesicht schüttelte langsam den Kopf. »Und verreisen werde ich mir vorerst auch nicht leisten können. Alles Ersparte weg.« Brenneisen und Otto tauschten einen hilflosen Blick.

»Ist in Ihrem Leben etwas Ungewöhnliches aufgetreten in letzter Zeit«, fragte Otto. »Wurden Sie beobachtet, sind neue Menschen in Ihrer Umgebung aufgetaucht?«

Frau Beck schien zu überlegen. »Eine neue Putzfrau habe ich, aber die putzt in der ganzen Nachbarschaft. Und neulich war ein neuer Gärtner da, aber der arbeitet auf der Burg und ist bestimmt vertrauenswürdig. Frau Kukuk hat ihn mir empfohlen.«

»Wir werden die Alibis dieser Personen überprüfen«, sagte Otto.

LIEBESWAHN

»Natürlich, ich sage dem Kursleiter Bescheid.« Lore stand im Flur ihres Häuschens. Gerlind war am anderen Ende und hatte ihr atemlos von dem Verbrechen berichtet. »Alles weg, alles weg!«, wiederholte die Arme immer wieder.

Lore war zutiefst erschüttert. »Soll ich vorbeikommen?«, fragte sie zögernd.

Doch Gerlind wehrte ab. »Meine Tochter kommt später zu mir.«

Lore nickte erleichtert. »Gut, dass du jetzt nicht allein bist.« Durch das Flurfenster konnte sie den Gärtner sehen, der im Burghof die Rosen beschnitt.

»Wann ist der Einbruch denn genau passiert?«

»Heute Nachmittag zwischen drei und fünf Uhr.« Lore war erleichtert. Der Gärtner war den ganzen Nachmittag hier gewesen. Erst hatte er sich um das von Gersprenz zerrupfte Beet gekümmert. Und dann war er bei den Rosen gewesen. Und Gersprenz war auch den ganzen Nachmittag hier gewesen. »Ich komme morgen vorbei«, sagte Lore und legte den Hörer auf.

»Was Schlimmes?«, hauchte es direkt in ihren Nacken. Lore fuhr herum und blickte in ein paar triefende Augen. Diese Augen, die in den letzten Tagen einen neuen Ausdruck angenommen hatten. Das Fordernde, Dreiste war verschwunden und etwas anderem gewichen, etwas Gefühlvollem, das Lore sich strikt weigerte, zu akzeptieren. Sie stieß ihn von sich und ging in die Küche, um ein Glas Wasser zu trinken. Er folgte ihr. »Lass mich das machen«, sagte er, als sie den Wasserhahn aufdrehte.

»Magst du einen Schluck Wein?«, fragte er, nachdem sie ihn auch hier weggestoßen hatte.

»Spinnst du, ich muss zum Internetzkursus«, sagte sie und leerte ihr Glas. Der Mann hing mit diesem merkwürdigen Blick an ihren Lippen und raubte ihr den letzten Nerv.

Angefangen hatte es seit dem Vorfall mit den Blumen, den sie noch immer nicht verziehen hatte. Seitdem brachte Gersprenz ihr täglich Blumen von der Tankstelle mit, Lore warf sie jedes Mal in den Müll. Nicht nur, weil sie ihn nicht weiter ermuntern wollte, sondern weil sie sich vor Tankstellenblumen ekelte. Die steckten doch voller Pestizide und Benzindämpfe. So etwas kam ihr nicht in ihre vier Wände. Aber auch so hatte sie keine Ruhe mehr vor Opa Gersprenz. Er half beim Kochen, und wenn sie das nicht zuließ, trocknete er ab. Geschirrspülen hatte sie ihm strikt verboten, nachdem er die Hälfte ihres Geschirrs in dem Porzellanbecken zerschlagen hatte. Er überschüttete sie mit Liebesbeweisen und wurde sogar zudringlich, wenn er seinen Pegel an Wein überschritten hatte. Nachts schloss sie nun die Tür ab. Nur zur Sicherheit.

Während Lore sich zum Ausgehen fertigmachte, beobachtete sie, wie er sich von seinem Weißdorntee einschenkte, an den Küchentisch setzte und in kleinen Schlucken trank. Wenn sie genau überlegte, hatte es angefangen, nachdem sie ihm diesen Tee verabreicht hatte. Hatten seine Avancen etwas mit dem Weißdorn zu tun? Sie überprüfte im Arzneikasten, ob sie das Pulver mit einem Aphrodisiakum verwechselt hatte, etwa dem Liebespfeffer oder der Alraune. Aber nein. Sie schnupperte. Das Pulver hatte sogar den charakteristischen leicht stinkigen Geruch. Als es klingelte, verstaute sie die Fläschchen wieder sorgfältig im Kasten und schob ihn in die Nische.

Es war Erich, der sie zum Surfkurs abholen kam. Er war verschwitzt bis hin zum Einstecktuch. Nachdem sie sich in seinen Wagen gesetzt und angeschnallt hatte, ließ er den Treppenlift anfahren, wie immer fast geräuschlos. Bequem waren die Dinger ja schon. Wenn Lore da an Edels ersten Renault 5 dachte. Man saß wie auf einem Blechkanister, die Gangschaltung befand sich neben dem Lenkrad und wurde nach einem Lore nicht ersichtlichen Prinzip nach vorn und hinten geruckelt.

Für kurze Zeit nach Omas Tod hatte Lore einen DAF gefahren. Der sah von vorn so aus wie von hinten und fuhr auch in beide Richtungen gleich schnell. Das war auch ein Automatikfahrzeug, sonst hätte Lore sich von Ronni gar nicht überreden lassen, damit auf dem riesigen Parkplatz herumzukurven. Das Ding klang wie eine Mischung aus Rasenmäher und Nähmaschine, am Ende hatte sie sich sicher genug gefühlt, den Rhönring in Darmstadt hochzufahren.

Wenn sie einen Vergleich anstellen sollte, wie sich das Leben von früher und heute unterschied, dann konnte sie sagen: Es war die Bequemlichkeit. Alles war heutzutage angenehmer und komfortabler. Es gab Maschinen, die einem die Arbeit abnahmen, Handrührgeräte kneteten den Teig und waren dabei ganz leise, die Straßen waren mit Asphalt geglättet, Straßenbahnen glitten sanft gefedert über die Schienen, statt wie früher zu poltern, als würden sie jeden Moment aus der Fahrrinne springen. Selbst diese kleine Schubkarre von Auto war komfortabler ausgestattet als in früheren Zeiten der Mercedes, den ihr Vater fuhr.

»Wie geht es Gerlind?«, fragte Erich. Selbstverständlich wusste bereits der ganze Landkreis von dem neuerlichen Verbrechen. Und dann auch noch am helllichten Tag.

»Schlecht«, gab Lore zurück. Erich nahm so scharf die Kurve, dass Lore Angst hatte, die Kiste würde kippen.

»Fahr langsamer!«, herrschte sie ihn an.

»Man fühlt sich ja gar nicht mehr sicher in den eigenen vier Wänden«, sagte Erich.

»Wo warst du denn um diese Zeit?« Lore musterte ihn von der Seite. Er erwiderte ihren Blick mit einem vielsagenden Lächeln. »Dass du mir das zutraust, ehrt mich, Lore.« Den Rest der Fahrt über redeten sie nichts mehr. Lore war gefangen in ihren Gedanken, außerdem wollte Sie Erich nicht bei der Fahrt ablenken.

Der Raum des Gymnasiums, in dem der Kurs stattfand, war aufgeheizt, und auch die weit geöffneten Fenster konnten nichts zur Abkühlung beitragen. Die Seminarteilnehmer standen in Grüppchen zusammen und redeten, Lore vermutete, über den Einbruch bei Gerlind. Als die anderen Teilnehmer Lore erblickten, sahen sie sie vorwurfsvoll an. »Wird denn nicht mal bald was geschehen? Man fühlt sich ja nirgends mehr sicher«, sagte Ilse.

Lore setzte sich an ihren Platz. »Bin ich die Polizei?«, gab sie zurück.

»Na du hast doch beste Verbindungen.« Lore versteckte sich hinter ihrem Bildschirm. Es ärgerte sie ja selber, dass Otto in seinen Untersuchungen nicht weiter kam. Als der Seminarleiter den Raum betrat, verstummten die Gespräche. Auch die anderen setzten sich an ihre Bildschirme. Nach einem kurzen Theorieteil wurden die Senioren wieder aufgefordert, zu einem Thema zu recherchieren.

Auch Lore konnte sich nun ihrem zweitwichtigsten Problem widmen. Sie öffnete die Maske der Suchmaschine und gab das Wort Weißdorn ein. Normalerweise forschte sie nichts Privates, schließlich wusste sie aus den Nachrichten, dass alle Informationen beim amerikanischen Geheimdienst landeten und dort ausgewertet wurden. Aber Weißdorn war eine harmlose Sache, bei alten Leuten eine unverfängliche Angelegenheit. Sofort wurden ihr zig Angebote unterbreitet. Weißdorn als Tee, als Tropfen, als Pillen, in homöopathischen Dosen als Kügelchen, eine Vielzahl von Herstellern wollte Geld verdienen mit den schwachen Herzen alter Leute. Sie verfolgte einige vielversprechende Hinweise, aber fand nichts, was die Liebesattacken von Opa Gersprenz erklärte. Erst nach einer Weile fand sie einen Text, der eine Erklärung liefern konnte.

Tee aus Blüten, Blättern und Früchten des Weißdorns ist das beste Mittel bei nachlassender Leistung des Herzens, besonders beim älteren Menschen. Die Wirkung des Weißdorns ist ein Liebesbrief an das Herz! Er umfängt es liebevoll und nimmt es schützend in seine Hände.

Weißdorn hilft bei nervöser Anspannung, Ängsten, Enttäuschung und altem Schmerz. Er tröstet bei dem Verlust eines geliebten Menschen. Selbst für junge Menschen ist er der Herzheiler-Tee bei Liebeskummer! Wenn Ihnen das Herz also bis zum Halse schlägt, dann machen Sie einfach eine Tee-Kur mit Weißdorn.

Lore las den Text mit hämmerndem Herzen. Auch wenn dies nicht vollständig das Phänomen erklärte, machte doch ein Satz besonderen Eindruck:

Weißdorn ist ein Liebesbrief ans Herz.

Und sie hatte Opa Gersprenz ganz unabsichtlich diesen Brief geschrieben. Jeden Tag nahm er eine Tasse zu sich. Kein Wunder, dass der Opa liebestoll wurde. Das musste aufhören, und zwar sofort. Aufgewühlt schloss sie ihre Seiten und verließ kurz den Saal. Im Waschraum besprengte sie sich das Gesicht mit kaltem Wasser. Als sie zurückkam, beobachtete sie die anderen Kursteilnehmer, wie sie schwitzten und vor ihren Kästen hingen.

Sie setzte sich zurück an ihren Platz. Erichs Bildschirm war so angewinkelt, dass sie einen Blick auf seinen Monitor erhaschen konnte. Zu Lores Überraschung surfte er schon wieder bei Gugel Erde umher. Waren ihm die Verdächtigungen seitens der Polizei keine Lehre? Und was wollte er nun wieder herausfinden? Lore verdrehte die Augen so sehr, dass es weh tat.

Sie erkannte flüchtig den Ortsnamen Rödermark. Huch, war Erich auf den Spuren dieses Frank Weismann? Sie beobachtete, wie er mit dem Mauszeiger die Häuserreihen entlang fuhr, die sich alle wie in echt vor ihm aufbauten. Es handelte sich um Häuschen mit Vorgarten, eher die typische Kleinstadtidylle als das Viertel mit den Protzvillen, in dem Weismann wohnte. Dann geschah der Glücksfall. Erich schloss seine Seite und erhob sich. Lore wartete, bis er draußen war, und rutschte unauffällig auf seinen Platz. Die anderen waren so konzentriert auf ihre Bildschirme, dass sie nichts bemerkten. Lore klickte auf ›Letzte Sitzung wieder herstellen‹. Sogleich zeigte sich wieder das Wohnviertel in Rödermark. Sie notierte die Adresse, die Erich in die Suchmaske eingegeben hatte. Kein Name, nur eine Straße.

Als Erich zurückkam, saß Lore bereits wieder auf ihrem Platz. Sie hörte, wie er in die Tasten hämmerte.

»Nanu«, murmelte er schließlich. »Ich hatte die Seite doch geschlossen.«

»Das denk ich auch immer«, murrte Lore beiläufig, ohne den Blick von ihrem Bildschirm zu wenden.

BESITZTÜMER

Als Lore nach Hause kam, fiel ihr sofort die angelehnte Küchentür ins Auge, und ihre Laune sank in den Keller. Hatte Otto nicht längst versprochen, jemanden zu schicken, der die Türangeln reparierte? Der Anblick von Gersprenz am Küchentisch hob nicht gerade ihre Laune. Vor allem, da sie ihn nicht vor einem Glas Wein, sondern einer großen Tasse Tee sitzen sah. Mit drei Sätzen war sie beim Küchentisch und packte die Tasse. »Den trinkst du nicht mehr«, rief sie. Gersprenz reagierte blitzschnell und legte seine Hände um ihre, um die Tasse festzuhalten. Der Inhalt schwappte über beide Hände.

»Der Tee hat mir das Leben gerettet!«, rief er gellend.

Lore befreite sich mit einem Ruck aus seinem Griff, wobei der Tee mitsamt Tasse in hohem Bogen durch die Küche geschleudert wurde.

»Morgen gehst du zum Arzt«, keuchte Lore.

Der Opa verfolgte mit geweiteten Augen, wie die Tasse auf den Boden fiel, in zwei Teile zersprang und sich der Inhalt über den roten Sisalteppich ergoss. Der dunkelrote Fleck erinnerte Lore an das Blut ihres Vaters. Sie griff nach der Kanne und goss den Tee in den Ausguss.

»Das ist mein Tod!«, rief der Opa mit heiserer Stimme und sprang von seinem Platz auf. Plötzlich hatte Lore sich nicht mehr im Griff. Die Wut schoss durch ihren Körper wie eine Fontäne. Sie stampfte mit dem Fuß auf. »Dann verreck halt!«, brüllte sie. »Du fällst hier ohnehin nur zur Last!«

Das Gesicht des kleinen Mannes wurde ernst, und mit kleinen rückwärtsgerichteten Schritten verzog er sich aus der Küche. Lore klaubte die Scherben auf und warf sie in den Mülleimer. Sie schnappte sich die offene Weinflasche vom Regal, setzte sich an den Küchentisch und goss sich ein Glas voll ein. Hoffentlich bleibt er für immer fort, betete sie im Stillen. Und sekundenlang spürte sie tiefen Frieden, als sei der ungebetene Gast niemals in ihrem Leben aufgetaucht.

Doch dann erschien er wieder in der Küche. In der Hand hielt er ein Blatt. Bei genauerem Betrachten erwies es sich als eine Art Urkunde. Er hielt sie Lore vor die Nase. »Das hier ist mein Grundbesitz und mein Haus«, sagte der Opa mit ungewohnt fester Stimme. »Ich bin Nachkömmling des Sittinger-Clans, einer meiner Vorfahren hat Teile der Veste und Herings dem Adelsgeschlecht der Ganssens abgekauft. Es befindet sich seit Generationen in meiner Familie. Ich habe dieses Haus deiner Großmutter überlassen. Ja. Aber juristisch gesehen ist es mein Eigentum. Du bist hier nur Gast, Lore.«

Lore rutschte das Herz in die Hose. Die Urkunde verschwamm vor ihren Augen. War sie wieder dabei, alles zu verlieren? Wie damals, als Edel sich als rechtmäßige Erbin gesehen und beinahe den Besitz an sich gerissen hatte? Damals war es Lore gelungen, die falsche Schwester hinters Licht zu führen. Und nun tauchte dieser Gnom auf und machte neue Ansprüche geltend.

»Schau dir die Urkunde ruhig an«, sagte Gersprenz. »Sie ist echt. Die Inbesitznahme geschah nach den alten Riten. Der neue Besitzer hackt mit einem Beil einen Span aus der Tür, zündet auf dem Herd Feuer an, macht die Fensterläden auf und zu und zieht aus dem Brunnen Wasser. Schau, ich zeig es dir.« Gersprenz ging auf den Flur, und Lore folgte ihm wie in Trance. Tatsächlich. In dem hölzernen Türrahmen befanden sich mehrere Kerben, die bereits ausgewetzt und blank waren. Gersprenz fuhr mit den Fingerspitzen über die unterste Kerbe. »Die stammt von meinem Vorfahren.«

»Und warum heißt du dann Gersprenz?«, fragte Lore tonlos.

»Der letzte Nachfahre war eine Frau, sie heiratete in den Gersprenz-Zweig ein.«

Lore ging zurück in die Küche. Sie füllte Wasser in den Kessel, setzte ihn auf den Herd und ließ mit einem Streichholz die Flamme aufblitzen.

»Was machst du da?«, fragte der Opa.

Lore drehte sich langsam zu ihm um und schenkte ihm ein diabolisches Lächeln.

»Ich koche deinen Tee, Opa Gersprenz.«

KLOPFTHERAPIE

Brenneisen saß in einem Raum, der überwiegend in Mirabell-Tönen gehalten war. Vermutlich war das die Art von Farbigkeit, die Menschen daran hinderte, durchzudrehen, während sie sich den Ritualen von Coach Harry unterzogen. Der Coach saß ihm gegenüber und rieb kreisförmig eine Stelle über seinem rechten Schlüsselbein. Brenneisen machte es ihm nach.

»Auch wenn ich Angst habe, zu versagen, fühle ich mich stark und gelassen.« Der Coach sprach die Worte vor, die Brenneisen nachsprechen sollte.

»Aber ich habe keine Angst«, erwiderte Brenneisen. Der Coach sah ihn an. »Steh ruhig zu deinen Ängsten. Hier ist ein geschützter Raum.«

Brenneisen rieb sein Schlüsselbein und wiederholte den Satz. Das war einfacher, als zu diskutieren. Nun begann der Coach, sich an die Stirn zu tippen und wiederholte gebetsmühlenartig die Worte »Meine Angst.« Brenneisen sprach ihm nach und tippte sich ebenfalls an die Stirn. Dann musste er sich neben das Auge, über der Lippe und auf die Brust klopfen. Und dabei wiederholen: »Meine Angst.«

»Aber ich habe keine Angst«, beharrte Brenneisen und sprang auf. Der Coach musterte ihn nachdenklich. Die grauen schulterlangen Haare trug er zurückgekämmt zu einem kurzärmeligen Trainingsanzug. Er tauschte einen Blick mit Verena, die neben Brenneisen saß und widerstandslos das Programm mitmachte.

»Okay, probieren wir etwas anderes«, sagte Harry. »Meinst du, du kannst dich hinlegen und entspannen?« Brenneisen wollte es versuchen und nickte. Er legte sich auf eine mirabellfarbene Matratze und schloss die Augen.

»Du liegst auf einer grünen Wiese, hörst das Zwitschern der Vögel und du atmest.« Harrys Aussprache verwandelte sich in einen gekünstelten Singsang, wobei er die Vokale extrem in die Länge zog.

»Du atmest. Dein Atem fließt über deine Schultern bis in die Fingerspitzen, er fließt in deinen Bauch, dein Atem fließt und fließt bis in deine Füße und Zehen. Atme. Spüre, wie der Atem dich ernährt, jede Zelle wird beatmet. Du atmest in dein Herz und in deine Leber. Du stehst jetzt auf, du gehst über eine grüne Wiese, du beginnst zu laufen, dein Atem dringt durch deinen Körper und versorgt dich mit Energie. Bei jedem Schritt fließt dein Atem weiter. Die Wiese verwandelt sich in eine weiche, federnde Bahn. Deine Schritte sind weit ausholend, du überholst jeden Gegner an deiner Seite, du atmest in den Bauch, in deine Leber …«

Brenneisen schlug seine Augen auf. Sein Kopf hämmerte vor Schmerzen. »Macht ihr weiter, wir sehen uns draußen«, sagte er, sprang auf und verließ den Raum.

Vor dem Haus befand sich ein kleines Café, Brenneisen bestellte eine Cola, setzte sich an einen der metallenen Tische und bemühte sich, nicht an seine Leber zu denken. Geschweige denn in seine Leber zu atmen. Er hatte das Gefühl, nur von Wahnsinnigen umgeben zu sein. Otto, der seinen Schoßhund als Polizeihund einsetzte, Harry mit seiner Klopftherapie, Verena mit ihrem übersteigerten Ehrgeiz. Brenneisen starrte in die Krone des Baums, durch die sich die Sonnenstrahlen bahnten. Als Verena sich kurze Zeit später zu ihm setzte, fühlte er sich schon wieder entspannter.

Sie befand sich in dem glücksgetränkten Zustand, in den sie Harry immer wieder versetzte. Sie nahm Brenneisens Hand und blickte ihn zuversichtlich an. »Du schaffst das schon.«

Brenneisen blickte lange in ihre türkisgrünen Augen. »Lass uns gehen.« Er ließ ein paar Münzen auf dem Tisch liegen und erhob sich. Sie gingen den Richard-Wagner-Weg entlang, wo alte Villen in der abendlichen Hitze vor sich hindämmerten. Sie bogen in den Rhönring ein, aus dem vollen Biergarten an der Ecke hörten sie den Stimmenlärm der Gäste. Sie folgten der Dieburger Straße, während die Autos an ihnen vorbeisausten. Auf Höhe des Alice-Hospitals blieb Brenneisen stehen.

»Ich kann nicht mehr«, brach es aus ihm heraus.

Verena sah ihn besorgt an. »Sollen wir ein Taxi rufen?«

»Nein.« Er schüttelte den Kopf. »Ich meine all das … in die Leber atmen, mein Schlüsselbein massieren. Affirmationen, Visualisierungen, Selbst-Akzeptanz-Übungen, das ist Blödsinn!«

Verena runzelte die Stirn und packte ihn bei den Schultern. »Das sind erfolgreiche Methoden, um Blockaden zu lösen, zur Freilegung deines physischen und geistigen Potenzials.«

»Ich bin nicht blockiert.«

»Du bist die Verkörperung einer Blockade.« Verena sagte dies ohne die geringste Spur von Ironie.

Brenneisen befreite sich aus ihrem Griff. »Ich habe keine Lust mehr auf diese Phrasen. Die Phrasen und das Hochleistungsgedöns. Können wir nicht einfach mal spazieren gehen, einen Kaffee trinken, ohne auf die Form zu achten?«

Verena nahm seinen Arm. »Du hast ein Motivationstief.« Er riss sich los. Sie musterte ihn misstrauisch. »Das Training war dir mal genauso wichtig wie mir«, insistierte sie.

Brenneisen seufzte. »Ja, aber nicht mit diesem Begleitprogramm, Harry und die Laufgruppe und die Triathlon-Foren. Es gibt noch andere Dinge auf der Welt.«

Verena verzog ihren Mund, als tränke sie Essig. »Provinzermittlungen.« Brenneisen hätte sich gewünscht, dass Verena einmal auf diese Weise über Harry sprechen würde. Und es machte ihn wütend, dass sie so über seinen Beruf sprach. »Alte Leute werden ausgeraubt, und wir haben noch keine Spur vom Täter, ja, das ist wichtig.«

Verena schnaubte, zögerte einige Sekunden, drehte sich um und trabte wortlos davon. Sie lief ganz leichtfüßig, dennoch hatte Brenneisen das Gefühl, dass der Boden unter ihm bebte.

Er schaute ihr nach. Fast 1, 80 Meter Muskelmasse, kaum Fett, unter dem engen Trainingssuit sah sie aus wie ein Ausstellungsstück von Körperwelten. Diese Sichtweise war ungerecht und gemein, aber er konnte nicht anders. Er bummelte Richtung Innenstadt und kam schließlich auf dem Marktplatz an.

Er hörte das sanfte Stimmenrauschen von Menschen, die in den Straßencafés saßen und beim Bier plauderten. In diesem Moment hatte er so große Sehnsucht nach einem Stück Normalität, dass es ihn schmerzte. Er warf einen Blick ins Fenster des Café Papenmuth, es war noch geöffnet. Er betrat den Laden, der Klingelton weckte Heimatgefühle. Die Konditorhilfe kam hinter dem Vorhang hervor und wirkte geradezu erschrocken, als sie ihn erkannte. »Herr Brenneisen«, rief sie laut genug, dass man es bis in die Backstube hören konnte. Brenneisen betrachtete die Auslagen. Reste von Donauwelle, Herrentorte und Lavendeltorte, die seit zwei Jahren der Renner im Konditorladen war. In diesem Moment kam Sandra aus der Backstube. »Welch seltener Besuch«, rief sie erstaunt, während sie sich die Hände an der Backschürze abwischte. Seit ihrer Trennung hatte sie mindestens 20 Kilo abgenommen. Pfund für Pfund waren von ihr geschwunden. Das, was Brenneisen nicht geschafft hatte, war nach der Scheidung ganz von alleine geschehen. Wie hatte ihr neuer Mann das zustande gebracht? Er war doch selbst Konditor.

Brenneisen grüßte freundlich und deutete auf die Lavendeltorte.

»Gib mir ein Stück davon.« Mit vielsagender Miene tat sie ihm zwei Stücke auf, verpackte sie sorgfältig und stellte den Kuchen auf den Tresen. »Geht aufs Haus«, sagte sie lächelnd.

RAUKOPF

Edel warf ihren Oberkörper gegen die Stuhllehne und bändigte ihr rotes Haar mit beiden Händen. »Der Mann ist ein Betrüger. Ich habe dich gewarnt.«

Lore hatte gewusst, dass diese Reaktion kommen würde, und war entsprechend vorbereitet. Das war der Preis. Sie musste der falschen Schwester den Triumph gönnen, denn sie war die Einzige, die ein Rezept gegen den aufdringlichen Erbonkel wüsste. Davon war Lore überzeugt und hatte eine außerordentliche Besuchserlaubnis im Gefängnis beantragt. Nun saß sie Edel gegenüber und strich die Segel. Es war wieder, als seien sie Kinder und die Rollen waren klar verteilt. Lore bat um Hilfe und Edel sagte, was zu tun war. Zumindest hoffte Lore das.

Lore seufzte. »Er beansprucht nicht nur das Haus. Seit Neuestem führt er sich auf wie ein junger Bock. Nachts muss ich mein Zimmer abschließen.«

Edel lachte laut auf. »Im Ernst? Hat Oma ihn so schlecht erzogen?«

Lore wischte sich eine Träne der Scham aus dem Augenwinkel. »Nein, es ist alles meine Schuld.«

Edel musterte sie mit amüsiertem Staunen. »Wieso das?«

Lore musste lächeln. »Ich habe ihm Weißdorn verabreicht. Wegen seines schwachen Herzens.«

Dann berichtete sie Edel von der aphrodisierenden Wirkung, die das Kraut bei Opa Gersprenz zur Folge hatte. Edel lachte, für Lore einen Tick zu schadenfroh.

»Aber ich habe schon ein Gegenmittel gefunden«, beeilte sie sich zu sagen.

Edel nickte ihr anerkennend zu. »Schön zu hören, dass du wieder aktiv bist.«

Lore machte eine abwehrende Geste. »Ich koche ihm weiter seinen Tee.«

»Womit?«

»Rate mal.«

Edel überlegte kurz und verfiel dann in ein mädchenhaftes Kichern.

»Das Keuschlamm dämpft die unkeuschen Träume«,

murmelte sie und zitierte damit Oma Kukuks Rezeptbuch. Lore nickte anerkennend über Edels gutes Gedächtnis. »Seit er seinen Tee aus Mönchspfeffer trinkt, ist er lammfromm.« Sie grinste zufrieden, bevor sie wieder ernst wurde. »Von der Seite habe ich nichts mehr zu befürchten. Dafür hat er mir jetzt eine Urkunde vorgelegt, die besagt, dass er der rechtmäßige Besitzer von Omas Haus und Garten ist.«

Edels Augen blitzten. »Weißt du, was das bedeutet? Ihm gehört alles. Nicht nur das Haus, sondern auch das Geld, das du von der Gemeinde kassiert hast.«

Lore spürte ein Frösteln am Hinterkopf.

»Aber ich bin sicher«, fuhr Edel fort, »diese Urkunde ist eine Fälschung. Der Mann ist ein Betrüger. Das ist nicht der wahre Gersprenz. Lass ihn verhaften.«

»So einfach ist das nicht. Im Türrahmen befindet sich eine Kerbe von seinem Vorfahren.«

Edel schnaubte. »Die stammen von Oma Kukuk, die damit unsere Größe abgetragen hat.«

Lore schüttelte den Kopf. »Nicht bei mir.«

»Aber bei mir«, erwiderte Edel. »Der Mann ist undurchsichtig. Hast du mal drüber nachgedacht, dass er etwas mit den Einbrüchen zu tun haben könnte?«

Lore durchfuhr ein Schrecken. Hatte sie Edel gegenüber die Münzen erwähnt? Sie konnte sich nicht daran erinnern. Wie kam sie darauf?

»Wieso, du sagtest doch, dass Roma-Cliquen dahinter stecken könnten?«

»Schon mal nachgedacht, dass die Komplizen sein könnten? Einer spioniert, ein anderer räumt die Bude aus. Oder so.«

Lore sausten die Ohren. Du lieber Himmel.

»Sieh zu, dass du ihn los wirst«, sagte Edel.

Lore hob resigniert die Schultern. »Aber wie denn?«

Edel lachte laut auf und dämpfte unter dem warnenden Blick des Wärters sofort ihre Stimme. »Du kennst doch Mittel und Wege.«

Lore runzelte die Stirn. »Vergiss es. Mit meiner Vergangenheit kommen die mir sofort drauf.«

Edel zog die Augenbrauen hoch und nahm die Haltung einer Hohepriesterin an.

»Es gibt etwas, das schwer zu beweisen ist, und ich sage den Namen nur einmal.« Edel sprach nun wie ein Bauchredner ohne jede Lippenbewegungen und Mimik. Lore wollte laut Nein rufen, doch Edel setzte ihren Satz fort.

»Orangefuchsiger Raukopf«, hauchte sie.

»Orangefuchsiger was?«, wiederholte Lore.

Der Beamte schaute herüber.

»Schreib dir's hinter die Ohren, du Raukopf«, sagte Edel nun in normaler Zimmerlautstärke.

Lore schluckte. »Was ist das, ein Pilz?«, flüsterte sie hektisch.

Der Beamte machte sie darauf aufmerksam, dass die Besuchszeit abgelaufen war, und nötigte Lore, aufzustehen. »Finde es heraus.« Edel warf ihr zum Abschied eine Kusshand zu.

Nachdem Lore nach Hause zurückgekehrt war, zog sie sich sofort in ihr Schlafzimmer zurück, schloss die Tür hinter sich ab, holte ihren Klappcomputer aus der

Schublade und schaltete ihn an. Mit pochendem Herzen gab sie den Begriff, den Edel ihr genannt hatte, in das Gugel-Suchsystem ein.

Orangetupfiger Raukopf. Der Begriff existierte nicht, doch der Computer schlug ihr einen anderen vor: *Orangefuchsiger Raukopf*. Lore bestätigte und fand einen Beitrag, der diesen Pilz als eines der heimtückischsten Mordinstrumente entlarvte, von denen sie je gehört hatte.

Das Gift des Orangefuchsigen Raukopfes ist das Orellanin. Dieses Gift setzt lebenswichtige Funktionen der Nieren außer Kraft. Es hat eine Latenzzeit von zwei bis zu 14 Tagen, ehe die sichtbare Reaktion eintritt. Vergiftungserscheinungen sind zunächst unstillbarer Durst, brennender Schmerz in Gaumen und Mund. Weitere deutliche Symptome sind Magen- und Darmstörungen mit Übelkeit und Erbrechen, Bauchschmerzen, fieberloses Frösteln, bleibendes Kältegefühl und bisweilen Hautausschlag. Typisch sind auch Kopfschmerzen sowie Schmerzen in der Lendengegend und in den Extremitäten. Bei schwereren Fällen folgen Bewusstlosigkeit und Krämpfe sowie schließlich irreparable Funktionsschädigungen der Nieren. Diese führen nicht selten zum Tode, meist nach etwa zwei Wochen, in anderen Fällen aber auch erst nach Monaten. Der Patient leidet unter langem Siechtum. Fast immer hilft bei Nierenschädigungen nur eine Transplantation.

Lore musste die Lektüre kurz unterbrechen, um sich den Schweiß von der Stirn zu wischen. Ihr war so übel, als habe sie selbst das Pilzgift zu sich genommen. Dieser Pilz war ein wahres Monster. Nun wusste sie, was Edel mit dem Ausdruck »schwer zu beweisen« gemeint hatte. Durch die lange Latenzzeit wäre ein Zusammenhang mit einer Vergiftung nicht so schnell zuzuordnen. Und das Nierenversagen könnte auch eine natürliche Ursache haben. Woher kannte Edel diesen Pilz mit seiner verheerenden Wirkung? Lore widmete sich erneut dem Text und erfuhr, dass der Orangefuchsige Raukopf einem Pfifferling zum Verwechseln glich.

Kegelig bis glockenförmig, dann flach mit häufig stumpfem Buckel in der Mitte. Die Farbe ist orangefuchsig bis hin zu Rosttönen, die Oberfläche ist filzig-samtig.

Der Pilz hatte bereits eine Reihe von Opfern zu verbuchen. 1952 waren in Polen elf Menschen verstorben, mehrere Tage, nachdem sie Pilze gegessen hatten. Bis zu jenem Zeitpunkt war kein Pilz mit einer derart langen Latenzzeit bekannt. Erst nach mehreren Jahren mit Untersuchungen wurde klar, dass es sich um *Cortinarius orellanus* handelte. 1955 verspeisten weitere Personen den Pilz, die dann verstarben. Zwei Jahre darauf tötete der Pilz vier Menschen. Polen hatte somit eine große Zahl an Opfern zu beklagen, die dem Pilz zuzuschreiben waren. In den 1990er Jahren hatten sich in Bayern drei Jugendliche mit dem Orangefuchsigen Raukopf vergiftet. Sie hatten die Pilze für halluzinogen gehalten. Lange kämpften sie im Klinikum um ihr Leben. Einer der Jugendlichen verstarb, die zwei anderen trugen irreparable Schäden davon, waren seither dialyseabhängig.

Lore fand heraus, dass der Pilz von Juli bis Oktober auf säurearmen Böden unter Hainbuchen und Eichen zu finden war. Sie konnte den Pilz also in den warmen Tälern der Bergstraße ausfindig machen. Der unauffällige Tod war somit nur wenige Kilometer entfernt.

Lore überlegte. Mehr zur Ablenkung als zur Inspiration durchsuchte sie andere Gift- und Pflanzenforen. Tipps zum Umgang mit gewöhnlichen Giften wie das im Fingerhut enthaltene Digitalis oder in der Tollkirsche und im Bilsenkraut enthaltene Alkaloide gab es massenweise. Für Lore kamen diese Stoffe als Hilfsmittel nicht infrage, Professor Helm würde ihr sofort auf die Schliche kommen. Über Umwege landete Lore bei faszinierenden Informationen über die Robinie. Der Baum, den sie als falsche Akazie geschmäht hatte, besaß Eigenschaften, die ihn nicht zum Feind machten, sondern zu einem sehr starken Verbündeten. Einem wahren Silberregen.

Lore schloss zufrieden das Programm. Sie hatte genug erfahren. Sie löschte sorgfältig alle Seiten, die sie besucht hatte. Und dennoch wusste sie, dass trotz der gelöschten Seiten dieser Computer niemals in falsche Hände geraten durfte.

Sie verließ ihr Zimmer und streifte auf dem Weg zum Telefon die lose Küchentür, die daraufhin rumpelnd umfiel. Fluchend richtete Lore die Tür wieder auf. Sie wählte Ottos Nummer, um endlich die Reparatur in die Wege zu leiten. Als dieser sich nicht meldete, hinterließ sie eine gepfefferte Nachricht. Dann rief sie Erich an, um sich für den nächsten Tag mit ihm für einen Ausflug zu verabreden. Er sagte überrascht und erfreut zu. Lore war zufrieden. Sie hatte nicht nur einen Fahrer für ihre delikate Mission, vielleicht konnte sie auch unauffällig herausbekommen, wem Erich in Rödermark nachspionierte.

In diesem Moment ertönte im ersten Stock ein Rascheln und Knarren. Sicheres Zeichen, dass Gersprenz in wenigen Sekunden hungrig in der Küche stehen würde. Lore beeilte sich, den Tisch mit einem kalten Abendbrot zu decken. Gürkchen, Aufschnitt, Radieschen, Brot. Und sie setzte Teewasser auf. Als Gersprenz im Türrahmen erschien, schien er erstaunt darüber, dass sie für beide gedeckt hatte. Doch Lore wollte so schnell als möglich den freundschaftlichen Zustand wieder herstellen, um keinen Verdacht zu erregen. »Setz dich«, lud sie ihn mit sanfter Stimme ein. Als das Wasser kochte, überbrühte sie den Tee, stellte ihn auf den Tisch und setzte sich zu ihm. Sie aßen eine Weile schweigend. Und da kam Lore etwas in den Sinn. Hatte Elvira nicht erwähnt, dass sie in Rödermark in einer Kommune lebte? Lores Herz schlug einen Trommelwirbel. Wenn Erich eine Teilnehmerin von

Veronika-Reisen ausspionierte, war er dann doch der Einbrecher? Und bedeutete das, dass sie sich morgen in die Hände eines Verbrechers begab?

RAUSCHZUSTÄNDE

Pünktlich um die Mittagszeit stand Erich am nächsten Tag vor der Tür. Lore hatte vor, direkt zu starten, um zeitig wieder zu Hause zu sein, doch Erich wirkte derart verschwitzt und ausgelaugt, dass sie ihn auf ein Glas geeiste Holunderlimonade einlud. Er setzte sich in die Küche und lehnte seinen Kopf gegen die Wand. »Diese Hitze bringt mich noch um«, stöhnte er. »Dieser Sommer nimmt kein Ende.«

»Genieß es, jeder Sommer kann unser letzter sein«, entgegnete Lore und goss die Limonade in die Gläser.

Erich lächelte dünn. »Du schmeichelst mir. Ich bin immerhin ein ganzes Stück älter als du.«

»Das sieht man dir nicht an«, entgegnete Lore und setzte sich zu ihm an den Tisch. Sie wollte ihn günstig stimmen für die Frage, die sie auf dem Herzen hatte. Und es funktionierte. Glücklich lächelnd führte er sein Glas zum Mund.

»Du«, begann sie vorsichtig und fuhr mit den Fingerkuppen über die Tischoberfläche. »Hast du eigentlich noch Kontakt zu den Teilnehmern unserer Reise?«

Erich blickte sie verwundert an. Für einen kurzen Moment glaubte Lore, er sei in ein Stadium der Demenz abgeglitten. Dann richtete er sich abrupt auf.

»Du lieber Himmel, ich muss noch mal nach Hause.«

»Warum das denn?«

»Mein Vitamin. Von Veronika. Ich hab's vergessen zu nehmen.«

»Nimm es heute Abend«, entgegnete Lore. Ein Umweg nach Richen würde ihren Ausflug unnötig verzögern. Trotz Sommerhitze wurde es jetzt jeden Tag früher dunkel, sie befürchtete, ihre Mission könne scheitern.

Doch Erich blieb halsstarrig. »Nein, es heißt, man muss das Pulver alle zwölf Stunden zu sich nehmen, sonst lässt die Wirkung nach.«

»Das sind nur Werbetricks, um das Zeug zu verkaufen.«

»Nein, du hast doch selbst eben bestätigt, wie gut ich aussehe. Ist ja kaum ein Umweg.« Damit untertrieb er gewaltig. Richen lag in entgegengesetzter Fahrtrichtung. Lore überlegte angestrengt. Sie war noch im Besitz des kleinen Döschens, das sie im Apothekenraum gefunden hatte. Sie ging in den Flur und wühlte in ihrer Handtasche. Da war es. Lore pulte den Deckel auf und schnupperte an dem weißen Pulver, es roch wie ein Chemieunfall. Anders als das Anti-Ätsch-Pulver, aber wenn es Erich davon abbrachte, wieder zurück nach Richen zu fahren, sollte ihr das recht sein.

»Schau mal, ich habe hier noch Pulver, nimm das.« Erich hielt das Döschen in die Höhe und studierte das Etikett zweifelnd. Dann erhellte sich seine Miene. »Das ist genau mein Präparat!« Lore war beruhigt und reichte ihm einen Esslöffel. Er rührte das Pulver in ein Glas Wasser und trank es auf einen Sitz. Lore betrachtete das Döschen. Es erinnerte sie noch an etwas anderes, als an die Apotheke in der Oberpfalz. Wo hatte sie ähnlich kleine Döschen bloß schon gesehen? Sie hatte zu viel im Kopf, um auf eine Antwort zu stoßen. Außerdem war es höchste Zeit, aufzubrechen, und Lore drängte zur Abfahrt.

Während der Fahrt war Erich noch gesprächiger als sonst. Das Zeug schien ihn regelrecht aufzuputschen, kein Wunder, dass er so versessen darauf war. Er faselte Unverständliches von einem Quadrocopter. Lore, die ihn lieber unauffällig nach Elvira ausgefragt hätte, sah keine Möglichkeit, seinen Redefluss zu unterbrechen. Sie fragte sich, wie Erich in die Einbrüche verwickelt sein könnte. Steckte er mit Gersprenz unter einer Decke? Das wäre allerdings eine unheilige Allianz von blind und lahm, die Lore sich beileibe nicht vorstellen konnte.

Sie war froh, als sie das Stettbacher Tal erreicht hatten.

»Ich brauche einen Kaffee«, sagte sie und lotste ihn zur Schönen Aussicht, einem Café mit Aussichtsterrasse. Was sie nicht sagen wollte: Erich brauchte einen Kaffee und einen gehörigen Schluck Wasser. Er hatte bereits weiße Fusseln auf den Lippen.

Sie setzten sich auf die weinumrankte Terrasse, Lore bestellte für sich einen Birnen-Schmand-Kuchen und Kaffee Hag und für Erich einen Latte Hag und ein Glas Wasser. Während sie warteten, genoss sie die Aussicht über das Stettbacher Tal. Das Internetz hatte nicht gelogen. Der Blick war fantastisch. Grüne Hügel und bewaldete Täler erstreckten sich malerisch bis zum Horizont, jetzt im Spätsommer durchzogen hauchfeine Schlieren die Luft und verliehen ihr ein herbstliches Aroma. Als ihre Bestellung kam, leerte Erich seinen Kaffee fast auf einen Zug. »Mach langsam«, warnte Lore. »Sonst wird dir noch schlecht.«

Erich leckte sich den Schaum von den Lippen. »Den muss man so schnell trinken, sagt mein Enkel.«

Lore verdrehte die Augen. »Und du nimmst dieses Zeug von Veronika-Reisen täglich?«, fragte sie misstrauisch. Erich nickte so heftig, dass seine Halsbäckchen wabbelten. »Es tut mir so gut. Aber so gut wie heute«, er reckte die Arme, »ging es mir selten.«

Lore begann, sich Sorgen zu machen. Seine Pupillen waren tellergroß. Wie sollte sie den Kerl nur wieder nach Hause schaffen?

»Elvira nimmt es auch«, sagte er und leerte sein Wasser.

Jetzt oder nie, dachte Lore und beugte sich vor.

»Was ist mit Elvira?«, fragte sie und taxierte seine Augen, die sich nun misstrauisch verschmälerten.

»Was soll da sein?«

Er unterstrich das Gesagte mit einer unbestimmten Handbewegung und warf dabei Lores Tasse um. Wenn das ein Ablenkungsmanöver war, war es gelungen. Kaffee ergoss sich über den Tisch und tropfte auf Lores Schoß. Sie stoppte den Fluss mit einem Stapel Servietten, die sie vom Nachbartisch nahm, und säuberte die Platte.

»Trink dein Wasser«, drängte sie Erich. Sie würde hier nicht weiter kommen. Besser, sie konzentrierte sich auf ihre wahre Mission.

»Ich muss auf Toilette«, murmelte Erich, und erhob sich abrupt. Dabei stieß er seinen Stuhl um. Alle Gäste schauten nun her. Erich schwankte gefährlich. »Lass den Unsinn«, zischte Lore.

»Brauchen Sie einen Arzt?«, rief die Bedienung besorgt, die herbeigeeilt war und sich die noch nassen Hände an der Schürze abwischte.

Das hatte Lore noch gefehlt. »Nicht nötig!«, rief sie freundlich, »das ist der Kreislauf, das hat er öfter.« Sie stützte ihn, während sie ihn zum Auto führte, und platzierte ihn auf dem Beifahrersitz. »Mensch, das wär doch nicht nötig gewesen, so hoch war die

Rechnung gar nicht«, sagte Lore und studierte hilflos seine Mimik. War das nun Spaß oder Ernst, was Erich hier abzog? Erich lehnte seinen Kopf an die Nackenstütze und lächelte Lore verträumt an. »Ich bin so schweineglücklich, weißt du das?«, wisperte er. Seine Augen schwammen.

»Bist du sicher?«, fragte sie.

Zur Antwort kam nur ein Gurgeln. Lore musterte ihn besorgt. Konnte sie ihn alleine lassen? Offensichtlich schien er sich nicht unwohl zu fühlen, und sie dachte nicht daran, ihren Plan der Pilzsuche aufzugeben. Als er die Augen schloss, lauschte sie einige Sekunden auf seinen Atem. Der war zwar etwas beschleunigt, aber gleichmäßig. Sie musste es riskieren.

Sie stellte die Klimaanlage an, damit es im Auto nicht zu heiß wurde, und zog den Schlüssel ab. Sie stieg aus dem Wagen und holte ihren Korb aus dem Kofferraum. Per Knopfdruck schloss sie den Treppenlift ab, damit Erich, wenn er plötzlich wach wurde, nicht orientierungslos durch die Stettbacher Wälder stolperte. Lore bog in einen Wiesenpfad ein, überquerte eine Kuhweide und stieg hinab in eines der Wäldchen, die man in den Tälern der Weiden stehen ließ. Sie bestanden aus dichtem Gebüsch, aber auch aus Buchen und Eschen, genau die Vegetation, die es brauchte, um den gemeingefährlichen Pilz sprießen zu lassen. Lore betrat die dichte Vegetation und studierte die Baumrinden. Esche war leicht angeraut, Buche glatt und gräulich. Am Boden wuchs hier so gut wie nichts, da kaum Sonne ankam.

Sie durchquerte das kleine Wäldchen, stieg über einen flachen Wiesenhügel und betrat das nächste Waldstück. Hier war es schattiger, der Boden feuchter. Laut einer Pilzkarte, die ein Kenner im Internetz platziert hatte, wuchsen hier Pfifferlinge, und in deren Umgebung gedieh angeblich auch der Raufuchs. Lore wagte den Namen kaum zu denken, während sie den Boden nach dem Meuchelmörder absuchte. Bei jedem Schritt, den sie auf dem weichen Waldboden tat, hörte sie Tiere im Gebüsch davonhuschen. Der Wald wurde dichter, sie bahnte sich den Weg entlang an Dornenranken und stolperte über Wurzeln. Weit und breit keine Pilze. Lore war verzweifelt. Sie konnte Erich nicht länger alleine lassen. Sie musste zurück, auch wenn der Gedanke, unverrichteter Dinge zurückzukehren, höchst unbefriedigend war. Sie drehte sich um die eigene Achse.

Fünf Meter entfernt stand eine Gruppe Eschen. Lore erkannte sie an den reihenförmigen Blättern und den kleinen vierzähligen Blüten. Sie näherte sich der kleinen Baumgruppe, dabei schlich sie so vorsichtig, als könne sie eventuell vorhandene Pilze in die Flucht schlagen. Das Gelb der Pfifferlinge stach ihr sofort ins Auge und beschleunigte ihren Herzschlag. Nahe an der Baumwurzel befand sich eine Gruppe von kleineren Pilzen mit leicht rötlicher Färbung. Orangefuchsig mit anderen Worten. War es möglich, war sie am Ziel ihrer Wünsche? Tu es nicht, versuchte die Stimme der Vernunft ihr einzuflüstern. Nimm sie mit, du kannst immer noch entscheiden, was du damit anfängst, meldete sich eine andere pragmatischere Stimme zu Wort. Und verdammt, sie war nicht den ganzen Weg hierhergefahren, um jetzt unverrichteter Dinge nach Hause zurückzukehren.

Vorsichtig nahm sie das mitgebrachte Messer aus dem Korb und schnitt drei kleine Pilze ab. Sie schnupperte an der Schnittstelle, und der leicht bittere Geruch bestärkte sie in ihrer Überzeugung: Sie hatte das Richtige gefunden. Während sie zurück zum Auto hastete, betete sie, dass Erich noch lebte und atmete. »Bitte lass ihn nicht abgenibbelt sein«, murmelte sie vor sich hin. Davon war keine Rede, denn als Lore aus dem zweiten Wäldchen heraustrat, bot sich ihr ein seltsames Bild. Erich hatte sich aus dem Auto befreit und tanzte mit schwebenden Armen in Walzerschritten am Wegrand. Jedes Mal, wenn er auf die Talseite geriet, kam er in gefährliche Nähe zum Elektrozaun. Lore hastete mit Riesenschritten den Hügel hinauf, quetschte sich an der breiten Stelle durch den Zaun und packte Erich, sobald sie in greifbarer Nähe war.

»Lorchen!«, rief Erich überrascht.

»Wie bist du aus dem Wagen gekommen?«, rief

Lore und versuchte, ihn zurück in den Treppenlift zu bugsieren.

»Von innen kann man den Smart immer öffnen, aus Sicherheitsgründen.«

»Was ist überhaupt mit dir los?«, rief sie und musterte ihn wieder eingehend. »Du bist ja wohl nicht in der Lage, Auto zu fahren.«

Er schwang weiter im Walzertakt. »Na und, dann fährst du eben.«

Lore wurde abwechselnd heiß und kalt. Sie überlegte fieberhaft, aber sie wusste auch kein Hotel, in dem sie absteigen konnten. Sie überprüfte den Inhalt ihres Weidenkorbs und musste feststellen, dass sie zwei von drei Pilzen bei ihrem Sprint verloren hatte. So ein Mist. Der ganze Aufwand wegen eines mickrigen Pilzes.

Sie konnte nur hoffen, dass dieser seinen Zweck erfüllen würde, und hätte ihn am liebsten Erich direkt zwischen die Kiemen gepresst. Sie seufzte. »Also gut. Fahren wir los.« Sie schnallte Erich auf dem Beifahrersitz fest und setzte sich hinters Steuer. Unter Erichs Anweisung entriegelte sie die Gangschaltung. Im Schritttempo steuerte sie das Gefährt Richtung Autobahn, von hier ab fuhr sie auf dem Standstreifen mit eingeschaltetem Warnblinker bis Darmstadt, ohne das Hupen der vorbeifahrenden Autos zu beachten. Am Hauptbahnhof stellte sie das Gefährt ab, packte den Korb und Erich und schwang sich mit beiden in die erste Straßenbahn, die sie auf der Rheinstraße erwischte. Am Marktplatz stiegen sie aus und überquerten die Straße.

»Wohin gehen wir?«, fragte Erich.

»Zur Polizei«, antwortete Lore und zerrte den widerwilligen Erich hinter sich her.

»Ist was passiert?«, fragte Erich und blieb mitten auf der Straße stehen. Wie einem Esel trat Lore ihm in die Hacken, und Erich setzte sich wieder in Bewegung. Sobald sie den Bürgersteig erreicht hatten, schienen seine Füße mit dem Boden zu verwachsen. »Ich will da nicht rein«, manifestierte er.

»Komm schon, du hast nichts zu befürchten …« Erst im Nachgang verwandelte sich Lores Aussage in eine Frage. Hatte er? Oder hatte er doch mit den Einbrüchen etwas zu tun?

Aber Lore musste nun eine andere Angelegenheit klären. Denn ihr war einiges klar geworden. Diese kleine Dose hatte es in sich. Garantiert war sie der Grund gewesen, warum der Busfahrer bei ihr eingebrochen war. Und inzwischen war ihr auch eingefallen, wo sie ähnliche Döschen schon einmal gesehen hatte.

Lore zerrte erneut an Erichs Jacke, und das Überraschungsmoment bewirkte, dass er sich nun vorwärts bewegte. Otto musste sie vom Fenster aus gesehen haben, denn er kam ihnen bereits auf dem Gang entgegen. »Alles in Ordnung?«, fragte er.

»Mein Bekannter muss dringend untersucht werden«, sagte Lore und schob Erich nach vorn. »Der ist ein Fall für Professor Helm.«

Otto betrachtete ihren Begleiter misstrauisch. »Was hat er eingenommen?«

Lore griff in ihre Handtasche und förderte das weiße Döschen zutage. »Das da«, sagte sie und reichte es ihm. »Ich habe das bei Veronika in der Apotheke gefunden und eingesteckt. Und dann vergessen.« Nun war sie etwas verlegen. Der Kommissar musterte sie mit gerunzelter Stirn und führte dann beide ins Labor. Auf dem Gang nahm Lore den Pilz aus dem Korb, wickelte ihn in ein Papiertaschentuch und steckte ihn in ihre Handtasche. Musste der Kommissar ja nicht mitbekommen, was sie mit sich führte.

Im Labor wurde Lore frenetisch von Professor Helm, dem Gerichtsmediziner, begrüßt. »Frau Kukuk, welche Ehre. Meine Damen und Herren.« Er vollzog eine Drehung um die eigene Achse, wobei er alle fünf Labormitarbeiter, die in ihren weißen Kitteln an ihren Tischen saßen, ansprach. »Lernen Sie die Namensgeberin des Kukuk-Glykosids kennen.«

Sofort zuckten die Köpfe der Laboranten in die Höhe. Lore schoss das Blut in den Kopf. »Ich hatte Sie doch gebeten, das Glykosid nicht nach mir zu benennen«, tadelte sie Helm.

»Ach gönnen Sie uns doch den Spaß. Das passte einfach so gut«, sagte der Gerichtsmediziner und führte Lore durch den Raum, damit jeder der Mitarbeiter ihr die Hand schütteln konnte.

Dann widmete Helm sich dem Patienten. Er leuchtete ihm in die Augen, prüfte seine Reflexe und nahm eine Speichelprobe. »Was hat Ihr Freund denn zu sich genommen?«, fragte er. Lore räusperte sich. »Er ist nicht mein Freund.«

»Äh, dieses Präparat.« Otto trat heran und stellte das Döschen auf den Tisch. Warum lächelte er dabei so schräg? »Scheinbar hat Frau Kukuk bei Veronika-Reisen noch etwas gefunden, was sie uns bisher vorenthalten hat.«

Lore spürte, wie die Röte in ihrem Gesicht emporstieg wie Säure. »Ich hatte es in meine Handtasche gesteckt und dort vergessen«, krächzte sie.

Helm nahm mit einem Minilöffelchen eine Probe des weißen Pulvers, gab es in ein schmales Fläschchen mit einer durchsichtigen Flüssigkeit und schüttelte es gut durch. Die Flüssigkeit verfärbte sich rosa.

Helm warf Otto einen bedeutungsvollen Blick zu. »Chrystal Meth.«

Lore wurde nervös. »Und was ist das?«

Der Gerichtsmediziner gab ihr eine ausführliche Erklärung: »Chrystal Meth ist eine euphorisierende Droge. Wer es nimmt, fühlt jene berauschende Stärke, Geistesgegenwart und Euphorie, die der Organismus über Botenstoffe und Hormone bereitstellt, wenn etwas Schönes, Aufregendes passiert: ein Sieg im Sport, ein Erfolg im Job, eine bestandene Prüfung, eine frische Liebe. Bereits im Zweiten Weltkrieg wurde der

Wirkstoff unter anderem deutschen Soldaten verabreicht. Er sollte ihnen die Angst nehmen und sie wach halten. Heute ist Crystal Meth eine Partydroge.«

Lore warf Erich einen beklommenen Blick zu.

»Crystal zerstört die Gehirnzellen so schnell wie keine andere Droge. Und nicht nur diese, auch alle anderen Körperzellen. Man kennt die Droge von schockierenden Vorher-nachher-Fotos. Wer regelmäßig Meth zu sich nimmt, altert rapide, die Zähne fallen aus, die Gesichtshaut zerfurcht und wie von Wunden zerfressen. Methamphetamin unterdrückt den Durst, den Appetit, den Schmerz. Durch den Mangel an Nährstoffen und Flüssigkeit faulen die Zähne und lockern sich. Es tut mir leid, meine Dame. Sie haben sich nach Paragraph 170 strafbar gemacht.«

Lore schlug die Hand vor den Mund.

»Verstoß gegen das Betäubungsmittelgesetz«, fügte Otto mit undurchsichtiger Miene hinzu.

»Aber das war doch keine Absicht«, rief Lore. Im selben Moment stürzte sich Erich mit erhobenen Händen auf sie. »Du wolltest mich umbringen«, gurgelte er. Für Sekunden rang Lore mit ihm, um sich aus seinem Griff zu befreiten, dann gelang es Helm, sie zu trennen und Erich zurück auf seinen Stuhl zu bugsieren.

»Wir gehen davon aus, dass es sich um einen Unfall handelt«, lenkte Helm beschwichtigend ein, und Lore wurde klar, dass er sich nur einen Scherz erlaubt hatte.

Sie wandte sich schniefend an Otto. »Können wir kurz nach draußen gehen?«

Er nickte mit leuchtendem Gesicht und begleitete sie. Im Gang wandte er sich ihr zu. »Machen Sie sich keine Gedanken wegen der Droge«, sagte er und wirkte geradezu freudig beschwipst.

Was war nur los mit ihm? So witzig war die Angelegenheit auch wieder nicht.

Lore nickte hastig. »Dieselben Döschen, wie das, was ich gerade eben mitgebracht habe, habe ich auch im Gartenhäuschen dieses Herrn Weismann gesehen.«

Für eine Millisekunde erschlafften die Gesichtsmuskeln des Kommissars, als habe er mit einer ganz anderen Aussage gerechntet. Dann ergriff wieder der Ermittler von Otto Besitz und er packte sie am Arm. »Sind Sie sicher?« Lore nickte. Otto schien kurz nachzudenken. »Das heißt, Veronika schmuggelt Chrystal Meth auf den Reisen aus Tschechien hierher. Weismann lagert den Stoff hier vor Ort und vertreibt das Zeug vermutlich. Das Problem ist, dass wir bei ihm nichts gefunden haben. Aber mit Ihnen als Zeugin …«

Lore lächelte geschmeichelt. »Wenn ich glaubwürdig bin.«

»Natürlich«, strahlte er sie an.

Derart befeuert kam Lore eine weitere Auffälligkeit in den Sinn. »Auf dem Rückweg der Reise von Tschechien haben wir einen Stopp kurz vor Frankfurt eingelegt.«

»Gut beobachtet. Da wurde wahrscheinlich das Chrystal gegen das Kälberfutter ausgetauscht.«

»Wie bitte? Gegen was?« Lores Freude war urplötzlich eingefroren.

Otto lächelte verlegen. »Ja, wir haben festgestellt, dass das Vitamin Ihrer ersten Probe eine Art Proteinpulver darstellt.«

»Und wann hatten Sie vor, mir das zu erzählen?«

»Es ist nicht weiter schädlich, natürlich wollte ich Ihnen das längst mitteilen.«

Lore schob schmollend das Kinn vor. Jetzt wäre auch der richtige Moment, Otto von den Münzen zu berichten. Aber in diesem Moment war sie so verärgert, dass sie beschloss, es für sich zu behalten.

»Sie haben uns auf jeden Fall sehr geholfen. Haben Sie jemanden, der Sie heimbringt?«

»Nein«, sagte Lore schroff.

»Dann schicke ich jemanden von der Streife. Am besten, Sie warten im Labor.« Otto verschwand in die andere Richtung. »Und denken Sie daran, jemanden wegen der Küchentür zu schicken«, rief Lore ihm nach. Er hob den Daumen der linken Hand und verschwand hinter einer der Türen auf dem Gang.

Lore trottete zurück ins Labor, wo sich Helm immer noch mit Erich befasste, der teilnahmslos auf seinem Stuhl saß.

»Er hat gerade einen Come-down, das sind schlechte Gefühle, wenn die Euphorie der Droge nachlässt. Wir stecken ihn über Nacht ins Stadtkrankenhaus«, erklärte er Lore.

Lore nickte schuldbewusst. »Ich mache das wieder gut«, flüsterte sie und schickte eine Kusshand in Erichs Richtung. Der blieb regungslos sitzen. Nach kurzer Zeit kam ein junger Polizist, der Lore mit nach draußen nahm, um sie nach Hause zu bringen.

BEDROHUNGEN

Auf der Fahrt zurück zum Otzberg kam Wind auf und hinterließ seine Spuren auf den Schönwetterwolken. Die Gebilde, die dick und rund am Himmel gestanden hatten, fransten nun an den Rändern aus, durch die Risse tropfte Regen. Als Lore aus dem Polizeiauto stieg, erwischte eine Windböe ihr Haar und zerzauste ihre Frisur. Sie rannte zum Haus, öffnete die Tür und stellte den leeren Pilzkorb auf den Küchentisch. Sie wühlte in ihrer Handtasche und förderte den Fund, der sie so viele Nerven gekostet hatte, zutage. So welk, wie er in ihrer Hand lag, wirkte er unscheinbar und harmlos. Vielleicht war es doch nur ein Pfifferling. Sie wollte ihn gerade in den Mülleimer werfen, da hörte sie im Hausflur ein lautes Knallen.

Sie wurde wütend. Kam Gersprenz jetzt schon am helllichten Tag betrunken nach Hause? Sie legte den Pilz auf die Fensterbank neben den Korb mit den Pfifferlingen, die sie heute Vormittag auf dem Markt gekauft hatte. In diesem Moment erschien eine hünenhafte Gestalt in der Küchentür. Wie sehr wünschte sie in diesem Moment, es wäre Gersprenz, sei es nüchtern oder betrunken oder sogar auf Chrystal Meth. Alles wäre ihr lieber, als denjenigen zu erblicken, der hier gerade stand und den Türrahmen noch enger erscheinen ließ, als er in Wirklichkeit war.

Der Busfahrer. Wieder. Lore wich zurück, mit zwei Schritten war der Mann bei ihr und versuchte, sie mit seinen Pranken zu erwischen. Lore griff nach dem leeren Pilzkorb und versuchte, ihm eins überzuziehen, doch der Busfahrer erwischte ihn und zerbröselte ihn mit seinen Schaufelhänden. Im Nu war er bei ihr und nahm sie in den Schwitzkasten. Lore geriet in Panik. Nicht nur weil sie Angst hatte, einen Hexenschuss zu bekommen, sondern um ihr Leben. Sie versuchte zu schreien, doch der Kerl fasste ihr an die Kehle und drohte zuzudrücken, wenn sie nicht verstummte. »Diesmal kommst du mir nicht davon, Schachtel«, fluchte er. Er zog einen Gegenstand aus seiner Hose, und bevor sie begriffen hatte, worum es sich handelte, waren ihre Hände an das Abflussrohr unter dem Spülbecken gefesselt. Lore zerrte an den Fesseln, sie schnitten tief in ihre Handgelenke, es brannte höllisch.

»Was wollen Sie?«, jammerte Lore.

»Die verdammte Dose. Wo ist sie?«

Lore zerrte erneut an dem Rohr, was ihr fast die Handgelenke abschnitt. Der Busfahrer versetzte ihr einen Tritt.

»Die habe ich weggeworfen, schon letzte Woche«.

Wieder ein Tritt. »Ich glaube dir kein Wort, her damit.« Er holte nun zu einem weiteren Tritt aus, da ertönte eine merkwürdige aggressive Gitarrenmelodie. Offensichtlich bekam er einen Anruf, denn er unterbrach seine Folter und griff in seiner Hosentasche nach einem Telefon. Nach zwei Mal ja sagen und einmal nein, verschwand er aus der Küche und ließ sie einfach so liegen. Lore war zunächst erleichtert.

Dann allmählich war sie in der Lage, ihre Situation zu analysieren. Sie konnte sich kaum bewegen, geschweige denn befreien, ohne ein Loch in die Wand zu reißen und im Zweifelsfall ihr Handgelenk zu verletzen. Die unbequeme Lage drückte ihr auf die Bandscheibe, und ihre Blase meldete sich allmählich. Wenn sie nicht bald aus dieser misslichen Lage befreit würde, hatte sie ein ernsthaftes Problem. »Gersprenz!«, rief sie aus voller Kehle. Auch wenn sie nicht die geringste Hoffnung hatte, dass er zu Hause war. »Gersprenz!« Sie wiederholte es dennoch, einfach um das Gefühl zu haben, irgendetwas zu unternehmen. Sie lauschte in die Stille. Da. War das ein Knarren der Treppe? Ja, sie lauschte auf die Schritte. Lore überkam wieder die Panik.

Wenn das der Busfahrer war, der nur das Haus durchsucht hatte? Sie versuchte, sich zu drehen, so gut sie konnte. Doch dann stand Gersprenz im Zimmer. Und starrte auf sie herunter. Wieder zerrte sie an ihren Fesseln. »Mach mich los, wie lange willst du noch glotzen?«

Der Opa ging in die Knie und fummelte an dem Plastikstreifen. Dabei kam er ihr so nahe, dass sie seinen Tabakatem riechen konnte.

Lore spreizte den Ellenbogen, um ihn von sich wegzuschieben. »Du brauchst ein Messer oder eine Schere, los, mach schon!« Gersprenz nahm ein Messer aus der Schublade und schnitt das Plastik durch. Lore rieb sich die Stelle, an der der schmale Streifen in die Haut geschnitten hatte, und erhob sich. Nachdem sich ihr Kreislauf etwas beruhigt hatte, fragte sie. »Wo kommst du überhaupt her?«

»Ich habe den Kerl kommen sehen und mich oben versteckt.«

»Und mich zu verteidigen, kam dir wohl nicht in den Sinn?«

Er schüttelte den Kopf und starrte sie weiter an. »Hast du wenigstens die Polizei angerufen?«, rief sie. Der Opa schüttelte den Kopf. Lore rannte in den Flur und wählte die Nummer des Präsidiums. Nachdem sie zum Kommissar verbunden worden war, erzählte sie ihm von dem Überfall.

Otto beschwichtigte sie. »Wir nehmen in diesem Moment den ganzen Ring hoch. In diesem Gasthof in der Nähe von Tschechien wurden große Mengen an

Chrystal Meth gefunden, genauso wie in dem Transportbus.«

Lore begann zu begreifen. Wahrscheinlich war der Busfahrer in dem Moment angerufen und gewarnt worden, in dem er sie gefesselt hatte, und war daher so plötzlich verschwunden.

»Diesem Weismann können wir allerdings nichts nachweisen. Hier wurden keine Drogenfunde gemacht. Wir sind hier also wirklich auf Ihre Aussage angewiesen.«

Lore wurde unbehaglich zumute. Gegen jemanden aus der Drogenwelt auszusagen, war nicht gerade ungefährlich. Lore hatte ja bereits zweimal zu spüren bekommen, wozu die fähig waren.

ENTHÜLLUNGEN

Otto befand sich auf der 661 Richtung Egelsbach. Die Ermittlungen der letzten Tage hatten gezeigt, dass sich seine Theorie bezüglich der Schmuggelangelegenheiten bewahrheitet hatte. Veronika-Reisen betrieb einen schwunghaften Handel mit Chrystal Meth. Der Schmuggel lief folgendermaßen ab: Die alten Leute suchten ihre Vitamine in Deutschland aus, bei einem Abstecher nach Tschechien wurden die Drogen in identischen Dosen ausgetauscht und an einem anderen Autobahnlager wieder zurück getauscht. Das Döschen, das Lore in der Apotheke bei Bodenmais gefunden und eingesteckt hatte, war eine Warenprobe der Droge gewesen.

Otto nahm an, dass Weismann den Stoff zwischenlagerte und weiter verkaufte. Damit war er vermutlich einer Drogenmafia in die Quere gekommen, die versucht hatte, ihn mit einem Bandanschlag auf seine Mutter einzuschüchtern. Ob man die alte Frau mit Chrystal Meth vergiftet hatte oder deren Tod nur ein tragischer Unfall war, blieb offen.

Weismann verweigerte jede Aussage. In diesem Moment bekam Otto eine SMS. Er warf einen Blick auf das Telefon-Display. Nachricht von Beate. Otto atmete tief durch. Was sollte er nur machen? Die Nacht mit ihr war ein Produkt aus Liebeskummer und Cognac gewesen. Er war nicht sicher, ob er das wiederholen wollte. Er fühlte sich komisch, und wie immer, wenn er einen klaren Kopf bekommen wollte, fuhr er hinaus zu seinem Fliegerfreund Rudi.

Heute war es windig und immer wieder böig, Otto sah die Segler in der Luft torkeln, eine Cessna musste den Flugplatz im Krebsgang anfliegen, um landen zu können. Als Otto sich zu Rudi in den Tower setzte, ihm zu Füßen die Landebahn mit ihrem Flickenteppich aus Beton und Asphalt, fühlte er sich gleich besser.

»Wie läuft's?«, fragte ihn der Fliegerfreund, ohne den Blick von dem Radar zu nehmen. Dabei wusste Rudi aus jahrelanger Freundschaft, dass es meistens gerade nicht gut lief, wenn Otto am Flugplatz auftauchte. Rudi fragte dann weiter nichts Konkretes, sie saßen einfach nebeneinander und schwiegen, während Otto seinem Freund lauschte, der durch seine präzisen Anweisungen die letzten Hobbypiloten des Tages in ihren Cessnas durch den Abendhimmel geleitete. Das war für Otto Therapie.

Urplötzlich überkam ihn die Lust, selber zu fliegen. Und weil er für heute keine Starterlaubnis mehr bekommen würde, kam er auf eine andere Idee. »Was macht der Quadrocopter?«, fragte er und sah sich suchend im Raum um.

»Akku gerade frisch aufgeladen«, antwortete Rudi und deutete auf eine Ecke des Raumes. Da stand das Fluggerät.

»Leihst du ihn mir?«

Rudi nickte. Otto lud die Bedien-App auf seinen Hand-PC, kabelte den Quadrocopter aus und verabschiedete sich. Er fuhr zu den Streuobstwiesen bei Erzhausen. Dort schickte er den Flieger in die Lüfte, wobei die Apfelbäume mit ihrem dichten Laub und Fruchtbehang eine erhebliche Herausforderung darstellten. Er versuchte immer wieder, durch irrwitzige Flugmanöver den automatischen Ausweichmechanismus außer Kraft zu setzen, es gelang ihm nicht. Nach einer Weile schaltete er den Automechanismus aus, um den Parrot noch enger um die Baumkronen steuern zu können. Die Flugzeuge des nahegelegenen Rhein-Main-Flughafens rauschten im Minutentakt über ihn hinweg und sorgen für ein stetiges An- und Abschwellen von Lärm, der sich wie ein Echo fortpflanzte. Alle waren jedoch nichts im Vergleich mit dem Airbus A 380, der plötzlich den Himmel beim Landeanflug über ihm verdunkelte. Otto blickte nach oben. Es wirkte, als brauche er nur die Hand auszustrecken, um den Koloss zu berühren. Aber er wusste, dass das Flugzeug sich noch gut und gern in zehn Kilometer Höhe befand. Für eine winzige Sekunde war Otto abgelenkt. Oder war es eine Windböe, die die Drohne erwischte? Jedenfalls verfing sich der Flieger in einem der Apfelzweige und brummte dort weiter wie eine gefangene Hummel. Otto stellte die Motoren aus und versuchte, den Parrot aus dem Baumwipfel zu schütteln. Alles, was sich löste, waren drei Äpfel, die ihn auf Kopf und Schulter trafen. Otto nahm Schwung und hievte sich auf einen der unteren Äste. Er lauschte kurz dem Knarren des Astes nach, er schien stabil genug, um ihn zu tragen. Otto stellte sich auf den Ast und konnte den Parrot nun bequem erreichen. In diesem Moment wusste er, wie er die Einbruchserie möglicherweise lösen konnte.

BIENENWEIDE

»Nur über meine Leiche!« Lore saß bei einem Hörnchen und einer Tasse Kaffee am Fenster des Burgmuseums und zitterte vor Wut. Bis eben hatte sie noch in Ruhe den Blick über das Tal genießen können, das sich wie ein Wandgemälde hinter den Fensterscheiben erstreckte. Das gestrige Unwetter hatte sich verzogen und einem neuen, hundsmäßig heißen Tag Platz gemacht.

Jetzt saß Krummsiegel ihr gegenüber und sah sie bittend an.

»Sie wissen nicht, was Sie da von mir verlangen.« Lore rührte in ihrem Kaffee, wobei dieser überschwappte und braune Flecken auf dem bestickten Deckchen hinterließ. Krummsiegel räusperte sich. »Ich weiß wohl, dass es da bei Ihnen eine Geschichte gibt …« Er unterbrach, weil er hoffte, Lore würde einlenken, doch sie tat ihm den Gefallen nicht. Sie fuhr nur damit fort, in ihrem Kaffee zu rühren, und schnaubte.

»… dass Sie da einen gewissen Widerwillen verspüren«, setzte er fort.

Lore richtete die Augen mit der Genauigkeit eines Zielgewehrs auf ihn. »Ich leide im ganzen Sommer unter einer Bienenplage, werde täglich von den Biestern gestochen und Sie verlangen von mir …«

Krummsiegel räusperte sich. »Die Bienenausstellung ist schon längst im Programm, das wissen Sie genau, es wurden bereits Gelder gespendet, das Interesse ist riesig.«

Lore leerte ihren Kaffee. »Ich mache da nicht mit.«

Krummsiegel legte die Hand auf ihren Arm. »Aber Sie könnten mich so gut unterstützen wie niemand anders. Auch mit Ihrem Internet-Wissen.« Lore verzog keine Miene. Ihm war scheinbar jedes Mittel recht. Sie runzelte die Stirn und richtete ihren Blick an ihm vorbei auf die grüngesprenkelten Täler, die der Burg zu Füßen lagen.

Krummsiegel seufzte leise. »Wenn Sie es nicht tun, muss ich Häthe Kirschner fragen. Denn die Ausstellung wird stattfinden, ob mit Ihnen oder ohne Sie.«

Lore überlegte blitzschnell. Wenn Häthe die Ausstellung machte, war Lore im Museum erst einmal überflüssig. Das bedeutete, sie verbrachte noch mehr Zeit zu Hause bei Gersprenz. So vor die Wahl gestellt, fiel ihr die Entscheidung plötzlich leicht. »Na gut«, murmelte sie grimmig.

»Prima«, sagte Krummsiegel und klatschte in die Hände. »Dann können wir beiden Hübschen gleich nach Nieder-Klingen fahren, und uns mal die Imkerei aus der Nähe anschauen.« Lore spürte ein Frösteln, das sich ihrer bemächtigte. Aber sie hatte sich entschieden.

Sie stiegen in Krummsiegels Wagen, der nicht größer war als eine Pizzaschachtel und knallrot. Krummsiegel musste sich zweimal falten, um hinters Steuer zu passen: in den Knien und in den Hüften. Er sah aus wie eine geknickte Marionette, seine Spinnweben-Haare klebten an der mit Plastik verkleideten Decke. Gott sei Dank waren es nur drei Kilometer bis zum Aussiedlerhof in Nieder-Klingen.

Dunggeruch schlug Lore entgegen, als sie ausstiegen. Der Imker sei gerade oben im Wald bei der Honiggewinnung, wurde ihnen von einem der Arbeiter auf dem Hof mitgeteilt.

»Dann ein anderes Mal«, rief Lore erleichtert und machte Anstalten, sich wieder in den Wagen zu zwängen.

»Nein, wir gehen hoch«, verkündete Krummsiegel unternehmungslustig. »Dann bekommen wir Einblick in seine Arbeit.«

»Aber wir haben keine Anzüge«, erwiderte Lore.

»Keine Angst, die Bienen werden Sie schon nicht umbringen«, sagte Krummsiegel und streichelte beruhigend ihren Oberarm.

»Sie haben ja keine Ahnung!«, murrte Lore. Sie ließ den Blick über die Landschaft schweifen, als hoffe sie, es öffne sich ein Loch, in dem sie verschwinden konnte. Aber Krummsiegel stapfte schon den Hang bergan, dem kleinen Wäldchen entgegen, in dem der Imker seinen Stock unterhielt.

Lore dachte wieder kurz daran, dass sie keine Wahl hatte, und folgte ihm, nicht ohne laut zu fluchen, wenn die Unebenheiten des Bodens irgendeinen Vorwand dafür lieferten. Die Bienenstöcke befanden sich gut

100 Meter hinter dem Waldanfang neben einer kleinen Holzhütte. Dort hielt sich auch der Imker auf. Auch er trug keinen Anzug. Nur mit T-Shirt und Latzhose bekleidet, bewegte er sich mit unbeirrbarer Sicherheit zwischen den schwirrenden Biestern. Lore wurde bereits von dem Summen übel. Der Imker hatte Gesichtsfurchen so tief wie der Acker, über den Lore gerade gestolpert war. Zwischen den Zähnen klemmte eine qualmende Zigarre, er begrüßte sie mit klebrigem Handschlag, Lore versuchte vergeblich, ihre Hand anschließend an ihrer Hose sauber zu wischen.

»Keine Angst, gestochen zu werden?«, fragte sie vorsichtig.

»Das ist gut gegen Rheuma«, murmelte der Kerl und nahm den Stummel aus seinem Mund.

»Ich habe eine Bienenplage im Garten und kann schon sagen, die Stiche tun weh«, beschwerte sie sich. »Ich vermute, die kommen von hier.«

Der Imker zuckte nur mit den Schultern. »Wenn Sie Pflanzen haben, die die anlocken …« Er machte sich an einer Vorrichtung zu schaffen, die aussah wie ein Aktenschrank mit Schubladen, aber vermutlich der Bienenstock war.

»Eine Robinie auf dem Nachbargrundstück«, sagte Lore.

Der Imker schaute sie an, als hätte sie nicht alle Tassen im Schrank. »Robinien, Akazien, das sind sehr nektarhaltige Pflanzen. Das sind regelrechte Bienenweiden.«

Lore zog die Augenbrauen hoch. Als ob sie das nicht selbst wüsste.

»Also was wollt ihr wissen über Bienen?«, fragte der Imker jetzt.

»Wo Sie gerade dabei sind, zeigen Sie uns doch, wie das geht mit der Honiggewinnung«, sagte Krummsiegel und beugte sich über den Aktenschrank. Lore nahm nur die hektisch umher kreisenden Geschosse wahr und rührte sich möglichst nicht, um keines der Biester zu reizen. Bei jedem Atemzug rechnete sie damit, eines der Dinger im Nasenloch zu haben.

Der Imker zog eine der Schubladen heraus. Darin befanden sich die Waben. Der Imker räucherte die Waben ein, indem er in seine Zigarre hineinblies. Diese Technik erinnerte Lore an ein Erlebnis mit ihrem Ex-Freund Ronni, der ihr einst auf diese Weise eine Portion Haschich-Rauch eingeflößt hatte.

»Das benebelt die Bienen«, erklärte der Imker und zog eines der senkrecht in dem Schrank steckenden Magazine heraus. Lore wünschte, sie wäre ebenfalls benebelt.

Der Imker schüttelte das Holzfach, um die nistenden Bienen abzuschütteln, und kam dann auf Lore und Krummsiegel zu.

»Sehen Sie«, sagte der Imker und deutete auf die Oberfläche des Holzbretts. Lore erkannte die rechteckigen Wabenstrukturen, die allerdings fest verschlossen waren.

»Wenn die Waben zu mindestens einem Drittel gefüllt und verdeckelt sind, kann geerntet werden.«

Der Imker ging zum Holzschuppen, der neben dem Aktenschrank stand. Lore und Krummsiegel folgten ihm. In dem dunklen Innenraum schwirrten deutlich weniger Bienen, und Lore fühlte sich sogleich wohler.

Sie beobachteten, wie der Imker die Zelldeckel der Waben vorsichtig mit Hilfe eines Messers abhob.

»Da der Honig für die Bienen ein Wintervorrat ist, muss er konserviert werden. Durch Verdunstung und den Zusatz körpereigener Enzyme machen die Bienen den Honig haltbar. Ist er reif, wird er in Zellen deponiert und anschließend mit einem Wachsdeckel verschlossen, um nachträgliches Eindringen von Feuchtigkeit zu verhindern. Der Wassergehalt des Honigs beträgt jetzt nur noch 18 Prozent.« Der Imker stellte das Wabenbrett in die Honigschleuder, wo der Honig anschließend aus den Waben geschleudert wurde.

»Wollen Sie mal?«, fragte er. Lore trat an das Gerät, aber allein der Griff war so klebrig, dass sie sofort wieder losließ. Krummsiegel gab sich anschließend Mühe, es besser zu machen, er tat, als sei es das reinste Vergnügen, doch die Anstrengung war ihm anzusehen.

Durch ein Sieb gelangte der Honig in Lagerbehälter, darin schwammen tote Bienen, Laub und Holzstückchen. Der Imker schien Lores skeptischen Blick bemerkt zu haben. »Der Honig wird dann noch erwärmt und so lange gerührt und gesiebt, bis er sauber ist und glänzt. Dann kommt er ins Glas.«

Lore stellte sich vor, dass sich auch im Honig Reste von Bienengift befanden, und überlegte, ob sie das gesunde Süß überhaupt noch essen mochte. Lore zählte die Stiche, die sie in den letzen zehn Minuten bekommen hatte. Es waren circa sechs Stück auf Armen und Beinen. Wenn das so weiterging, war sie bis heute Abend eine einzige wandelnde Giftblase. Doch der Imker schien ein Einsehen zu haben. Er packte einen Eimer voller Honig und gemeinsam gingen sie zurück zum Hof.

»Für ein Kilogramm Honig müssen Bienen drei Kilogramm Nektar sammeln«, erklärte der Imker unterwegs. »Dabei legen die Bienen im Laufe ihres Lebens eine Strecke entsprechend einer Erdumrundung zurück.«

Oder auch nur zwei Kilometer bis zu meiner Robinie, dachte Lore.

»Da ich den Bienen die Vorräte für den Winter nehme, füttere ich sie als Ersatz mit Zuckersirup, den die Bienen wiederum in Nektar umwandeln.«

»Das ist ein toller Ablauf«, sagte Krummsiegel voller Begeisterung. »Ich denke, wir können alle diese Schritte im Museum ausstellen und zum Selbstnachmachen nachstellen.«

»Aber ohne Bienen«, rief Lore. »Zumindest ohne lebendige.«

Zum Abschied schenkte der Imker beiden noch je ein Glas Honig. Lore empfand dies als einen schwachen Trost.

Es war bereits gleißender Nachmittag, als Krummsiegel Lore an ihrem Haus absetzte. Als sie ausstieg, erblickte sie den Gärtner, der auf dem wilden Grundstück unterhalb der Burg die ersten Äpfel erntete. Als er sie sah, kam er an den Zaun und reichte ihr einen. Er war sonnenwarm und glatt. Lore schnupperte das einzigartige Aroma und bedankte sich. Sie spürte, wir ihre Wangen ebenfalls sonnenwarm wurden. Sie beeilte sich, ins Haus zu kommen. Sie musste die klebrigen Finger waschen und ihre Bienenstiche versorgen. Ihr ganzer Körper schien zu brennen und anzuschwellen. Als sie die Küche betrat, wurde sie allerdings von einem Anblick eingeholt, der sie ihre Sorge um die Bienenstiche vergessen ließ.

SCHEINTOD

Auf dem Herd befand sich ein Topf mit Pilz-Ragout. Wenn der Matsch aus weißlicher Soße und bräunlichen Klumpen überhaupt den Namen Ragout verdiente. Lore konnte nicht sagen, auf welche Weise er zubereitet worden war, sie wusste nur, dass es sich um die Pfifferlinge handelte, die auf dem Fensterbrett gestanden hatten. Denn die waren verschwunden. Genauso wie der orangefuchsige Pilz, den sie gestern in Panik aufs Fensterbrett gelegt und dort vergessen hatte. Nach dem Überfall des Busfahrers eine verständliche Nachlässigkeit, die sich zu einer Katastrophe ausgewachsen hatte.

Nun hatte sich der Opa seine eigene Henkersmahlzeit zubereitet. Vorausgesetzt, er hatte den kleinen bösen Kerl mit ins Ragout geworfen. Und falls es sich dabei überhaupt um den Giftpilz gehandelt hatte. Das alles war nun mit Sicherheit nicht mehr herauszufinden, aber sie konnte ja schlecht Helm eine Probe von dem Zeugs ins Labor schicken. Panik und Hilflosigkeit schossen in Lore empor, als habe sie selbst einen giftigen Wirkstoff zu sich genommen, der nun Besitz von ihrem System ergriff. »Gersprenz?«, murmelte sie vorsichtig. Sie wollte vermeiden, dass ihre Stimme allzu viel von ihren Gefühlen verriet.

Sie nahm den Topf in die Hand und schnupperte an dem trübe glänzenden Inhalt. Kein verräterischer Geruch. Sie schüttete das Ragout ins Klo und schrubbte die Schüssel gründlich aus. In der Küche spülte sie den Topf und wischte die verschmutzte Arbeitsfläche und den Herd sauber. Sie war gerade fertig mit ihrer Arbeit, da klingelte es an der Tür. Lore öffnete mit hämmerndem Herzen. Zwei große Männer im Blaumann standen auf der Matte. »Wir kommen wegen der Küchentür«, sagten sie, nachdem Lore sie sekundenlang angestarrt hatte. Lore ließ die beiden Männer in die Wohnung, die sich sofort am Rahmen der kaputten Tür zu schaffen machten.

»Hast du schön gegessen? Ich habe für uns gekocht.« Lore schrie auf vor Schreck auf, denn Gersprenz stand in der Küche. Sie hatte ihn nicht die Treppe herunterkommen hören. Lore fiel ein Stein vom Herzen. Sie musterte sein Gesicht, um mögliche Spuren einer Vergiftung zu erkennen. Doch außer geröteten, geschwollenen Augenliedern unter den blassen dünnen Wimpern bemerkte sie nichts. Er sah schlechter aus, seitdem sie ihm den Weißdorn durch den Mönchspfeffer ersetzt hatte. Aber das schon seit ein paar Tagen.

»Hast du von dem Pilzragout gegessen?«, fragte sie vorsichtig.

Er rieb sich den eingefallenen Bauch. »Ja, hat lecker geschmeckt. Konnte nicht so lange warten.«

Lore drehte sich wieder zur Spüle und stützte sich mit beiden Händen auf den Rand. »Morgen koche ich wieder etwas Gutes für uns.«

FUNDSACHEN

Lore verpackte die letzten Einzelteile von Conan, dem Barbaren, in die Kisten, die Krummsiegel aus dem Keller herbeigeschafft hatte. Sie war heilfroh, dass die hässlichen Figuren endlich aus ihrem Sichtfeld verschwanden. Dies bedeutete zwar auch, dass die Bienenausstellung vor der Tür stand. Doch die Angst vor den Bienen war nichts im Vergleich zu dem, was Lore in den letzten Tagen durchgemacht hatte. Die Furcht, Gersprenz jeden Moment tot im Gartenbeet vorzufinden, hatte sie fast um den Verstand gebracht. Hinzu kam das schlechte Gewissen wegen Erich, dem sie eine Dosis Drogen verabreicht hatte. Lauter Dinge, die an den Nerven einer älteren Dame durchaus nagten.

Die routinierte Arbeit aus Packen und Verschließen hatte auf Lore eine beruhigende Wirkung. Krummsiegel war nach Nieder-Klingen gefahren, um Original-Magazinbeuten abzuholen, die ihnen der Imker zur Verfügung stellte.

Lore verschloss eine vollgepackte Kiste mit einer Handvoll Nägeln. Während sie die metallenen Stifte einhämmerte, wanderten ihre Gedanken zum Kommissar. Seit ihrer Reise mit Veronika hatte er seine Avancen drastisch zurück geschraubt. Kein Wunder, denn Tausende Male hatte sie seine Annäherungsversuche abgewiesen und ihm die kalte Schulter gezeigt. Doch bei dem letzten Treffen war er wieder erstaunlich zugänglich gewesen. Lag das an Lores Drogenfund, oder konnte er sich doch wieder für sie erwärmen? Doch selbst wenn, es hatte ja sowieso keinen Sinn. Sie könnte seinem Werben niemals nachgeben. Was sollte sie ihm denn sagen, wenn sie sich näherkamen?

Abgesehen von Ronni hatte sie noch nie einen Freund gehabt. Und das war 30 Jahre her. Lore hatte einfach Angst, sich grausam zu blamieren. Dann lieber gefangen sein in einer Art emotionalem Leerlauf. Dennoch, sie musste zugeben, dass seine subtilen Sympathiekundgebungen sie nicht kalt gelassen hatten.

Lore füllte eine weitere Kiste mit Körperteilen und verschloss diese ebenso. Ihr Rücken schmerzte, sie hatte eine Pause verdient. Sie ging nach unten ins Café und beschloss, Erich anzurufen, um sich nach seinem Befinden zu erkundigen. Nach zweimal Bimmeln nahm seine Schwiegertochter ab. Als sie hörte, wer ihren Vater zu sprechen wünschte, zögerte sie eine Sekunde. Dann holte sie ihn an den Apparat.

»Bist du aus dem Krankenhaus zurück?«, fragte Lore fröhlich.

»Wie du hörst.«

»Wie geht's dir?« Lore bemühte sich weiter um einen unbeschwerten Ton.

»Die Ärzte sagen, ich soll mich auf starke Entzugserscheinungen gefasst machen.«

»Soll ich dich besuchen?«

»Nein danke.«

Okay, er war immer noch beleidigt. In diesem Moment betrat Krummsiegel das Museum, auf dem Rücken trug er die Magazinbeute. Lore versprach Erich, sich baldmöglich wieder zu melden, und legte auf. Krummsiegel stellte den hölzernen Bienenstock ab. Dann gingen sie gemeinsam nach oben, Krummsiegel machte sich daran, die geschlossenen Kisten nach draußen zu tragen.

Lore begann, die nächste Kiste zu packen. Sie wickelte eines der schweren Schwerter ein und wollte es in die leere Kiste legen, da bemerkte sie, dass diese gar nicht leer war. Lore starrte auf Holzwolle, durch die silberfarbenes Metall schimmerte. Sie schob die Holzwolle beiseite. Die Aufregung erfasste ihren ganzen Körper und brachte ihn zum Schlottern. Das waren Waltrauds Silberlinge. Und noch mehr Schmuck.

»Verdammt«, fluchte Lore.

»Verzeihung, störe ich?«

Lore fuhr herum und wäre beinahe in die Kiste gefallen.

Der Kommissar stand vor ihr. Lore fuhr sich durch das Haar, das Gesicht, betastete Nase, Augen und Mund, als wolle sie sie an ihren rechten Ort rücken oder zumindest überprüfen, ob alles noch da war. Dann glitten ihre Hände über die Schürze. Ausgerechnet heute trug sie das grau-gelb gemusterte abgetragene Ding.

»Ja bitte?«, sagte sie, wobei sie sich bemühte, die Kiste und deren Inhalt zu verdecken.

»Ich habe einen neuen Ansatzpunkt, der möglicherweise zur Lösung der Einbruchserie führt. Hätten Sie Zeit, mit mir die Tatorte abzufahren? Ich brauche Ihre Meinung.«

Lore spürte, wie sie rot wurde. »Ich bin gleich fertig, wenn sie kurz im Café warten wollen«, sagte sie und sah dem Kommissar nach, bis er die Treppe hinunter war. Dann starrte sie wieder auf die Kiste. Kein Zweifel. Die Münzen ähnelten denen von Waltraud täuschend und denen, die sie in Gersprenz' Bett gefunden hatte, ebenso. Eigentlich hätte sie dem Kommissar den Fund gleich zeigen müssen, aber die Gedanken, die durch ihren Kopf wirbelten, ließen keine Entscheidung zu. Wenn sie Gersprenz anschwärzte, und er erwies sich als schuldig, wäre er aus dem Weg geräumt und könnte ihr nicht mehr das Haus streitig machen. Wenn sie ihn allerdings anschwärzte, und es war nichts dran, dann war klar, dass er sie rauswerfen würde, und sie stünde ohne Heim da. Hektisch verschloss Lore die Kiste und stellte sie hinter den Vorhang, sodass Krummsiegel die verräterische Fracht nicht entdeckte. Erst mal abwarten, was Otto von ihr wollte.

Als sie unten war, begegnete sie Krummsiegel und teilte ihm mit, dass sie das Museum verlassen musste. Er zog ein Gesicht, aber in Gegenwart des Kommissars traute er sich nicht, es ihr zu verbieten.

»Ich bin in fünf Minuten zurück«, rief Lore dem Kommissar zu, der in der Nische bei den Butzenscheiben saß. Sie eilte über den Burghof, um sich umzuziehen. Kurz, bevor sie die Haustür öffnete, schickte sie ein Stoßgebet zum Himmel. Bitte lass ihn da sein und lass ihn leben, dachte sie, bevor sie die Türklinke drückte. So wie immer in den letzten Tagen. Und bevor die zwei Wochen Karenzzeit nicht abgelaufen waren, würde dieses bange Gefühl auch weiter bestehen, wenn sie den Informationen aus dem Internetz Glauben schenken konnte.

Gersprenz saß in der Küche wie eh und je. Lore begrüßte ihn überschwänglich und trat dann an ihren Kleiderschrank. Sie überlegte fieberhaft. Was anziehen? Die Kleider waren für den Anlass zu festlich, Hosen zu normal, zumal die alle in letzter Zeit zwickten. Sie entschied sich für Jeans mit Gummibund, ein weißes T-Shirt und einen mirabellfarbenen Schal aus Edels Kollektion. Sie brauchte mehrere Minuten, bis sie ihn vorteilhaft drapiert hatte. Warum sah das bei anderen immer so gut aus, bei ihr nie?

Ein Blick in den Spiegel zeigte ihr, dass sie mit ihren Haaren erst gar nicht anzufangen brauchte. Sie begnügte sich also mit etwas Schminke, die sie mit zitternden Händen auftrug, aufgeregt wie eine Konfirmandin. Als sie hinaus auf den Burghof trat, wartete Otto bereits neben dem Wagen. Sie stieg ein, und während der Fahrt erklärte der Kommissar, was ihre Aufgabe war. »Wir fahren jeden Einbruchsort noch einmal ab, und Sie schauen sich die unmittelbare Umgebung an.«

»Aha«, sagte Lore, »und wieso das?«

Otto machte eine unbestimmte Kopfbewegung. »Ich weiß nicht, ich habe einfach die Hoffnung, dass einer von uns eine Eingebung hat.«

Als Erstes fuhren sie nach Hering. Hier wohnte Hartmut Meyerlein, das erste Einbruchsopfer. Lore und Otto stiegen aus dem Wagen und umrundeten das kleine Haus in der Neubausiedlung. »Achten Sie auf alles, was Sie sehen«, sagte Otto, »die Position des Hauses, die Nähe zur Nachbarschaft, Garten, Bäume, durch die man etwa ins Haus schauen kann.«

Lore sah sich um. Das Grundstück war umgeben von einer struppigen Hecke. Das Nachbargrundstück, auf dem sich ein größeres frei stehendes Haus befand, war eingesäumt von kugelig geschnittenen Eichen und einer sorgsam gepflegten Hecke. Wenn man auf einer der Eichen saß, konnte man in das Wohnzimmer hineinschauen. Lore fiel es schwer, sich zu konzentrieren. Gersprenz, die Münzen, Erich, all das nahm sie gedanklich in Anspruch und blockierte sie für andere Wahrnehmungen.

Sie fuhren weiter nach Zipfen, wo sich Haus und Grundstück von Gerlind Beck befanden. Die Umgebung war Lore so vertraut, dass sie zunächst glaubte, hier gar nichts wahrnehmen zu können. Doch dann fielen ihr der gepflegte Rasen auf und die sauber geschnittenen Hecken. Kein Vergleich mit dem Gestrüpp, das hier jahrelang geherrscht hatte. Der Gärtner war also schon hier gewesen.

Der Weg führte weiter nach Lengfeld zum Haus von Waltraud Kunz. Hier war alles vertrocknet. Vermutlich wohnte Waltraud immer noch bei ihrer Schwester. Lore ging zum Wasserhahn, füllte zwei Gießkannen und goss notdürftig die Beete, die es am nötigsten zu haben schienen.

Weiter ging es nach Habitzheim. Im Neubaugebiet befand sich das Haus von Gerda Brück. Lore betrachtete das kahle Grundstück und den angrenzenden Spielplatz. Auf der anderen Seite befand sich ein gepflegtes Villengrundstück. Nächste Station war Nieder-Klingen, das Haus von Hilde Escher grenzte ebenfalls an ein Grundstück, das von Bäumen gesäumt war.

Nachdem Lore alles gründlich in Augenschein genommen hatte, setzte sie sich zurück ins Auto und wartete, dass der Kommissar weiter fuhr.

Doch er blieb stehen. »Was haben Sie beobachtet?«

Lore war irritiert. »Fahren wir nicht nach Richen?«

Otto blickte sie erstaunt an. »Wieso das?«

Lore lachte verlegen. »Das Haus von Erich Rübsamen wurde doch auch beobachtet mit diesem …?«

»Quadrocopter«, ergänzte Otto. »Aber das hat sich als harmloser Jungenstreich entpuppt, und bei Herrn Rübsamen wurde schließlich nicht eingebrochen. Selbstverständlich können wir aber dorthin fahren, wenn Ihnen so viel daran liegt.«

»Nein«, rief Lore eine Spur zu laut. »Mit liegt nichts an Erich Rübsamen.«

Unter Ottos lächelndem Blick wurde Lore ganz hilflos zumute. Und wie immer, wenn sie sich hilflos fühlte, wurde sie hart.

»Ich weiß nicht, worauf Sie hinaus wollen. Ich kann Ihnen nicht helfen mit den Einbrüchen. Fahren Sie mich bitte wieder zurück«, sagte sie störrisch ohne ihn anzublicken. Als er den Motor anließ, brach es ihr fast das Herz. Schweigend fuhren sie zurück zur Veste. Als Otto im Burghof anhielt, zögerte Lore.

Wenn du jetzt aussteigst, siehst du ihn nie wieder, dachte sie. Dann war's das. Eine fatale Ruhe überkam sie. Der Wirrwarr um die Münzen, um Gersprenz und um Erich wich einer unbeirrbaren Klarheit. Im Geiste sah sie jedes Grundstück noch einmal vor sich. Und ein neuer Gedanke, der bereits vorher durch ihr Bewusstsein gehuscht war, manifestierte sich. Die Ungeheuerlichkeit dieses Gedankens raubte ihr den Atem.

»Es war der Gärtner«, flüsterte Lore tonlos. »Kein Zweifel.« Als sie den Kommissar anblickte, begegnete sie seinem fragenden Blick. »Welcher Gärtner?«

»Artur, mein Gärtner, vielmehr der Burggärtner«, korrigierte sie sich. »Die Einbrüche wurden alle in Häusern verübt, deren Grundstücke der Gärtner betreut, oder sie lagen in unmittelbarer Nachbarschaft.«

»Aha, und woher wissen Sie das?«

Lore schossen die Tränen in die Augen. »Weil ich ihn weiterempfohlen hatte. An die Nachbarin von Hartmut Meyerlein und Waltraud Kunz, und direkt an Gerda Brück und Gerlind.«

»Wie heißt der Mann weiter?«

Lore fummelte ein Taschentuch aus der Handtasche und tupfte sich die Augen. »Wiskliwitzki oder so. Ich muss nachschauen.«

»Wenn es so ist, wie Sie sagen, dann hatte der Gärtner während seiner Arbeit Zugang zu den Bäumen auf den Grundstücken oder in der Nachbarschaft und von dort einen guten Einblick in die nahe liegenden Häuser. So konnte er sie gezielt ausspähen und dann ausrauben.«

Lore pflückte kleine Stückchen von ihrem Taschentuch ab. »Ich bin an allem schuld«, krächzte sie.

Otto musterte sie besorgt. »Sie hatten niemals einen Verdacht?«

Lore schüttelte den Kopf. Doch dann hielt sie inne. »Doch. Als ich von dem Einbruch bei Gerlind Beck erfahren habe. Aber zur Tatzeit befand sich der Gärtner auf dem Burghof, da bin ich ganz sicher.«

»Dann hat er einen Komplizen«, sagte der Kommissar.

Gersprenz, schoss es Lore durch den Kopf. Doch sie konnte sich nicht vorstellen, dass der alte Kerl in der Lage war, einen Einbruch zu begehen. Auf der anderen Seite: Bei Gerlind und Waltraud waren die Einbrüche nicht weiter kompliziert gewesen. Dennoch entschied sich Lore, diesen Verdacht vorerst für sich zu behalten.

»Sehen Sie«, fuhr Otto fort, »ich halte diesen Gärtner für einen sehr gerissenen Kerl, es wird bestimmt schwer, ihm etwas nachzuweisen. Er arbeitet mit einem Komplizen, ich gehe nicht davon aus, dass wir seine Spuren an einem der Einbruchorte finden werden. Dennoch würde ich gerne einen DNA-Abgleich durchführen. Können Sie mir da weiter helfen?« Lore nickte.

Sie stieg aus dem Wagen und ging ins Haus. Da, wo Gersprenz heute Morgen noch gesessen hatte, standen eine leere Flasche Wein und ein Glas. Lore griff nach dem Glas und hielt es gegen das Licht. Abdrücke von Lippen und Fingern waren deutlich zu erkennen. Das war ihre Chance, herauszufinden, wer Gersprenz wirklich war und was er mit der Sache zu tun hatte. Später konnte sie den ›Irrtum‹ immer noch aufklären. Schließlich war denen im Labor dasselbe passiert mit der DNA von ihr und Edel. Lore steckte das Glas in einen Brotbeutel aus Plastik. Dann wühlte sie in ihrer Haushaltsschublade und fand den Zettel mit dem Namen und der Telefonnummer des Gärtners.

Artur Wislikowsky. So lautete sein korrekter Name. Otto, der ihr gefolgt war, stand plötzlich in der Küche. Sie reichte ihm den Zettel und das Glas im Beutel.

Er betrachtete es erstaunt. »Sie haben mit ihm Wein getrunken?« Lore wich seinem Blick aus und fasste an die Küchentür. »Die ist wie neu«, sagte sie strahlend. »Danke, dass Sie die Handwerker geschickt haben.«

Otto deutete Richtung Küchentisch. »Können wir uns setzen?«

Lores Puls begann zu rasen. Jetzt ist es soweit, dachte sie atemlos, jetzt gesteht er dir seine Liebe. Sie bot ihm Platz an und setzte sich mit zitternden Knien gegenüber.

»Ich möchte dem Gärtner eine Falle stellen«, eröffnete er. Lore spürte, wie sie innerlich erschlaffte, als alle Hoffnung von ihr wich. Sie bemühte sich so sehr, ihre Enttäuschung nicht sichtbar werden zu lassen, dass sie Ottos Ausführungen kaum folgen konnte.

Minuten vergingen, in denen Lore den sprechenden Otto anblickte wie einen Film ohne Ton.

»Können Sie das tun?«, fragte er, nachdem er augenscheinlich am Ende angelangt war.

Lore griff sich verwirrt ins Haar. »Ich weiß nicht …«

»Geht es Ihnen nicht gut?«

»Doch, doch«, beeilte sie sich zu sagen. »Was genau soll ich tun?«

Otto blickte auf seine Armbanduhr. »Jetzt ist es halb zwölf. Heute Nachmittag gegen 16 Uhr bringen wir eine Lieferung an angeblichen Wertsachen ins Museum. Und Sie sorgen dafür, dass der Gärtner davon erfährt. Ist das möglich?«

Lore überlegte. »Ja. Heute ist Donnerstag. Da pflegt er üblicherweise die Pflanzen auf dem Burghof und die Wiesen rund um die Burg. Äh … was genau soll ich sagen?«

Otto musterte sie geduldig. »Sie sagen, dass heute über Nacht wertvolle Gegenstände im Museum gelagert werden.«

»Nur diese Nacht?«

»Damit er oder sein Komplize direkt zuschlagen.«

»Gut …«

»Brenneisen und ich halten dann hier auf dem Hof Wache.«

Lore nickte. »Und wann kommt der Transport?«

»16 Uhr. Und sorgen Sie bitte dafür, dass der Museumsleiter eingeweiht ist. Ihrem Mitbewohner, diesem Gersprenz können Sie ebenfalls mitteilen, dass ein Werttransport kommt, aber nicht, dass wir observieren, okay?« Lore nickte, ohne zu verstehen. Verdächtigte der Kommissar nun auch ihren Großvater? Doch Lore war zu verwirrt, um nachzufragen.

»Wo befindet sich Ihr Mitbewohner überhaupt?«

Lore zuckte mit den Achseln. »Ich weiß es nicht. Vermutlich im Dorf, Flaschen sammeln.«

Ottos befremdeter Gesichtsausdruck zeigte Lore, wie absurd diese Tatsache war.

»Dann wäre alles besprochen«, sagte sie und brachte Otto zur Tür, bevor er noch weitere Fragen stellen konnte. Zurück im Haus rief sie nach Gersprenz. Sie erwartete, dass er sich auf seinem Zimmer befand und wegen der fremden Stimme oben geblieben war.

»Gersprenz?«, rief sie mehrmals und lauschte der vibrierenden Stille. »Gersprenz?« Keine Reaktion. Sie ging die Treppe hinauf und sah in seinem Zimmer nach. Da war er nicht. Sie ging hinunter in die Küche und dann auf die Terrasse. Ihr Herz schlug einige Saltos, noch bevor ihr Gehirn wirklich begriffen hatte, welches Bild ihre Netzhaut gerade überspielte.

Da lag er. Zwischen Elfenspiegel und Rhododendron. Lore war mit wenigen Sätzen bei dem reglosen Körper. Es sah aus, als schliefe Gersprenz. Doch Lore hatte genug Leichen in ihrem Leben gesehen, um sofort zu erkennen, was hier los war. Eine merkwürdige Ruhe ergriff von ihr Besitz. Sie ging in die Knie, um Gersprenz' Puls zu ertasten. Schon die kühle

Oberfläche der Haut zeigte ihr an, dass dies sinnlos war. Eine Sekunde lang überlegte sie, Otto anzurufen. Doch dann befielen sie Zweifel. Wenn man einen Gifttod bei Gersprenz diagnostizierte, war sie geliefert.

Lore versuchte, den Körper anzuheben. Trotz der ausgemergelten Gestalt war er bleischwer. Als sie Schritte hörte, war es zu spät, den Leichnam zu verstecken. Es war der Gärtner. Lore spürte, wie sich ein Frösteln von den Zehen bis zum Nacken in ihr ausbreitete. Sie war alleine mit dem Verbrecher und der Leiche. Verzweifelt spähte sie nach Hilfe, aber niemand anderes war in der Nähe.

»Ist er tot?«, fragte der Gärtner und näherte sich der Leiche. Lore nickte. Er ging in die Hocke und fühlte nun ebenfalls nach dem Puls. Er schaute zu ihr auf und schüttelte kaum merklich den Kopf. Seine grünblassen freundlichen Augen waren von Fältchen umkränzt, da er die Augen wegen der blendenden Sonne anspannte.

»Er muss weg hier«, keuchte Lore. »In ein paar Stunden ist die Polizei hier.«

Der Gärtner sah sie erstaunt an. »Polizei?«

Lore erschrak. Hatte sie sich verplappert? »Sicherheitsbeamte, ein Werttransport für eine Ausstellung«, korrigierte sie stotternd. »Wertgegenstände, die heute Nacht im Museum gelagert werden.« Sie klang alles andere als überzeugend. Andererseits, vielleicht führte der Gärtner ihre Aufregung auf die Leiche zurück. »Aber verraten Sie das niemandem«, fügte sie flüsternd hinzu.

Der Gärtner nickte, ohne weitere Fragen zu stellen. »Ich helfe Ihnen, kein Problem. Wohin mit der Leiche?« Lores Blick schweifte durch den Garten und blieb an dem Haufen Zweige hängen, die der Gärtner letzte Woche gestapelt hatte. »Da«, rief sie und deutete auf den Hügel.

Der Gärtner packte den Toten unter den Armen, wobei Gersprenz' Kopf um die eigene Halsachse rollte wie eine Murmel. Lore nahm ihn bei den Füßen und stellte bei der Gelegenheit fest, dass der Gauner handgenähte Schuhe trug. Scheinbar besaß er doch Geld. Der Gärtner grub ein Loch in den Haufen, sodass sie Gersprenz hinein betten und anschließend zudecken konnten. Ruhe sanft, dachte Lore und schlug in Gedanken ein Kreuz. Sie nickte dem Gärtner dankbar zu, obwohl sie sich alles andere wünschte, als ihn als Mitwisser zu haben. Dann ging sie zurück ins Haus und von dort ins Museum, um Krummsiegel in den Plan einzuweihen.

MUSEUMSFALLE

Am Nachmittag erschien der Polizeikonvoi mit einem weißen Transporter und fuhr auf den Hof. Zwei Polizisten in Zivilkleidung transportierten mehrere Kisten ins Museum, wobei viel Aufhebens gemacht wurde, die Kisten bloß nicht fallen zu lassen. Der Gärtner war zwar nicht in Sicht, aber Lore wusste, dass er um die Ecke den Efeu an der Mauer kürzte und alles beobachtete.

»Und das, wo die Alarmanlage ausgefallen ist«, lamentierte Krummsiegel, wobei er eine beachtliche Lautstärke entwickelte. Nach vollbrachter Tat zogen die Männer ab. Lores Gedanken rannten im Kreis. Fragmente der Kiste, die Münzen, Gersprenz' Leiche, der Gärtner, die anderen Verdächtigen – Lore spürte die Dinge fast gegenständlich in ihrem Kopf. Und noch ein Problem sah sie auf sich zukommen. Wenn der Gärtner heute Nacht überführt wurde, dann würde er auch sie verraten.

Abends bereitete sie sich ein leichtes Abendbrot zu, das sie ohne jeden Appetit verzehrte. Dann ging sie nach oben in Gersprenz' Zimmer, um aufzuräumen. Sie nahm die schmutzigen Bezüge vom Bett und durchsuchte jede Ritze, Münzen konnte sie allerdings keine finden. Seine restliche Habe reihte sie auf dem Nachttisch auf.

Später im Bett versuchte sie sich einzureden, ihre schwirrenden Gedanken seien Träume und dass sie tief schlief. Eine Selbsttäuschung, denn als jemand gegen ihre Tür klopfte, war sie augenblicklich wach. Da sie in Kleidern auf dem Bett gelegen hatte, war sie nur Sekunden später an der Tür.

Otto stand vor ihr, ohne etwas zu sagen. Lore räusperte sich. »Haben Sie ihn?«

Otto drehte sich um und winkte ihr, ihm zu folgen. Nun hatte Lore das Gefühl, zu träumen, und bewegte sich fast schwebend vorwärts.

Eine Gruppe von Polizisten hatte sich um den Eingang des Museums geschart. Lore konnte den Gärtner nirgendwo entdecken. Kurze Erleichterung machte sich breit. Dann wieder die Enttäuschung. Der Fall musste doch endlich mal gelöst werden. Auch als die Gruppe auseinandertrat, sah sie niemanden. Warum hatte Otto sie überhaupt geholt?

Dann erblickte sie das Kind. Es war etwa halb so groß wie die Erwachsenen, die es umringt hatten, daher hatte sie den Jungen zunächst übersehen. Sie kannte den Jungen. Nur woher? Sie überlegte angestrengt. Sie schätzte das Kind auf ungefähr zehn Jahre, braunes Haar fiel ihm in die Stirn.

»Das ist der Sohn vom Gärtner«, platzte sie schließlich heraus.

»Das ist der Einbrecher«, sagte Otto. »Woher kennen Sie das Kind?«

»Der Junge war ein paar Mal mit dem Gärtner hier und hat die Feuer bewacht, wenn die Gartenreste verbrannt wurden.«

»Dann haben wir den Komplizen«, sagte Otto. Brenneisen, der neben ihm stand, sagte: »Das erklärt möglicherweise auch das Zündeln bei den letzten Einbrüchen. Vielleicht wollte der Junge auf sich aufmerksam machen.«

Otto ging zu dem Jungen und kniete sich vor ihn hin. »Wer hat dich zu den Einbrüchen angestiftet? Dein Vater?«

Das Kind wirkte merkwürdig gefasst, ruhig und überlegt wie ein Erwachsener. Es schwieg. Nun näherte sich Brenneisen dem Jungen. Er ging ebenfalls in die Knie: »Junge, sprich mit uns. Wir wollen dir und deiner Familie doch nur helfen.«

»Komm«, sagte er schließlich, packte ihn an der Schulter und ging mit ihm ein paar Schritte. Plötzlich drehte sich der Junge um und deutete in das Obergeschoss von Lores Haus.

»Alter Mann«, rief er. Dann deutete er auf Lore. »Und alte Frau.« Lore wurde fast ohnmächtig unter Ottos erstauntem Blick. »Das ist nicht wahr«, beteuerte sie atemlos und tastete nach ihrer Drosselrinne, in der ihr Blut heftig pulsierte.

Otto sah sie ernst an. »Wo befindet sich Ihr Großvater, im Haus?«

»Das ist nicht mein Großvater«, stieß Lore aus. »Das ist ein Betrüger, der sich für jemanden ausgegeben hat, der er nicht ist.«

Nun schwiegen alle um sie herum.

»Wieso reden Sie in der Vergangenheit von ihm?«, fragte Otto.

Lore zwang sich zur Ruhe. Sie musste nun einen kühlen Kopf bewahren, wenn sie sich nicht selbst ans Messer liefern wollte. »Weil er schon vor Wochen aufgetaucht ist und sich als die falsche Person ausgegeben hat.« Sie klang kaltblütig genug, um überzeugend zu sein.

»Befindet er sich im Haus?«, fragte Otto und bewegte sich auf Lores Haus zu.

»Er ist nicht da«, krächzte Lore. Die Stimme entglitt ihr im selben Maße wir ihre Kontrolle. Die neue Sachlage wirbelte alles durcheinander. Der Junge und Opa Gersprenz steckten unter einer Decke? Wie hatten die beiden das ausgeheckt?

»Wo ist er denn?«

Lore zauderte. Was sollte sie denn sagen? Da unten unter dem Laubhaufen? »Ich weiß es nicht«, schrie sie.

Brenneisen schaltete sich ein. »Wer ist denn dieser Mitbewohner, den der Junge belastet?«

Lore wandte sich dem jungen Kommissar zu, der trotz der späten Stunde immer noch nach Quellwasser duftete: »Harald Gersprenz. Der zweite Mann meiner Großmutter. Er gibt sich als Nachfahre eines Adelsgeschlechts aus und beansprucht Besitzrechte auf mein Haus. Ich glaube, es ist ein Betrüger.«

»Wieso glauben Sie das?«, fragte Brenneisen.

Lore machte eine unbestimmte Geste. »Bauchgefühl«, sagte sie. Jetzt bloß nicht die Münzen erwähnen, sagte sie sich. Das würde eine falsche Spur legen, und der wirklich Schuldige würde niemals gefasst.

Denn nun war Lore ganz sicher, wie es gelaufen war. »Es war der Gärtner«, bekräftigte sie. »Er hat die Wohnungen ausgespäht, und der Junge hat sie ausgeräumt.«

Brenneisen seufzte. »Dafür haben wir aber keine Beweise. Der Junge belastet Herrn Gersprenz, wir sollten also Ihre Wohnung durchsuchen.«

Lore nickte und trat einen Schritt zurück, wie um deutlich zu machen, dass sie nicht im Weg stehen würde.

»Wir übernehmen das«, schaltete sich Otto ein. »Sie schaffen den Jungen nach Hause, machen den Gärtner ausfindig und befragen ihn«, sagte er zu Brenneisen. Denn machte er sich mit den zwei verbleibenden Polizeibeamten an die Durchsuchung von Lores Haus.

FAMILIENBANDE

Die düsteren Hochhäuser in der Dieburger Siedlung wirkten verfallen und verlassen, nur vereinzelt beleuchtete Fenster zeigten, dass hier Menschen wohnten. Brenneisen stieg mit dem Jungen aus dem

Wagen, dieser ging zielstrebig auf eines der Häuser zu und drückte eine der unteren Klingeln. Dafür benutzte er einen bestimmten Rhythmus oder Code. Lang, lang, kurz. Auf dem Klingelschild, das der Junge gedrückt hatte, standen drei verschiedene Namen. Artur Wislikowsky war nicht darunter.

Als der Öffner rasselte, drückte der Junge die Tür auf und ging vor ins dunkle Treppenhaus, ohne Licht anzumachen. Als Brenneisen den Schalter betätigte, stellte er fest, dass das Licht nicht funktionierte. Die Familie wohnte im ersten Stock, sie gingen die Treppe hinauf, der Junge drückte die Tür zu einer dunklen Wohnung auf. Nach zwei, drei bellenden Lauten, die der Junge ausstieß, erschien eine Frau mit blonden filzigen Haaren in einem abgetragenen Jogginganzug und mit sehr müdem Gesichtsausdruck im Flur.

»Ich suche Herrn Wislikowsky«, sagte Brenneisen und hielt ihr seine Polizeimarke hin.

Die Frau blinzelte verständnislos. »Der wohnt hier nicht.«

»Aber Sie kennen ihn?«

Die Frau nickte und zündete sich eine Zigarette an.

»Er ist der Vater des Jungen, oder?«

Auf die Frage von Brenneisen lächelte die Frau verwundert und stieß den Rauch geräuschvoll aus.

»Nein, das ist nicht sein Vater. Ich bin die Mutter.«

»Vielleicht besprechen wir das besser drinnen«, drängte Brenneisen. Widerstrebend ließ die Frau ihn herein. Dem Schnitt nach handelte es sich um eine kleine Zweizimmerwohnung. Ein enger Flur, rechts eine geschlossene Tür, links eine offene, hier hatte die Frau wohl geschlafen. Der Junge verschwand hinter der anderen Tür.

Die Frau führte Brenneisen ins Wohnzimmer, in dem vor lauter Schrankwänden kaum Platz für ein Sofa und einen Sessel war. Sie setzten sich gegenüber.

»Wer ist dieser Wislikowsky? In welchem Verhältnis stehen Sie zu ihm?«

Die Frau, die Ihre Zigarette in einem überquellenden Aschenbecher ausgedrückt hatte, zog ihre Joggingjacke enger um den Körper und gähnte. »Er ist ein Nachbar. Valentin hilft ihm ab und zu bei Gartenarbeiten. Dadurch verdient er sich etwas dazu.«

»Aha«, antwortete Brenneisen und fragte sich, warum sich ein Zehnjähriger etwas dazuverdienen musste.

»Geht der Junge nicht zur Schule?«

»Natürlich«, sagte die Frau. Ihre Stirn wurde von einem Netz an Misstrauensfältchen überzogen. »Worum geht es hier überhaupt?«

»Der Junge ist heute Nacht in einem Museum eingebrochen, und wir gehen davon aus, dass er in mindestens vier weiteren Fällen ebenfalls Einbruchdiebstahl begangen hat.«

Die Frau gab sich wenig Mühe, überrascht zu wirken. »Das kann nicht sein«, sagte sie lahm.

»Und es ist Ihr Kind?«

Sie runzelte die Stirn. »Was soll die Frage?«

»Weil Sie Deutsche sind und der Junge kaum Deutsch spricht.«

Ihre Augen gingen nun auf Halbmast. »Er ist adoptiert. Polnisches Kinderheim. Wollen Sie seinen Ausweis sehen?«

Brenneisen winkte ab. »Morgen. Ich muss Sie ohnehin bitten, morgen ins Präsidium nach Darmstadt zu kommen. Dann bringen Sie alle Ausweispapiere mit. Und den Jungen. Was mit ihm zu geschehen hat, wird das Jugendamt entscheiden.«

»Jugendamt«, murmelte die Frau verächtlich. Doch sie sicherte zu, zu erscheinen. Brenneisen ließ sich von ihr Wislikowskys Adresse geben und verabschiedete sich.

Nur wenige Minuten später stand er vor einem weiteren Wohnblock, der heruntergekommen und verlassen aussah. Hier dauerte es länger, bis die Tür geöffnet wurde. Ein Mann in Shorts und T-Shirt kam zur Tür, offensichtlich funktionierte der Türöffner nicht. Brenneisen dachte zunächst, es handle sich um den Hausmeister.

»Polizei«, erklärte Brenneisen und zeigte seinen Ausweis.

Der Mann gab sich als Artur Wislikowsky zu erkennen. »Worum geht's?«, fragte er lächelnd.

»Können wir das drinnen besprechen?«

Der Mann nickte und führte Brenneisen in seine Wohnung, die sich im Erdgeschoss befand. Brenneisen fragte sich, was die Leute in den oberen Geschossen bei dem kaputten Türöffner machten. Vermutlich nicht öffnen. Die Wohnung des Gärtners war im spartanischen Junggesellenstil eingerichtet. Noch im Stehen fragte Brenneisen: »Kennen Sie Valentin Bauer?«

Der Mann nickte. »Der Junge, natürlich. Er hilft mir manchmal bei Gartenarbeiten.« Mit einem verschmitzten Gesichtsausdruck machte der Gärtner klar, dass er derjenige war, der den Jungen unterstützte, nicht umgekehrt. Auf Brenneisen wirkte er glaubwürdig und sympathisch.

Der Gärtner ließ sich auf das ächzende Sofa fallen und bot Brenneisen ebenfalls Platz an. Dieser setzte sich auf den kunstledernen Sessel.

»Was wissen Sie über den Jungen?«

Der Gärtner zupfte an einer offenen Naht auf der Sofalehne. »Der Junge kommt aus … schwierigen Verhältnissen.«

»Was verstehen Sie unter schwierig?«

Der Gärtner blies einen Stoß Luft aus. »Haben Sie die Wohnung gesehen? Und die Mutter?«

Brenneisen nickte. »Der Junge wurde heute Nacht bei einem Einbruch erwischt. Was haben Sie dazu zu sagen?«

Der Gärtner sah Brenneisen ehrlich überrascht an und ließ ab von der Naht. »Wie bitte? Wo denn?«

»Im Burgmuseum der Veste Otzberg. Ihnen wird nicht entgangen sein, dass in der Gemeinde Otzberg diverse Einbrüche begangen wurden. Habitzheim, Zipfen, Nieder-Klingen, Lengfeld. Wir wissen, dass Sie in allen Orten mit Gartenarbeiten beschäftigt waren. Entweder direkt an dem betroffenen Grundstück oder in unmittelbarer Nachbarschaft.« Otto hatte Brenneisen diese Informationen, die er von Frau Kukuk hatte, heute Nachmittag weitergegeben. Der Gärtner sah aus, als müsse er die Informationen erst sacken lassen. Dann fuhr er sich mit beiden Händen durchs Haar. »Du lieber Gott …«, murmelte er, verstummte dann aber sofort.

»Sprechen Sie weiter«, ermunterte ihn Brenneisen.

Der Gärtner starrte ungläubig vor sich auf die Tischplatte, wo Zeitungen verstreut lagen. »Das kann nicht sein …«

»Was kann nicht sein?«

Der Gärtner blickte ihn nun aus hellgrünen Augen direkt an. »Der Junge«, formulierte er kaum hörbar.

»Die Polizei fragt sich eher, was Sie mit der Sache zu tun haben«, erwiderte Brenneisen scharf.

»Wo denken Sie hin, das sind meine Kunden.«

»Sie glauben, der Junge hat auf eigene Faust gehandelt?«

Der Gärtner hob beide Hände und ließ sie dann auf seine Oberschenkel fallen.

»Ich weiß nicht, was ich sagen soll.«

Brenneisen musterte ihn eingehend, konnte jedoch keine vordergründigen Spuren von Lügen in dem wettergegerbten Gesicht erkennen.

»Ein Zehnjähriger, der auf eigene Faust Einbrüche begeht? Das glauben Sie doch selbst nicht.«

»Er ist elf Jahre alt«, entgegnete Wislikowsky.

Brenneisen verschärfte den Ton. »Egal. Der Junge ist nicht straffähig. Es liegt nahe, dass er einen erwachsenen Komplizen hat, der ihn anleitet.«

Der Gärtner fasste sich an die Brust und blickte ihn geradlinig an. »Ich schwöre Ihnen, ich habe nichts damit zu tun.«

Dann verfinsterte sich seine Miene, ein neuer Gedanke schien ihn zu bewegen. »Hat der Junge denn behauptet, ich hätte ihn angestiftet?«

Brenneisen schüttelte den Kopf. »Der Junge hat Sie nicht belastet. Aber Sie verstehen, dass wir Sie trotzdem überprüfen müssen. Sind Sie mit einer DNA-Probe einverstanden?« Der Gärtner nickte mit gesenktem Kopf. Brenneisen nahm eine Speichelprobe des Mannes und bestellte ihn ebenfalls für den nächsten Tag ins Präsidium.

AUSGRABUNGEN

Während die Polizisten ihr Haus durchsuchten, stand Lore am Fenster und blickte in den nachtschwarzen Garten. Sie hatte eine Decke um ihre Schultern gelegt, es war kühl. Ein Gewitter war aufgezogen, Regen und Wind peitschten die Zweige und Blätter. Für Lore wirkte es, als klatschten die dürren Pflanzen Beifall über den unerwarteten Regen. Schwere Tropfen prasselten auf die Steinplatten der Terrasse und bildeten Millionen von winzigen Springbrunnen. Genauso hämmerten sie auf den Haufen Zweige, als wollten sie das Grab von Gersprenz zementieren.

Nun war es doch wahr geworden, schoss es Lore durch den Kopf. Nun war Gersprenz doch im Garten begraben. Und zwar durch ihre eigene Hand. Ein Frösteln überzog ihren Leib.

Die Polizisten kamen die Treppe hinunter gepoltert. Sie hatten nichts gefunden. Keine Münzen, kein anderes Diebesgut oder Hinweise auf Gersprenz' Schuld. Otto stellte sich neben sie. »Wir nehmen die Zahnbürste von Harald Gersprenz mit für einen DNA-Abgleich.«

Lore nickte und sah den Kommissar eindringlich an: »Es war der Gärtner. Er hat die Wohnung ausgespäht, und der Junge hat sie ausgeräumt.«

»Was macht Sie so sicher?«, fragte Otto.

Lore begann unter ihrer Decke zu schwitzen. Einmal musste es ja doch raus. »Weil Gersprenz seit gestern verschwunden ist.«

In diesem Moment riss ein gewaltiger Windstoß den Haufen Zweige auseinander und die Blätter und Äste wirbelten in alle Himmelsrichtungen. Man musste nicht besonders gut sehen, um die verschmutzten

Hosenbeine zu erkennen, die nun zum Vorschein kamen.

»Was ist das?«, fragte der Kommissar.

Lore zog die Decke enger um sich. Sie spürte, wie die Angst im Nacken sie förmlich schüttelte. »Ich hatte keine Ahnung …«, stotterte sie. Doch Otto schenkte ihr keine Beachtung.

Im Nu war er draußen und hatte die Leiche zusammen mit den Helfern vollständig freigelegt. Lore folgte ihm.

Otto baute sich vor ihr auf. Er war außer Atem, Regen klatschte ihm ins Gesicht, sodass er sich gar nicht mehr ähnlich sah. »Raus mit der Sprache. Was ist passiert?«, schrie er.

Lore schlug die Hände vors Gesicht. »Ich habe ihn heute Mittag gefunden, er lag tot im Beet, ich habe Panik bekommen und wusste mir nicht anders zu helfen, als ihn zu verstecken.« Mit Blicken flehte sie um Verständnis.

»Und wann wollten Sie mir das berichten?«

»Gerade jetzt eben«, rief Lore gegen den Wind.

Doch Otto war nicht mehr an ihrer Seite. Wütend stapfte er an ihr vorbei, das Handy am Ohr, um einen Krankenwagen zu rufen. Lore folgte ihm nach drinnen und versuchte erneut, sich zu erklären.

»Das ist der sichere Beweis, dass es der Gärtner war«, stammelte sie, »Gersprenz ist seit heute Mittag tot, konnte also von dem Werttransport im Museum nichts wissen. Der Gärtner hat mir geholfen, die Leiche zu verstecken. Während dessen habe ich ihm von dem Transport und der Lagerung der Wertsachen im Museum erzählt.«

Otto sah sie missbilligend an. »Die Gerichtsmedizin wird feststellen, seit wann Gersprenz tot ist und was die Todesursache ist. Ihnen glaube ich kein Wort mehr.«

Lore beobachtete, wie die Leiche abtransportiert wurde und die anderen Polizisten den Burghof verließen. Noch nie in ihrem Leben hatte sie sich so verlassen gefühlt.

UNTERSUCHUNGEN

»Ich warte auf dich. Jasmin-Tee«. Otto drückte die SMS weg und rieb sich die Augen. Das war das Ende eines harten Vernehmungstages und der Beginn einer langen Nacht. Er hatte Beate versprochen, später vorbeizukommen aber das würde nichts werden. Der Gedanke an Jasmin-Tee schraubte die Kopfschmerzen, die ihm die Ereignisse dieses Tages bereitet hatten, gehörig nach oben.

Begonnen hatte der Tag mit der Vernehmung der Mutter von Valentin Bauer. Ein Check beim Jugendamt hatte gezeigt, dass der Junge zwar rechtmäßig adoptiert worden war, die Mutter aber nicht hinreichend ihrer Sorgfaltspflicht nachgekommen war. Der elfjährige Junge befand sich seit zwei Jahren hier in Deutschland und war in keiner Schule angemeldet. Man konnte davon ausgehen, dass er die ganze Zeit Diebstähle begangen hatte. »Ein Diebeskind«, hatte die Dame vom Jugendamt den Jungen genannt.

Auch der Gärtner, Artur Wislikowsky, war im Präsidium erschienen. Er besaß tadellose Alibis für alle Einbrüche. Und obwohl Otto inzwischen ebenfalls fest glaubte, dass er der Drahtzieher war, konnten sie ihm nichts nachweisen. Keine Spuren an den Tatorten, keine belastende Zeugenaussagen.

Die Polizei stand mit leeren Händen da. Ottos gesamte Hoffnungen ruhten nun auf Prof. Helm, der die Leiche von Gersprenz und die Tatortspuren noch einmal gründlich gescannt hatte. Es ging bereits auf 23 Uhr zu, als Helm mit seinen Ergebnissen erschien. Er hatte Brenneisen im Schlepptau. Otto hatte frischen Kaffee gekocht, verzichtete aber darauf, den anderen welchen anzubieten. Er konnte im Moment keine weitere Ablehnung verkraften.

Brenneisen sah so blass und ausgebrannt aus, wie Otto sich fühlte, Helm dagegen wirkte frisch wie der junge Morgen. »Beginnen wir mit der Leiche aus Frau Kukuks Garten«, rief er fröhlich und griff nach dem obersten Blatt. »Harald Gersprenz war zwar noch weit davon entfernt, zu Kompost zu werden, aber er ist seit etwa 36 Stunden tot. Todeszeitpunkt ist zwischen zehn und elf Uhr gestern Vormittag.«

Otto überlegte. Zu der Zeit war er mit Lore die Einbruch-Tatorte abgefahren. Es stimmte also, dass Gersprenz tot war, bevor der Museumsplan überhaupt gefasst wurde.

»Todesursache?«

»Tja, ich kann nur sagen: Harald Gersprenz' Herz hätte dringend einen Rohrreiniger benötigt. Seine Herzkranzgefäße waren die reinste Tropfsteinhöhle. Also im übertragenen Sinne.« Helm stieß ein Kichern aus. »Nein, ohne Witz«, fuhr er fort. »Wir haben koronare Ablagerungen in hoher Ausprägung gefunden, durch die Gefäßverengung sind die Herzmuskelzellen schon lange nur noch dürftig mit Sauerstoff versorgt worden.«

»Also handelt es sich um eine natürliche Todesursache?«, erkundigte sich Otto.

»Ja«, grinste Helm. »Auch wenn die Tatsache, dass der Tote in Frau Kukuks Garten gefunden wurde, auf etwas anderes schließen lässt. Aber ich muss Sie enttäuschen, Kollege. Ein erstes toxisches Screening war negativ. Keine Drogen, keine Toxine, Atropine, Digitalis oder sonstigen Glykoside im Blut der Leiche. Ein intensiveres Screening ist in Arbeit, die Ergebnisse bekommen Sie in den nächsten Tagen.«

Otto wusste nicht, ob ihn diese Botschaft erleichterte oder nicht.

»Aber wir haben noch etwas Interessantes über die Leiche erfahren«, fuhr Helm fort.

»Reden Sie«, forderte Otto ihn auf.

»Die DNA-Probe, die Sie mir gestern übergeben haben …«

»Das Weinglas, das mir Frau Kukuk gestern Vormittag mitgab«, bestätigte Otto.

Helm nickte. »… ist identisch mit der DNA der Leiche. Genauso mit den DNA-Proben, die Sie mir gestern Nacht überbracht haben.«

»Die Zahnbürste, die ich aus dem Zimmer dieses Gersprenz entnommen habe«, nickte Otto.

»Alles das gleiche genetische Material.«

Otto schnaubte. »Unverschämtheit, die Kukuk hat mir eine falsche Probe untergejubelt. Statt einer DNA-Probe des Gärtners hat sie mir eine Probe ihres Großvaters ausgehändigt.«

»Warum sollte sie das tun?«, fragte Brenneisen verständnislos.

Helm überlegte. »Ich habe dazu möglicherweise eine Idee. Aber dazu später. Zunächst geht es ja um die Spuren an den Tatorten.«

»Und?«, fragten Otto und Brenneisen hoffnungsvoll und wie aus einem Munde.

»DNA-Spuren von Harald Gersprenz wurden im Museum gefunden, nicht aber an einem der anderen Tatorte.«

Brenneisen und Otto tauschten einen Blick. »Nicht ausreichend für einen Tatverdacht. Der Mann wohnt seit Wochen bei Frau Kukuk, sicherlich hat er das Museum mal besucht«, sagte Otto.

»Die Hausdurchsuchung hat nichts gebracht?«, fragte Helm.

Otto schüttelte den Kopf. »Und was ist mit Wislikowsky, dem Gärtner?«, fragte er hoffnungsvoll.

Helm nahm sich ein anderes Blatt vor. »Die Speichelprobe, eingereicht von Kollege Brenneisen«, er nickte dem Kollegen zu, dieser nickte dienstfertig zurück. »Kein Treffer am Tatort«, sagte er bedauernd.

Otto war es, als wiche jede Energie aus ihm. »Wir können dem Gärtner also nichts nachweisen.«

Helm blickte ihn an. »Nicht auf diesem Weg jedenfalls.«

Brenneisen schaltete sich ein. »Der Gärtner behauptet, der Junge hätte die Wohnungen auf eigene Faust ausgespäht und ausgeraubt.«

»Das glauben Sie doch selbst nicht«, erwiderte Otto. »Nein, es war eindeutig der Gärtner. Gersprenz war zu dem Zeitpunkt, an dem ich zusammen mit Frau Kukuk den Plan mit dem Werttransport im Museum ausgeheckt habe, bereits tot. Der Gärtner erfuhr durch Frau Kukuk von dem Plan, während sie gemeinsam die Leiche beseitigten.« Otto beobachtete, wie Helms Augenbrauen in die Höhe schossen, und fuhr fort: »Vermutlich hat er dem Jungen eingeredet, er solle Gersprenz belasten, in der Hoffnung, die Kukuk leistet ihm Rückendeckung, weil sie Komplizen sind.«

Brenneisen ließ prustend einen Stoß Luft ab und wiegte zweifelnd den Kopf. »Vorausgesetzt, Frau Kukuk sagt die Wahrheit. Der Junge hat sie ebenfalls belastet.«

Otto lehnte sich zurück. »Ich traue Frau Kukuk alles zu, aber keine detailliert geplante Einbruchserie. Außerdem hat sie keinerlei Motiv. Soviel ich weiß ist sie finanziell komplett abgesichert.«

Otto sah auf seine Uhr. Es war weit nach Mitternacht. Zu spät für Beate, dachte er mit Erleichterung und schickte eine SMS.

»Vielleicht wird auch das Kind noch reden, wenn es ein paar Tage von seinem Umfeld getrennt ist«, sagte Brenneisen. »Die Adoptivmutter und der Gärtner haben dieses Diebeskind sicherlich unter Druck gesetzt.«

»Diebeskind?«, fragte Helm.

Otto blickte von seinem Handy auf. »In Europa wird ein schwunghafter Handel mit Kindern betrieben, die speziell für Diebstähle ausgebildet sind. Die Banden holen sie aus den Kinderheimen und schulen sie. Einbruch, betteln, stehlen statt Mathe und Religionsunterricht. Dann werden sie auf Raubzug geschickt.«

Brenneisen fuhr fort. »Untergebracht werden die Kinder bei sogenannten Pflege- oder Adoptivfamilien.«

»Und die kümmern sich dann um die Kinder«, seufzte Helm, wobei er das Wort ›Kümmern‹ mit Fingern in Anführungszeichen setzte.

»Ja, bewusst deutsche Staatsbürger, um keinerlei Aufsehen zu erwecken. Die Kinder sind strafunfähig, das Schlimmste, was passieren kann, ist, dass den Familien das Sorgerecht entzogen wird. Der Junge befindet sich gegenwärtig in der Obhut des Jugendamtes. Wir prüfen noch, ob es sich um einen vermissten Jungen handelt oder einen Waisen«, erklärte Brenneisen weiter.

Helm erhob sich, um sich zu verabschieden.

»Sie hatten noch einen Punkt mit Gersprenz«, erinnerte ihn Otto.

»Ach ja«, Helm blätterte in seinen Unterlagen. »Bei einem Abgleich der DNA sind wir auf eine äußerst interessante Übereinstimmung gestoßen.«

ENTHÜLLUNGEN

Zwei bange Tage lagen hinter Lore. In dieser Zeit hatte sie nichts von der Polizei gehört, wobei sie nicht wusste, ob das ein gutes oder schlechtes Zeichen war. Dann hatte sie einen Entschluss gefasst und war gestern Nacht eine einsame Wanderung angetreten. Sie war nach Habitzheim gelaufen, von dort aus weiter nach Nieder-Klingen, um dann über Zipfen, Lengfeld und Hering wieder heimzukehren. Mit einer ganz speziellen Mission hatte sie bei jeder Station kurz angehalten.

Um fünf Uhr morgens war sie heimgekehrt. Allmählich dämmerte der Morgen mit einem nebeligen Grau, nun gab es nur noch einen Weg anzutreten. Achim würde sie um acht Uhr abholen.

In der Zwischenzeit kochte Lore Tee. Weißdorn zur Herzstärkung. Anders, so befürchtete sie, würde sie den bevorstehenden Gang nicht überstehen. Sie erhitzte das Wasser, streute Pulver in die große Kanne, füllte mit Wasser auf und trank in kleinen Schlucken. Fast augenblicklich fühlte sie sich besser. Gestärkt, positiv, regelrecht beflügelt. Kein Wunder, dass der Opa nicht mehr darauf verzichten wollte.

Der Weißdorn ist ein Liebesbrief an das Herz.

Als Achim klingelte, freute sich Lore regelrecht auf ihren schweren Gang, denn sie fühlte sich gewappnet. Achim kam direkt von der Nachtschicht und war entsprechend verschlafen. »Wo soll es hingehen, Tantchen?«, fragte er. »Nach Preungesheim«, antwortete sie und stieg ins Auto. Während der Fahrt warf sie dem Neffen immer wieder besorgte Blicke zu und wurde plötzlich von einer ungewohnten Empathie ergriffen. »Alles in Ordnung?«, fragte sie den völlig erschöpften Jungen.

»Heute Nacht war was los im Club«, erzählte Achim seufzend. »Erinnerst du dich noch an Benno Kunz, meinen Kumpel?« Lore überlegte. Dann kam ihr Achims rothaariger Freund in den Sinn, gemeinsam mit ihm hatte der Neffe damals dem Erpresser am Parkplatz aufgelauert.

»Er hat jemandem Drogen abgekauft, und unser Boss hat das rausgekriegt und ihn gefeuert. Und jetzt rate mal, von wem er diese Drogen gekauft hat.«

»Woher soll ich das wissen?«, fragte Lore erstaunt.

»Von diesem Weismann, den wir mal besucht haben. Der ist bei uns ab und zu im Club aufgetaucht. Deshalb wollte ich auch nicht, dass er mich sieht, als ich dich dahin gefahren habe.«

»Ach«, sagte Lore und freute sich. Nicht nur darüber, dass ihr nun vermutlich die Zeugenaussage bei Gericht erspart blieb, sondern auch, dass damit Achims verdächtige Nervosität erklärt war. Lore spürte, wie sie von Glücksgefühlen regelrecht überflutet wurde. War das der Weißdorn? Sie musste ihre fünf Sinne wirklich zusammenhalten, um bei Edel entsprechend auftreten zu können.

Der Einlass am Gefängnis war wie gewohnt langwierig. Erst nach erheblicher Wartezeit ließ man sie ein. Nach dem üblichen Prozedere mit Drehtür und Durchleuchtung befand sie sich wieder auf dem Gang mit dem vertrauten Geruch nach Bratensoße. Diesmal rührte er sie zu Tränen. Wie todtraurig. Erwachsene Menschen, die darauf angewiesen waren, ihre Soße mit Pulver anzurühren. Beim nächsten Mal würde sie Bratenfonds oder ähnliches einschmuggeln. Und während sie noch über Möglichkeiten des Schmuggelns nachdachte, wurde ihr klar, dass es ein nächstes Mal möglicherweise nicht gab.

Lore öffnete die Tür zum Besucherraum. Edel saß bereits am Tisch, und als Lore sie umarmte, stiegen ihr nun tatsächlich die Tränen in die Augen.

»Was ist denn mit dir los?«, fragte die falsche Schwester.

»Gersprenz ist tot.« Nun war Lores Tränen kein Einhalt mehr geboten. Unter dem Schleier nahm sie jedoch wahr, wie sich Edels Gesicht regelrecht aufhellte. »Der Pilz?«, formte sie lautlos mit den Lippen.

Lore nickte und tupfte sich die Augen.

»Braves Mädchen«, sagte Edel mit dem Ausdruck einer zufriedenen Katze. »Ist das der Grund für deinen übereilten Besuch?«

Lore wischte sich das Gesicht trocken und schüttelte den Kopf. »Sie haben den Einbrecher gefasst.« Während sie dies sagte, ließ sie Edel nicht eine Minute aus den Augen.

»Das ist wunderbar«, entgegnete diese mit bewegungsloser Miene.

Lore schnäuzte sich. »Ein Kind.« Edels Gesicht verriet keinerlei Reaktion. »Ein Junge, der sagt, Gersprenz habe ihn angestiftet.«

Edels Augen senkten sich. »Oh, das ist bitter. Aber das habe ich ja bereits vermutet.«

»Hätte ich nur auf dich gehört.« Lore schniefte. »Woher er wohl all die Informationen über unsere Familie hatte?«

Edel strich sich durchs Haar. »Vielleicht kannte dieser Kerl den richtigen Gersprenz und der hat ihm einiges erzählt.«

Lore verengte ihre Augen zu einem Ausdruck, den sie und Edel früher den fiesen Blick genannt hatten, und der so fies war, dass das Gegenüber gar nicht anders konnte, als die Wahrheit zu offenbaren. »Oder er weiß es von dir.«

Edel legte die Stirn in Falten. »Wie kommst du denn darauf?«

»Er wusste allerhand Details, die er auch von dir haben könnte.« Lore sah, dass Edels Haltung nicht mehr ganz so streng war.

»Ich frage mich nur …«, fuhr Lore fort und machte dann eine Pause.

»Was?«, fragte Edel mit leise vibrierenden Lippen. Nun wusste Lore, dass sie sie am Haken hatte.

»Warum schleust du ihn erst bei mir ein und veranlasst dann seinen Tod?«

Edels Kopf schnellte natternartig nach vorn. »Du hast ihn umgebracht, vergiss das nicht.«

»Es war ein Unfall.« Lore schwieg, spielte auf Zeit.

»Nicht, wenn ich der Polizei sage, dass ich dir den Tipp mit dem Pilz gegeben habe.«

Lore nickte. Edel hatte sie in der Hand. Daher konnte sie von dem, was hier gesprochen wurde, nichts an die Polizei weitergeben. Das Gespräch hier diente nur Lores persönlicher Wahrheitsfindung.

»Warum hast du das getan?«, stieß sie hervor.

Edel sah sich um, um sich davon zu überzeugen, dass sich der Aufseher außer Hörweite befand. Dann beugte sie sich nach vorn und sprach im Flüsterton. »Ich habe jemandem einen Gefallen getan, dafür tragen mich die Clanleute jetzt auf Händen. Und du bist doch selbst froh, dass du Gersprenz los bist.«

»Wo befindet sich das Diebesgut?«

Edel schaute sie amüsiert an. »Du glaubst doch nicht im Ernst, dass ich das dir sage. Das kostet mich den Kopf.«

Lore nickte und erhob sich. Mit einem kurzen Gruß verabschiedete sie sich. Während sie beim Verlassen des Gefängnisses wieder überprüft wurde und ihre Habseligkeiten ausgehändigt bekam, konnte sie ein breites Grinsen nicht unterdrücken. Ohne es zu bemerken, hatte Edel ihr geholfen. Und den letzten Mosaikstein zur Vervollständigung der Wahrheit geliefert.

JUGENDAMT

Das Jugendhaus Orchidee war eine gepflegte Anlage im Herzen von Darmstadt-Eberstadt. Das Mehrfamilienhaus hatte ursprünglich aus Mietwohnungen bestanden.

Diese waren umgebaut worden zu WG-gerechten Einheiten, in denen Kinder und Jugendliche betreut wohnten. Am Eingang befand sich eine Aufnahmestation, Brenneisen zeigte seinen Ausweis, und man schickte ihn in den dritten Stock. Er klingelte, und eine der zuständigen Sozialarbeiterinnen öffnete die Tür. Brenneisen hatte ein vierschrötiges Wesen in Schlabberhosen erwartet, die Sozialarbeiterin jedoch trug Karohemd, Jeans und Turnschuhe. Sie hatte langes braunes Haar, das sie zu einem geschlungenen Zopf trug, und die bezauberndsten braunen Rehaugen, die Brenneisen je erblickt hatte.

»Was kann ich für Sie tun?«, fragte sie.

Brenneisen hatte für Sekunden den Grund seines Besuches vergessen. Dann zeigte er noch einmal seinen Ausweis vor. »Ich möchte zu Valentin Bauer.«

Das Mädchen trat einen Schritt zurück und ließ ihn eintreten. Sie führte ihn durch einen langen Gang, die Breite ihrer Hüften verriet, dass sie von Sport nicht allzu viel hielt. Sehr sympathisch! Sie landeten in einer gemütlichen Wohnküche, scheinbar zentraler Wohnort für mehrere Jugendliche. Geschirr stand gespült in der Ablage, an der Wand hingen ein Putzplan und eine Einkaufsliste. Brenneisen las Spaghetti, Tomatensoße und dachte, dass er die Sozialarbeiterin gerne zum Italiener ausführen würde. Er setzte sich an den Tisch.

»Wir haben inzwischen etwas über die Identität des Jungen erfahren«, sagte Brenneisen. »Er stammt aus einem Kinderheim in Polen.«

Das Mädchen lächelte. »Ja, das hatten wir schon

erwartet. Die Kinder werden dort entführt, weil sich die Behörden noch weniger kümmern als richtige Familien. Dann werden die Kinder irgendwo ausgebildet und weiter nach Westeuropa verkauft. Hier leben sie bei einer Art Tarnmutter, die sagt, sie habe ihn in Pflege genommen oder adoptiert und erhält die entsprechenden Papiere dafür, die die Behörden in den korrupten Ländern ausstellen. Hier begehen sie dann Taschendiebstähle und Einbrüche.«

»Und gehen nach deutschem Gesetz straffrei aus.«

Das Mädchen nickte. »Diebeskinder nennen wir sie. Und wenn sie zu alt sind, fliegen sie raus und werden wieder dahin abgeschoben, wo sie herkommen.«

Das Mädchen kochte Kaffee, als der fertig war, stellte sie zwei Tassen auf den Tisch. Brenneisen musste sich bemühen, sie nicht über den Tassenrand anzustarren.

»Wie geht's dem Jungen?«, fragte er und es klang wie: »Ich liebe dich.«

»Überraschend gut«, antwortete das Mädchen mit lächelnden Augen. »Normalerweise hauen die Jungs schon am selben Tag wieder ab, aber ihm scheint es hier zu gefallen«, sagte sie. »Kann auch sein, dass es ihm hier besser geht als bei seiner Familie, wo er immer zum Betteln und Stehlen geschickt wird.«

»Ja, er hat ja auch versucht, mit den kleinen Bränden auf sich aufmerksam zu machen.«

»Er lernt jetzt erst einmal vernünftig Deutsch und geht dann zur Schule.«

»Kann ich mit ihm reden?«

Sie nickte und führte ihn in das Zimmer des Jungen. Dort saß er auf seinem schmalen Bett mit kariertem Überwurf. Das Haar war sorgfältig gekämmt, er trug ein T-Shirt mit buntem Aufdruck und Jeans.

»Wie gefällt's dir hier?«, fragte Brenneisen.

»Gut«, nickte der Junge.

»Möchtest du wieder zurück in deine Heimat?«, fragte Brenneisen.

Der Junge zuckte mit den Schultern, er wirkte nicht sonderlich begeistert. Brenneisen ging vor ihm in die Hocke.

»Hör mal, für uns ist es wirklich wichtig zu wissen, wer dich angestiftet hat. Du bist hier in Sicherheit, dir kann nichts passieren. Willst du uns nicht sagen, wer das ist?«

»Der alte Mann«, sagte der Junge und starrte vor sich. Brenneisen warf der Sozialarbeiterin einen resignierten Blick zu.

Brenneisen erhob sich, fuhr dem Jungen durchs Haar und ging mit der Sozialarbeiterin nach draußen.

»Machen Sie sich keine Hoffnungen«, sagte das Mädchen tröstend. »Die Kinder reden nicht. Die werden so dermaßen eingeschüchtert.« Sie brachte Brenneisen zum Ausgang.

»Ich würde gerne mehr über diese Banden erfahren«, sagte er in der Tür. »Gehen wir mal einen Kaffee trinken?« Das Mädchen lächelte und nickte. Bekam sie da am Übergang zu dem karierten Hemd einen roten Saum am Hals?

ENGTANZ

Lore saß an ihrem Terrassentisch. Weiße Tassen, weiße Tischdecke, Himbeerkuchen, eine große weiße Teekanne. Sie beschattete ihre Augen mit der Hand gegen die Sonne, vor ihr stand der Kommissar. Sein Bartschatten war heute besonders ausgeprägt, was auf wenig Schlaf schließen ließ.

»Was hat er gesagt?«, fragte Lore.

Otto setzte sich in einen der Gartenstühle. »Artur Wislikowsky bestreitet, Ihnen dabei geholfen zu haben, den toten Gersprenz zu verscharren.«

Lore schluckte bei dem Wort »verscharren« und goss Otto aus der großen weißen Kanne Tee ein.

»Natürlich, denn damit würde er sich selbst belasten.«

»Was ist das?«, fragte der Kommissar.

»Holundertee«, antwortete Lore. »Ich traue mich nicht mehr, Kaffee zu trinken, seit dem Herztod meines Großvaters.«

Das war ein Seitenhieb auf Otto. Dieser hatte ihr bereits telefonisch mitgeteilt, dass der Großvater eines natürlichen Todes gestorben war. »Höchstwahrscheinlich«, hatte er hinzugefügt und für heute Nachmittag die Ergebnisse eines weiteren toxischen Screenings angekündigt.

Seinen Besuch hatte er mit einer Befragung des Gärtners verbunden.

Der bestritt natürlich, in den Fall verwickelt zu sein. Aber Lore war nun ganz sicher, dass er es war. Er steckte letztlich mit Edel und irgendwelchen Clanleuten unter einer Decke. Edel hatte ihn, ohne es zu wollen, verraten. Denn auch sie konnte ja nicht wissen, dass Gersprenz bereits tot war, als der Kommissar und Lore die Museumsfalle geplant hatten. Indem sie Gersprenz belastet hatte, hatte sie im Grunde nur zugegeben, dass sie selbst in die Sache verwickelt war und den Gärtner in Lores Umfeld eingeschleust hatte. Nur, um sich eine bessere Position in der Gefängnishierarchie zu sichern. Dennoch hütete Lore sich, dem Kommissar von ihrem letzten Besuch bei der falschen Schwester zu erzählen. Sie würde das Problem auf ihre Weise lösen. Und sie wusste auch schon, wie.

»War der Junge dabei, als sie dem Gärtner von dem Werttransport erzählt haben?«, fragte Otto und holte Lore damit aus ihren Gedanken.

»Nein«, sagte sie. Otto nickte. »Das heißt, der Junge hat auf keinen Fall alleine gehandelt.« Er machte eine kurze Gedankenpause.

»Nun zu Ihrem Großvater«, sagte Otto und zog ein Bündel Papiere aus seinem Aktenkoffer. Er überflog kurz den Inhalt und sagte dann: »Die weitere toxikologische Untersuchung Ihres verstorbenen Großvaters war negativ. Bei ihm wurden keinerlei Spuren von Gift entdeckt.«

Lore hob ihre Tasse zum Mund. Nicht im Traum wäre sie auf die Idee gekommen zu fragen, ob man auch auf Orellanin getestet hatte. Nein, sie würde den Mantel der Ungewissheit über dieses Thema breiten.

Auch Otto griff nun nach seiner Tasse und trank einen kräftigen Schluck, der Weißdorn schien ihm zu schmecken und auch bei ihm seine Wirkung zu entfalten, denn seine Miene wurde zusehends weich und heiter. Lore spürte ein Flattern im Nacken. Du lieber Himmel, besuchten die Schmetterlinge auch andere Zonen als den Bauch?

»Was den Tod Ihres Großvaters betrifft, sind Sie also von jedem Verdacht befreit«, fuhr Otto fort. »Ich muss mich entschuldigen.«

Lore lächelte milde. Sie war so sehr bereit, ihm zu verzeihen.

Dann wurde seine Miene unversehens streng.

»Was allerdings die Sache mit der DNA-Probe angeht …«

Lore begann mit einer Haarsträhne zu spielen. »Ja?«

»Warum haben Sie mir die DNA-Probe von Gersprenz als die des Gärtners untergejubelt? Das ist Behinderung von Ermittlungen.«

Lore biss sich auf die Lippen. »Verwechslungen kommen vor«, sagte sie spitz und spielte damit auf den Vorfall mit Edel an. Der Kommissar lächelte schuldbewusst. »Sie wollten vermutlich herausfinden, wer er wirklich ist, und der Zufall wollte es, dass wir das feststellen konnten.«

Lores Puls begann zu arbeiten. »Was haben Sie herausgefunden?«

Otto nahm einen weiteren papiernen Wisch aus seinem Stapel. »Harald Gersprenz ist … war … verwandt mit einem Knochenmarkspender namens Sittinger. Sagt Ihnen der Name etwas?«

»Ja, das ist der Name der Dynastie, die Besitztümer der Burg erworben hat.« Lore triumphierte innerlich. Es war also der echte Gersprenz. Ein weiterer Beweis dafür, dass Edel gelogen hatte, um den Gärtner zu decken. Sie hatte dem echten Gersprenz gar nichts über Lores Vergangenheit erzählen müssen, er wusste es alles selbst. Zu dumm, dass Lore dem Kommissar nichts von ihrem Wissen mitteilen konnte. Das fehlte ihr noch, dass Edel ihre frisch erblühende Beziehung mit dem Kommissar durch ihr Pilzwissen vergiftete. Nein, die war im Knast gut aufgehoben. Und da würde sie auch noch eine gute Weile bleiben.

»Dann war Ihr Großvater kein Betrüger, sondern allem Anschein nach der legale Nachfolger und Erbe. Aber das braucht Sie jetzt nicht mehr zu jucken.«

Lore lächelte generös. »Es tut mir leid, dass ich Ihnen die falsche DNA-Probe gegeben habe. Ich wollte es direkt nach dem Ergebnis mitteilen, aber dann ging alles so schnell, Gersprenz lag tot im Gartenbeet …«

Otto runzelte die Stirn und vervollständigte den Satz. »… und Sie haben gemeinsam mit dem Gärtner die Leiche beseitigt.« Er seufzte. »Dummerweise leugnet er das, und dummerweise gibt es auch keine DNA-Spuren von Wislikowsky an Gersprenz. Sonst könnten wir wenigstens da ansetzen.«

Lore leerte ihre Tasse. »Ja, ich erinnere mich. Er hatte an dem Nachmittag seine Gartenhandschuhe an.«

»Wir können den Täter nicht überführen«, sagte Otto und fuhr sich durch den Stachelbeerbart, was das Geräusch einer Gemüseraspel verursachte. Lore spürte eine Gänsehaut in den Kniekehlen. War es das Geräusch oder eine weitere Welle des Wohlseins? Wann hatte der Kommissar sie je so intensiv angeschaut? Lore senkte die Augen. Sie hatte das Gefühl, ein einziger Blick, und alles an ihr war verraten. Plötzlich überkam Lore der starke Wunsch, sich ein weiteres Geheimnis von der Seele zu reden. Unwillkürlich fasste sie sich an den Hals.

»Ich muss Ihnen noch etwas anderes erzählen. Ich habe Münzen aus der Beute gefunden. Es waren Münzen aus der Sammlung von Waltraud Kunz.«

Ottos Augen begannen zu glänzen. Der eben noch liebevolle Blick wurde verschleiert von leiser Wut. »Wo?«, fragte er fast schroff.

»Bei meinem Großvater im Zimmer.«

»Wann war das?«

Lore schluckte. »Noch vor der Reise mit Veronika.«

»Verdammt, warum haben Sie das nicht früher erzählt?«

Lore schüttelte hilflos den Kopf. »Ich habe Fotos gemacht, mit Ihrem Polizeihandy, aber die wurden nicht aufgenommen, dann dachte ich, dass ich auf der Reise mehr erfahren würde. Als ich zurückkam, waren die Münzen weg. Und ich dachte, Sie erklären mich für verrückt, wenn ich keine Beweise habe. Beziehungsweise, damals konnte ich mir nicht vorstellen, dass Gersprenz da hinein verwickelt war. Dann sind die Münzen vor einigen Tagen wieder aufgetaucht. In einer Kiste im Museum. Aber da habe ich mich nicht getraut, meinen Opa anzuzeigen, weil er mich vielleicht aus dem Haus geworfen hätte. Aber ich habe mich die ganze Zeit gefragt, wie kommt er zu den Münzen.«

Otto überlegte. »Möglicherweise hat der Gärtner sie ihm untergeschoben wie Kukukseier, um den Verdacht auf ihn zu lenken.«

Lore zuckte bei dem Begriff ›Kukukseier‹ unmerklich zusammen.

»Eine andere Möglichkeit …«, Ottos Blick streifte über die Landschaft, »… Ihr Großvater hat das Versteck der Diebe ausfindig gemacht und sich mit einer Handvoll Münzen bedient. Wo sagten Sie, haben Sie die Münzen entdeckt?«

»Im Museum.«

»Dann nichts wie hin.«

»Trinken Sie, trinken Sie«, sagte Lore und goss Tee nach. Der Kommissar leerte seine Tasse, und sie gingen ins Museum, wo inzwischen dieselbe Hitze herrschte wie draußen. Die Hundstage hatten es fertiggebracht, die dicken Mauern mit der Wärme zu durchdringen.

Oben im Museum war bereits die Bienenausstellung voll aufgebaut. Lore ging an den Bienenstöcken vorbei. »Da hinten«, sagte sie und zog den Vorhang beiseite. Die Kiste war verschwunden.

Entgeistert zeigte Lore dem Kommissar die Stelle, wo sie gestanden hatte.

Entweder hatte Krummsiegel sie zu den anderen gestellt, oder der Gärtner hatte sie in Sicherheit gebracht. Wieder keine Spur, der sie hätten folgen können.

Otto hängte sich an den Hörer, um eine Durchsuchung aller Kisten und der gesamten Burg anzuordnen. Sie verließen das Museum und gingen zurück an den Terrassentisch, wo sie sich hinsetzten. Auf dem Nachbargrundstück war der Gärtner aufgetaucht, der jetzt die dürren Apfelzweige beschnitt. Er nickte ihnen zu.

Der Kommissar ließ den Blick für eine Weile auf ihm ruhen. »Der Mann hat Nerven, hier weiterhin an den Bäumen rumzuschnippeln«, sagte er. Dann richtete er sich fast unmerklich auf. »Außerdem ist er eine Gefahr für Sie«, sagte er zu Lore. »Er weiß, dass Sie die einzige Zeugin sind. Sie brauchen jemanden, der auf Sie aufpasst.«

Na Sie, wollte Lore herausplatzen. Aber sie schaffte es gerade noch rechtzeitig, sich auf die Zunge zu beißen. Darauf traten ihr die Tränen in die Augen. Der Kommissar interpretierte dies als Angst und legte seine Hand auf ihre. Elektrische Impulse zuckten durch Lores Körper. Damit es der Kommissar nicht bemerkte, sprang sie auf.

»Wegen des Gärtners mache ich mir keine Sorgen«, rief sie und lief zu den Rhododendronbüschen, die den Apfelbäumen des Nachbargrundstücks am nächsten standen. Mit den Armen fuhr sie heftig durch die Büsche und pflückte dabei einige Zweige, bis sie drei, vier Mal von den umherschwirrenden Bienen gestochen wurde. Sie fluchte und betrachtete die Einstiche, die binnen Windeseile anschwollen. »Diese Scheißrobinie!«, rief sie unter Tränen, laut und vernehmlich.

Der Gärtner kam pflichtschuldig herbei geeilt.

»Das ist wirklich schlimm!«, sagte er, während er ihre Arme begutachtete.

»Weg mit dem Baum«, forderte Lore. Der Gärtner nickte. »Gleich heute Mittag werde ich ihn fällen«, versprach er.

Lore lächelte. »Er wird die Robinie fällen, Sie sind mein Zeuge!«, rief Lore in Richtung des Kommissars, der sich besorgt aus seinem Stuhl erhoben hatte. Lore ging zurück an den Tisch und präsentierte ihm ihre zerstochenen Arme. »Ich wollte Ihnen ein paar Zweige abschneiden, für zu Hause, und jetzt sehen Sie sich das an.« Nun rannen ihr die Tränen der Rührung über die Wangen. Der Tee hatte sie komplett weich gekocht. Den Kommissar offensichtlich auch, denn mit einem Ruck nahm er sie in die Arme und presste sie unbeholfen an sich.

»Jetzt wird alles gut«, sagte er, während er sie sanft hin und her wiegte und damit alle Bedenken fort spülte. Und ob, dachte Lore sanft lächelnd, während sie sich an seinen muskulösen Leib schmiegte. Und ob.

»Ich muss los. Die Kollegen werden wegen der Durchsuchung jeden Moment da sein«, sagte der Kommissar nach einer gefühlten Ewigkeit. Lore brachte ihn zur Tür. Er trat vor ihr aus dem Haus, blieb aber im Türrahmen überraschend stehen, sodass sie, die im folgte, an ihn gedrängt wurde, wobei sich ihre Lippen streiften. War das ein Kuss? Oder ein Versehen? Egal, Lores Herz spie Feuer. »Ich bin heute Abend zurück, um nach dem Rechten zu sehen«, sagte er. Als Lore ihm hinterher winkte, sah sie für sich und den Kommissar eine große Zukunft.

SILBERREGEN

Der Nachmittag war ungewöhnlich heiß, selbst für die Hundstage. Der Himmel war weiß und spendete ein gleißend-gasiges Licht. Die Hitze lähmte alles Leben auf dem Otzberg. Selbst die Bienen flogen nur träge, wenige Zentimeter über dem Boden, als wäre jeder Aufstieg eine unnötige Anstrengung. Die Durchsuchung der Kisten und des Burggeländes war ohne Ergebnis geblieben. Die Polizisten hatten nichts gefunden. Keine Münzen, kein Diebesgut.

Das Geräusch einer Motorsäge zerschnitt die Stille, die über den Feldern herrschte. Lore, die gerade mit

Gerlind telefonierte, musste den Hörer fest ans Ohr pressen, um etwas zu verstehen.

»Stell dir vor, nicht nur bei mir lag diese unerhörte Summe Geld unter der Fußmatte, sondern auch bei Gerda Brück und Waltraud Kunz.« Gerlinds Stimme überschlug sich vor Aufregung.

»Na, da werden Hartmut Meyerlein und Hilde Escher auch etwas bekommen haben«, sagte Lore nach einer Pause.

»Kein Brief, kein Absender. Wer kann denn das gewesen sein?«

»Jemand, der ein schlechtes Gewissen hat?«, mutmaßte Lore.

Plötzlich bemerkte sie, dass der Lärm leiser geworden war. Wie eine Brotschneidemaschine, die das Brot durchtrennt hatte und nun ins Leere brummte.

Lore verabschiedete sich von Gerlind und lauschte auf den gedämpften Ton. Das war's, dachte sie, und ein Lächeln umspielte ihre Lippen. Der Silberregen ist gefällt. Die Gerechtigkeit ist wieder hergestellt.

Lore nahm einen alten Baumwollschal aus ihrem Schrank, befeuchtete ihn und band ihn sich vor Mund und Nase. So ging sie auf das benachbarte Grundstück. Keine Robinie war mehr zu sehen und auch kein Gärtner. Lore schaltete die Motorsäge aus, sodass der Otzberg wieder in friedlicher Stille lag. Der Gärtner lag reglos im Gras. Die Bienen schwirrten träge um den toten Körper, als hätten sie ihn erlegt. Neben dem Gärtner lag der fachmännisch gefällte Baum, der feine Holzstaub schwirrte noch in der Luft und bildete kleine Häufchen auf dem offenen Baumstumpf. Lore füllte vorsichtig eine Handvoll Holzstaub in ein Döschen. Wer weiß, wofür sie den noch gebrauchen konnte.

Dann ging sie zurück ins Haus, band den Schal ab und schaltete ihren Computer an. Es war Zeit, sich auf die bevorstehende Hugenotten-Ausstellung vorzubereiten. Im 17. Jahrhundert war eine Gruppe wegen ihres Glaubens verfolgte Waldenser zugewandert und hatten in Rohrbach und Wembach-Hahn eine neue Heimat gefunden. Lore schlug das Internetz auf und blätterte durch einige historische Seiten. Doch sie konnte sich nicht konzentrieren. Magisch zog es sie zu der pflanzenkundlichen Seite, auf der sie alles über die Robinie oder den Silberregen erfahren hatte, was sie wissen musste. Und obwohl sie den Text inzwischen auswendig kannte, las sie ihn erneut.

Die Robinie enthält die äußerst giftigen toxischen Proteine Robin und Phasin. Beide Substanzen lassen die roten Blutkörperchen verklumpen und zerstören das Gewebe. In der Borke sind die Inhaltsstoffe stärker konzentriert. Vergiftungen durch Verzehr gehen mit Bauchschmerzen, Übelkeit und Brechreiz einher. Besonders giftig ist das Holz der Robinie. Das darin enthaltende giftige Robin wird durch Sägen, Bohren, Schmirgeln freigesetzt. Der eingeatmete Staub kann zu tödlichen Vergiftungen führen.

Zu dumm, dass der Gärtner dies nicht gewusst hatte. Wo er doch sonst so bewandert in Pflanzen war. Ein tragischer Unfall.

Es dauerte nur wenige Stunden, bis der Leichnam des Gärtners entdeckt wurde. Im Dorf erzählte man sich seitdem von dem Gärtner, der den Bienenbaum gefällt hatte und von den Bienen erstochen worden war.

ENDE

Weitere Krimis finden Sie auf den folgenden Seiten und im Internet:

WWW.GMEINER-SPANNUNG.DE

ELINOR BICKS
Lavendelbitter

978-3-8392-1643-9 (Paperback)
978-3-8392-4563-7 (pdf)
978-3-8392-4562-0 (epub)

»Ein packender Garten-Krimi rund um große Gefühle, kleine Hilfsmittel und Rezepte aus Omas Kräuterbuch – auf keinen Fall zum Nachmachen!«

Lore Kukuks Verehrer wird tot aufgefunden. Die Leiche umgibt ein zweifelhafter Ruf und der Geruch nach Lavendel. Die Duftspur führt in ihren Garten auf dem Otzberg, der von Lavendel überwuchert ist. Hinzu kommt, dass eine ganze Reihe toter Männer Lores Weg säumt. Kommissar Roland Otto ist jedoch von ihrer Unschuld überzeugt. Aber ist er wirklich unbefangen? Oder hat Lore ihm mit ihrem Lavendelwein die Sinne vernebelt?

GMEINER SPANNUNG

WWW.GMEINER-VERLAG.DE
Wir machen's spannend

Das Neueste aus der Gmeiner-Bibliothek

Unser Lesermagazin

Bestellen Sie das kostenlose Krimi-Journal in Ihrer Buchhandlung oder unter www.gmeiner-verlag.de

Informieren Sie sich ...

www ... auf unserer Homepage:
www.gmeiner-verlag.de

@ ... über unseren Newsletter:
Melden Sie sich für unseren Newsletter an unter www.gmeiner-verlag.de/newsletter

f ... werden Sie Fan auf Facebook:
www.facebook.com/gmeiner.verlag

Mitmachen und gewinnen!

Schicken Sie uns Ihre Meinung zu unseren Büchern per Mail an gewinnspiel@gmeiner-verlag.de und nehmen Sie automatisch an unserem Jahresgewinnspiel mit »mörderisch guten« Preisen teil!

GMEINER SPANNUNG

WWW.GMEINER-VERLAG.D
Wir machen's spannen